CW00866598

Sybilla Wahl: E

Mönche, Chorgebet, Noviziat, Klausur, Gregorianischer Choral ... Kommissar Meinrad steht vor einer äußerst ungewöhnlichen Ermittlungssituation: Er wird in die Benediktiner-Abtei St. Georg gerufen, weil ein junger Mönch in seiner Zelle tot aufgefunden wurde. Der Kriminalist muss flexibel und einfühlsam agieren, vor allem, als klar wird, dass sich der Abt zum Dreh- und Angelpunkt der Ermittlungen entwickelt.

Sybilla Wahl ist ein Pseudonym. Die Autorin (*1967) trat mit 38 Jahren in eine benediktinische Gemeinschaft ein.

Sybilla Wahl

Ein Klosterkrimi

Von Unerwartetem und gar nicht Alltäglichem

Books on Demand

Bibliografische Information der Deutschen Nationalbibliothek:
Die Deutsche Nationalbibliothek verzeichnet diese Publikation
in der Deutschen Nationalbibliografie; detaillierte bibliografische
Daten sind im Internet über www.dnb.de abrufbar.

© 2015 Sybilla Wahl

Herstellung und Verlag:
BoD – Books on Demand, Norderstedt

ISBN: 978-3-734799761

U.i.o.g.D.

Vorbemerkungen

Orte, Ereignisse und Personen dieses Krimis sind völlig frei erfunden. Ähnlichkeiten jeder Art mit geschichtlichen oder gegenwärtigen Realitäten sind zufällig und unbeabsichtigt.

Was aber beabsichtig und mit Bedacht eingeflochten ist, sind Aspekte klösterlich-benediktinischen Lebens, wie es auch heute noch gelebt wird.

Benedikt von Nursia schrieb vor gut 1500 Jahren die nach ihm benannte Benediktusregel. Sie ist nicht das Werk eines Theoretikers, nicht ein Konstrukt von Vorschriften und Vorhaltungen, die eine unerreichbare Forderung an die Menschen stellt. Nein, sie ist das Werk eines realistischen Mannes, der durch Versuch und Irrtum, durch alltägliches Leben Weisheit und Einsicht erlangt hat, die er hier niederlegt.

Er ist nicht bestrebt, etwas Originelles zu schaffen, nein, er fügt vorhandenes Wissen, die Erfahrungen der Väter und vor allem Teile aus der Bibel zu einem wunderbaren und einzigartigen Regelwerk zusammen.

Nicht umsonst hat diese Regel das Mönchtum des Abendlandes entscheidend geprägt. Das Geheimnis der Zeitlosigkeit liegt in einem realistisch - optimistischen Menschen- und Gottesbildes.

Die klösterlichen „Fachausdrücke" werden am Ende des Buches im Glossar erklärt.

Inhalt

Einleitung.. 13

Das Kloster soll, wenn möglich, so angelegt werden, dass sich alles Notwendige ... innerhalb des Klosters befindet und die verschiedenen Arten des Handwerks dort ausgeübt werden können. (RB 66,6)

1. Kapitel.. 19

Den unberechenbaren Tod täglich vor Augen haben. (RB 4,47)

2. Kapitel.. 38

Er muss wissen, welch schwierige und mühevolle Aufgabe er auf sich nimmt: Menschen zu führen und der Eigenart jedes einzelnen zu dienen. (RB 2,31)

3. Kapitel.. 54

Alle Fremden, die kommen, sollen aufgenommen werden wie Christus. (RB 53,1)

4. Kapitel.. 64

Hört man das Zeichen zum Gottesdienst, lege man sofort alles aus der Hand und komme in größter Eile herbei, allerdings mit Ernst, um nicht Anlass zu Albernheiten zu geben. Dem Gottesdienst soll nichts vorgezogen werden. (RB 43,1-3)

5. Kapitel.. 79

Sind alle versammelt, halten sie die Komplet. Wenn sie dann aus der Komplet kommen, gebe es für keinen mehr die Erlaubnis, irgendetwas zu reden ..., ausgenommen, das Reden sei wegen der Gäste nötig, oder der Abt gebe jemandem einen Auftrag. Aber auch dann geschehe es mit großem Ernst und vornehmer Zurückhaltung. (RB 42,8.10.11)

6. Kapitel.. 97

Sie sollen einander in gegenseitiger Achtung zuvorkommen; ihre körperlichen und charakterlichen Schwächen sollen sie mit unerschöpflicher Geduld ertragen. (RB 72,4,5)

7. Kapitel.. 115

Der erste Schritt zur Demut ist Gehorsam ohne Zögern. Er ist die Haltung derer, denen die Liebe zu Christus über alles geht. (RB 5,1.2)

8. Kapitel 132
Stets rechne er mit seiner eigenen Gebrechlichkeit. (RB 64,13)

9. Kapitel 148
Kommt einer neu und will das klösterliche Leben beginnen, werde ihm der Eintritt nicht leicht gewährt, sondern man richte sich nach dem Wort des Apostels: "Prüfet die Geister, ob sie aus Gott sind." (RB 58,1.2)

10. Kapitel 165
Böse Gedanken, die sich in unser Herz einschleichen, sofort an Christus zerschmettern und dem geistlichen Vater eröffnen. (vgl. Psalm 137,9; RB 4,50)

11. Kapitel 178
Sooft etwas Wichtiges im Kloster zu behandeln ist, soll der Abt die ganze Gemeinschaft zusammenrufen und selbst darlegen, worum es geht. Er soll den Rat der Brüder anhören und dann mit sich selbst zu Rate gehen. Was er für zuträglicher hält, das tue er. (RB 3,1.2)

12. Kapitel 199
Er lasse sich vom Gespür für den rechten Augenblick leiten und verbinde Strenge mit gutem Zureden. Er zeige den entschlossenen Ernst des Meisters und die liebevolle Güte des Vaters. (RB 2,24.24)

13. Kapitel 217
Auch wenn sonst einer still für sich beten will, trete er einfach ein und bete. (RB 52,4)

14. Kapitel 233
Die Brüder sollen einander dienen. (RB 35,1)

15. Kapitel 258
Der Abt sehe es als eine Hauptsorge an, dass die Kranken weder vom Cellerar noch von den Pflegern vernachlässigt werden. Auf ihn fällt zurück, was immer die Jünger verschulden. (RB 36,10)

16. Kapitel 275
Der Mönch spricht, wenn er redet, ruhig und ohne Gelächter, demütig und mit Würde wenige und vernünftige Worte und macht kein Geschrei,

*da geschrieben steht: "Den Weisen erkennt man an den wenigen
Worten." (RB 7,60.61)*

17. Kapitel 293
*Wer also den Namen "Abt" annimmt, muss seinen Jüngern in zwei-
facher Weise als Lehrer vorstehen: Er mache alles Gute und Heilige
mehr durch sein Leben als durch sein Reden sichtbar. (RB 2,11.12)*

Epilog 304
*Dann wirst du schließlich unter dem Schutz Gottes ... ankommen.
Amen. (RB 73,9)*

Glossar 309

Einleitung

Das Kloster soll, wenn möglich, so angelegt werden,
dass sich alles Notwendige ... innerhalb des Klosters
befindet und die verschiedenen Arten des Hand-
werks dort ausgeübt werden können. (RB 66,6)

Ort des Geschehens ist das kleine unbedeutende Städtchen Auergries, irgendwo in der Mitte Deutschlands. Selbst die nächstgrößere Stadt ist im Vergleich zu den bekannten Größen auf der Landkarte verschwindend und nur Wenigen ein Begriff. Ebenso ist es mit dem Kloster, von dem unsere Geschichte erzählt. Es gehört nicht zu den großen bedeutenden benediktinischen Abteien, die unsere Kulturlandschaft mitgeprägt haben. Diese Abtei birgt keine Kunstschätze, hat keine großen Gelehrten oder herausragende Heilige hervorgebracht.

Eher im Gegenteil - das besondere Charisma dieser Gemeinschaft scheinen die Unscheinbarkeit und das Unspektakuläre zu sein.

Gestiftet wurde das Kloster 1746 von einigen reichen Kaufmannsfamilien im Umfeld des Städtchens Auergries. Dabei ging es weniger um religiöse Gründe als um die Notwenigkeit, eine gute Schulbildung für die Söhne zu sichern. Da die zur Verfügung stehenden Gelder begrenzt waren, wurde beschlossen, die Klostergebäude direkt an die kleine romanische Kirche „St. Georg" anzugliedern - so ersparte man sich den Bau einer Kirche.

Die so entstandene Anlage von Haupt- und Gästehaus wurde im Verlauf der Jahrhunderte immer wieder um - und angebaut, handwerklich solide, aber keineswegs repräsentabel. Kleinod der Gemeinschaft war und ist die kleine romanische Kapelle, um die sich die bescheidenen Klostergebäude scharen. Mangels finanzieller Möglichkeiten wurde sie nie grundlegend saniert oder modernisiert. So hat sie ihren ursprünglichen Charme behalten. Die Zahl der Mönche stieg nie über zwanzig und fiel nie unter fünf.

Die heutigen Mönche ...

... in ihrer Chorordnung, d.h. nach der Reihenfolge ihres Klostereintrittes bzw. ihrer leitenden Aufgaben:

Abt Lukas (54 Jahre alt)

Er ist seit vier Monaten Abt der kleinen Gemeinschaft. Sein Heimatkloster ist das Stift Berg. Von hier aus wurde er entsandt, um dem Wunsch und der Bitte der Gemeinschaft in Auergries nachzukommen, die in den eigenen Reihen keinen geeigneten Bruder für das Amt des Abtes bestimmen konnten.

Pater Martinus (48 J.)

Er ist Prior der Gemeinschaft und vertritt den Abt, wenn dieser nicht im Haus ist. Außerdem ist er Sakristan und Zeremoniar der Gemeinschaft, was bedeutet, dass er für die Belange der Kirche und der Gottesdienste verantwortlich ist. Zusätzlich betreut er das gemeinschaftliche Archiv und führt die Annalen.

Bruder Coelestin (55 J.)

Er ist Subprior und damit zweiter Stellvertreter des Abtes. Als ausgebildeter Musiker ist er der Kantor der Gemeinschaft. Er trägt damit die Hauptverantwortung für den Gesang in der Liturgie - auch indem er mit den Brüdern regelmäßig Singstunden abhält und die jüngeren Brüder in die Gregorianischen Gesänge und das Singen einführt und sie schult.

Pater Severin (82 J.)

Nach abgeschlossener Schneiderlehre mit 18 Jahren ins Kloster eingetreten, ist er schon seit Urzeiten für den Bereich der Klosterwäsche verantwortlich. Als Vestiar reicht sein Aufgabenbereich vom Einkauf bis hin zum Flicken schadhafter Kleidungs- und Wäschestücke. Er ist auch für das Nähen des Habits (Ordenstracht) und der Kukulle (Übergewand für den Gottesdienst) zuständig, die für den jeweiligen Bruder maßgeschneidert werden. Seit vielen Jahren betreut er den Klostergarten und versorgt die Gemeinschaft mit Obst und Gemüse aus eigenem Anbau.

Pater Simon (79 J.)

Er war lange Jahre Magister (also zuständig für die Ausbildung und Begleitung der neueingetretenen Brüder) und führte das Lektorat, wobei er zuständig war für die Auswahl von Tisch - und Chorlesungen. Außerdem war er ein guter Organist. Vor gut einem Jahr wurde eine Krebserkrankung diagnostiziert, so dass er durch Operationen, Chemotherapie und Reha-Aufenthalte seine Aufgaben nicht mehr wahrnehmen kann.

Pater Nikodemus (71 J.)

Nach Abschluss seiner theologischen Doktorarbeit bat er, sich um die häuslichen Belange des Klosters kümmern zu dürfen. Seither wäscht er die Klosterwäsche und hält die gemeinschaftlichen Räume sauber. Er hat die Aufgabe des Lektorats von Pater Simon übernommen, solange dieser im Krankenstand ist.

Bruder Thomas (60 J.)

Als er eintrat, hatte er sein Medizinstudium vollständig abgeschlossen und übernahm den Dienst des Infirmars. Seit einiger Zeit hat er eine kleine hausärztliche Praxis in den Räumen der ehemaligen Schmiede auf dem Klostergelände. Er betreut auch die kleine hauseigene Bibliothek.

Bruder Hubert (55 J.)

Als Koch steht er der Küche des Klosters vor und ist damit mit einer sehr zentralen Verantwortung betraut.

Er stellt nicht nur den Speiseplan zusammen, sondern ist auch für den Einkauf der Lebens- und Brauchmittel zuständig. Nebenbei ist er leidenschaftlicher Imker und hat sich im Lauf der Jahre, auch durch seine Kräutertees, die er anbaut, einen kleinen Kundenstamm in der Stadt aufgebaut und beliefert einen kleinen Bioladen mit Honig und Tee.

Pater Benno (45 J.)

Nachdem Pater Simon seinen Dienst als Magister nicht mehr versehen konnte, fiel Pater Benno dieses Amt zu. Er unterrichtet die jungen Brüder in Ordens- und Hausgeschichte, der Regel des Heiligen Benedikt und in Latein. Er ist auch Verwaltungschef (Cellerar) der Gemeinschaft und trägt für alle finanziellen Transaktionen Verantwortung.

Bruder Viktor (52 J.)

Der gelernte Zimmermann und Schreiner ist für die Hausmeisterei zuständig - das umfasst alle Arbeiten außerhalb und innerhalb der Klostermauern. In einer kleinen Werkstatt fertigt er freiberuflich Möbel nach Maß an.

Pater Jonas (64 J.)

Pater Jonas ist für die Gäste der Gemeinschaft zuständig. Sie sollen aufgenommen werden wie Christus selbst. Außerdem bekleidet er das Amt des Pförtners und ist damit die Schnittstelle zwischen Kloster und Welt.

Bruder Mathias (35 J.)

Seinem ausgesprochenen Talent für technische Geräte hat er die Zuständigkeit für die gesamte Haustechnik zu verdanken - das reicht vom Rasenmäher bis zu den Computern im Haus. Auch übernimmt er mit Geschick und Umsicht den Einkauf notwendiger Geräte. Hauptberuflich ist er Physiotherapeut mit einem Behandlungsraum in der kleinen hausärztlichen Praxis.

Bruder Samuel, Triennalprofesse (30 J.)

Er kam mit einer abgeschlossenen kaufmännischen Ausbildung ins Kloster und begann gleich nach seiner ersten Profess (den Gelübden von Gehorsam, klösterlichen Lebenswandel, Beständigkeit für drei Jahre) das Studium der Theologie mit dem Ziel, Priester zu werden.

Bruder Nikolaus, Novize (24 J.)

Seit ein paar Monaten ist der gelernte Bibliothekar als Novize in der Gemeinschaft. Die Hälfte des Tages hat er Unterricht in Latein, Choral, Ordensgeschichte und der Regel des Heiligen Benedikt bzw. Studienzeiten. Nachmittags arbeitet er in verschiedenen Bereichen des Hauses mit, um die Abläufe der Gemeinschaft und auch die Brüder besser kennenzulernen - und umgekehrt. Als C-Musiker ersetzt er derzeit den kranken Pater Simon an der Orgel.

1. Kapitel

Den unberechenbaren Tod täglich vor Augen
haben. (RB 4,47)

Eine Glocke schallt durchs Haus. Laut ruft sie zum Gebet. Durchs ganze Gebäude hört man leise Schritte und Türgeräusche. Heute kommt es Abt Lukas fast unheimlich vor, wie die Brüder nach und nach herbeieilen, sich einreihen und still warten, bis er von hinten die Reihen durchschreitet und den Einzug in die Kirche anführt. Schwer und lähmend wirkt die Stille an diesem Spätnachmittag. Selbst Bruder Hubert, der gewöhnlich erst im letzten Augenblick kommt, steht schon still da. Kein Tuscheln, keine kleinen Nebensätze im Vorbeigehen.

Es ist erst ein paar Stunden her, dass der Prior, Pater Martinus, den jungen Bruder Michael tot in seiner Zelle gefunden hat.

Seither geht alles drunter und drüber. Der eilig herbeigerufene Infirmar und Hausarzt der Gemeinschaft, Bruder Thomas, schüttelt nach der ersten kurzen Untersuchung des Toten den Kopf: „Wir müssen die Polizei holen." Sprachlos stehen die drei vor dem Bett des toten jungen Mannes. Pater Martinus fasst sich als erster: „Vater Abt, wir müssen die Brüder zusammenholen, die Totenglocke läuten und das Totengebet miteinander singen." Abt Lukas steht reglos, blass. „Wie kann das sein.

Gestern Abend sah ich noch spät Licht in der Werkstatt!" Erneut breitet sich Stille aus. Ratlose, zeitlose Stille, die jede Bewegung unmöglich zu machen scheint. „Lukas, komm zu dir!" leise und doch sehr eindringlich spricht Bruder Thomas den Abt an. Es scheint, als wäre der Abt in diesen wenigen Minuten um Jahre gealtert.

„Sicher schläft er nur. Er geht viel zu spät schlafen!" Wie aus weiter Ferne spricht Abt Lukas in die Reglosigkeit hinein. „Abt Lukas, er ist tot! Er ist tot!" Bruder Thomas fasst den Abt an der Schulter. Ob es die Worte oder die Berührung des Mitbruders sind - Abt Lukas Körper durchläuft ein Schauder, verstohlen wischt er sich eine Träne aus dem Augenwinkel: „Pater Martinus, geh, läute die Totenglocke, ruf die Brüder im Kapitelsaal zusammen und sorge für größtmögliche Ruhe. Ich komme in ein paar Minuten dazu. Bruder Thomas, ruf' die Polizei und bleib dann hier, beginne die Totenwache. Ich komme, sobald die Brüder benachrichtigt sind, und löse dich ab."

Mit jedem Satz gewinnt seine Stimme an Sicherheit und Souveränität zurück.

Das Läuten der Totenglocke ist ein blechernes und hartes Geläut, unverkennbar und durchdringend. Es ruft die Brüder umgehend in den Kapitelsaal, so wie es seit ewigen Zeiten Brauch ist. „Pater Simon? Das ist kann doch nicht sein. Gestern war er noch ganz munter. Als ich ihn besucht habe, meinte er, er bezweifle inzwischen, dass der liebe Gott ihn überhaupt haben wolle." Pater Jonas schluckt sein Erschrecken runter und lächelt dem jungen Bruder Nikolaus aufmunternd zu, der besorgt und verunsichert wirkt. „Es ist für Sie sicher das erste Mal, dass Sie das erleben. Kommen Sie mit mir mit. Die Brüder versammeln sich jetzt alle im Kapitelsaal, Vater Abt wird uns sagen, wer gestorben ist und dann beten wir miteinander das Totengebet." Bruder Nikolaus schließt sich dem älteren Mönch dankbar an. Im Kapitelsaal sind tatsächlich schon die meisten Brüder zusammengekommen. Es herrscht absolutes Schweigen. Wenn es auch auf dem Weg hierher das eine oder andere leise spekulative Gespräch gegeben hat, hier nun verharren alle in Stille.

Währenddessen öffnet Vater Abt die kleine Pforte, den Nebeneingang, den auch die meisten Lieferanten benutzen, wenn sie den Wirtschaftsbereich des Klosters anfahren. Zwei Polizeiwagen und ein Zivilfahrzeug kommen in den Hof.

Abt Lukas begrüßt die Leute und führt sie ohne große Umschweife durch den hinteren Klausurgang in den Schlaftrakt der Mönche.

„Sagen Sie, was ist das hier? Ein Internat?" spricht einer der Polizisten den Abt an. „Das ist ein Kloster," seine Worte sind harsch und abrupt, sodass der junge Polizist sich jeder weiteren Nachfrage enthält und schulterzuckend zu seinem Kollegen schaut, der nur die Augen verdreht, als wolle er sagen: „So dumm kannst doch nicht mal du sein, nicht zu wissen, was ein Kloster ist!"

Als sie die Zelle betreten, finden sie Bruder Thomas auf dem Boden kniend. Sofort erhebt er sich. Nein, er habe nichts verändert. Nein, er habe keine Idee woran der junge Mann gestorben sei. Nein, er habe keine Ahnung, was passiert sein könnte.

Abt Lukas überlässt die Beamten ihrer Routine und bittet Bruder Thomas, Rede und Antwort zu stehen. Er selbst macht sich auf den Weg zum Kapitelsaal und sichert zu, dass er in Kürze wieder zur Verfügung stehen wird.

Was soll er den Brüdern nur sagen und vor allem, wie soll er es sagen? Auch muss er umgehend Abt Leo anrufen und ihm mitteilen, dass der junge Bruder Michael tot ist.

Was das für die kleine Abtei dort bedeutet, will sich Abt Lukas gar nicht erst ausmalen.

Bruder Michael war die große Hoffnung für die Gemeinschaft. Seine künstlerische Begabung war unübersehbar, seine menschliche und geistliche Weite erstaunlich für so einen jungen Mann. Schweren Herzens hatte Abt Leo ihm erlaubt, an der Kunsthochschule hier zu studieren - 500 km von seinem Heimatkloster entfernt. Bruder Michael flogen die Herzen zu. Seine Offenheit und Fröhlichkeit waren mitreißend gewesen.

Die Kälte des Türöffners holt Abt Lukas in die Wirklichkeit zurück. Als er in den Kapitelsaal eintritt, erheben sich alle und wenden sich ihm zu. Außer Pater Simon, der im Kreiskrankenhaus liegt, sind alle versammelt. Spannung und Unruhe liegen auf den Gesichtern der Brüder. Der junge Bruder Nikolaus ist blass und fast durchsichtig.

„Ich muss dringend mit dem Burschen sprechen!" schießt es Abt Lukas durch den Kopf.

An seinem Platz angekommen tritt Pater Martinus an die Seite seines Abtes. Das Seil der Totenglocke hängt mitten im Saal, mahnend und nach einer Antwort verlangend.

Abt Lukas atmet durch: „Brüder, Pater Martinus hat Bruder Michael tot in seinem Bett gefunden, als er nach ihm schaute, weil er nicht zum Morgenoffizium da war."

Fassungslose Stille erfüllt den Raum. Bruder Michael?

„Nein, nein, nein!" Bruder Nikolaus bricht weinend zusammen. Pater Benno, der Novizenmeister, kniet sich neben den jungen Bruder und hält ihn tröstend fest.

„Vater Abt, was ist passiert. Wie kann das sein?" Pater Jonas' Stimme erhebt sich aus der entstanden Unruhe.

„Wir wissen es noch nicht! Die Polizei ist da und wir müssen abwarten, was sie herausfinden! Bitte verzichtet auf Gemurmel und Getuschel. Wir müssen damit rechnen, dass es eine Befragung gibt."

„Aber Vater Abt, das hört sich ja an, als wäre er umgebracht worden!"

Mit einem Schlag ist es still, fast totenstill.

„Bitte, das habe ich nicht gemeint, aber es wird sicher eine Untersuchung geben." Abt Lukas schaut forschend in die Runde. Der junge Nikolaus sitzt wie erstarrt auf der schmalen Bank.

„Wir werden jetzt die Commendatio animae beten und dann geht jeder wieder an seine Arbeit. Ich werde gleich Abt Leo anrufen und dann hören, was die Kripo sagt. Ich verspreche, euch umgehend zu informieren, wenn ich etwas Genaueres weiß! Wir treffen uns gleich im Anschluss ans Mittagessen dann hier zu einer Besprechung!"

„Abt Lukas, bitte. Werden sie Bruder Michael mitnehmen? Wenn er abgeholt wird, müssen wir ihm doch das Geleit geben!" Pater Severin, der Senior, schaut seinen Abt direkt ins Gesicht. Zustimmendes Murmeln kommt aus der Runde.

„Ich weiß nicht, ob das möglich sein wird!"

„Das muss möglich sein, Vater Abt. Nie hat ein verstorbener Mönch unser Kloster ohne dieses Geleit verlassen!" Pater Severins Stimme hat sich gesenkt und birgt Eindringlichkeit in sich.

Abt Lukas zögert. „Gut, ich läute die Chorglocke, wenn es möglich ist!" Die Antwort des Abtes lässt keine weitere Nachfrage zu.

Er schlägt das Kreuzzeichen und kniet auf dem alten Parkettboden nieder:

„Lasset uns beten für unseren verstorbenen Bruder Michael!" Die zwölf Männer im Raum tun es ihm gleich, selbst der 82 jährige Pater Severin kniet sich langsam nieder. Dann stimmen sie mit dem Kantor, Bruder Coelestin, in die Litanei ein: „Herr, erbarme dich! Christus erbarme dich! Herr erbarme dich! Heilige Maria, Mutter Gottes. Bitte für ihn. Heiliger Michael. Bitte für ihn." Im Beten scheinen sich die Gemüter zu beruhigen, es kehrt trotz des vollen Gesangs der Männer Ruhe ein.

Das Gleichmaß und die Schönheit des Totengebetes sind auch auf dem Wirtschaftshof zu hören, wo gerade die Streifenpolizisten ihre Sachen ins Auto packen.

„Hör dir das an! Wahnsinn! Sind das etwa die Leute, die hier wohnen, die so toll singen!" „Ja und übrigens, diese Leute heißen Mönche und leben hier zusammen, um miteinander zu beten und zu arbeiten. Ora et labora, sagt man. Das sind fromme Männer!" erklärt einer der beiden Uniformierten.

„Aha - davon verstehe ich nichts. Aber singen können sie. Das geht einem ja total unter die Haut. Ob es da wohl eine CD gibt oder eine Möglichkeit es sich im Internet runterzuladen?" „Oh, Mann, Kollege, du spinnst doch!" bemerkte der dritte im Bunde, wirft die Tasche ins Auto und steigt ein. „Los, auf geht's. Gleich kommt der Leichenwagen und wir müssen Platz machen, damit sie rein können!" Kaum haben sie das Tor passiert, kommt der Wagen des gerichtsmedizinischen Institutes und biegt in den Hof ein.

Inzwischen hat Abt Lukas den Kapitelsaal verlassen, gefolgt von Pater Martinus, der kaum Schritt halten kann. Ihr Weg führt am Refektorium und dem Rekreationsraum vorbei, hinein in den Schlaftrakt, wo sich gerade der Fotograf verabschiedet. „Hey Leute, ich bin fertig. Alles im Kasten. Schicke es wie gewohnt per Mail und bis nachmittags kommen auch die Abzüge. Servus, mache mich auf den Weg. Wünsche ein allseits erholsames Wochenende!"

Im Umdrehen fällt sein Blick auf Bruder Thomas, der zurückhaltend auf dem Flur wartet. „Nichts für ungut, Pater. Tut mir leid. So ein armer Bursche! Hoffentlich klärt sich alles auf!"

Bruder Thomas nickt ihm still zu.

„Wann kommt denn nun Ihr Abt? Können Sie ihn nicht anrufen. Wir müssen ein paar Dinge mit ihm klären und besprechen und haben nicht ewig Zeit!?"

Ungeduld und Unmut strömen dem nicht mehr ganz jungen Kommissar aus jedem Knopfloch.

„Was kann ich für Sie tun?"

Abt Lukas stellt sich schützend vor Bruder Thomas, der erschöpft und verunsichert wirkt.

„Hören Sie, aufs erste bleibt die Todesursache ungeklärt. Wir nehmen den Leichnam zur Obduktion mit. Außerdem will ich mit allen ihren Leuten sprechen. Sicher haben Sie einen Raum, wo wir die Befragungen durchführen können."

„Ja, das haben wir. Allerdings wird das bis nachmittags warten müssen. In einer guten halben Stunde beten wir die Mittagshore und essen - danach ist Lesezeit. Die Arbeitszeit beginnt um 14.30 Uhr - kommen Sie dann und läuten Sie an der Pforte."

In diesem Moment wird der Metallsarg von zwei Männern in schwarzen Anzügen herbeigetragen.

„Was denken Sie ..." Abt Lukas unterbricht den Protest des Kommissars kurzerhand: „Pater Martinus, geh und läute die Chorglocke."

„Hören Sie, so geht das nicht."

Wieder schneidet Abt Lukas dem Beamten das Wort mitten im Satz ab: „Herr Kommissar, jetzt hören Sie bitte: Bruder Michael war Mönch, wir alle hier sind Mönche. Wir werden ihn in Anstand und Würde betend aus dem Haus geleiten. Danach ziehen wir uns zurück. Wenn Sie mir nicht glaubhaft machen, dass „Gefahr in Verzug" ist, werde ich von diesem unserem Rhythmus nicht abweichen. Am Nachmittag stehen wir Ihnen alle zur Verfügung!"

Die Chorglocke schlägt an - dong-dong-dong - Pause - dong-dong-dong - Pause usw... Als hätten die Brüder alle in der Nähe gewartet, kommen sie in Windeseile herbei - still und leise, wie Schatten bewegen sie sich, formieren sich im Spalier vor der Zelle ihres toten Bruders.

Die beiden Männer im schwarzen Anzug treten ehrfürchtig vom Sarg zurück, als Abt Lukas sich am Bett des Toten niederkniet:

> *„In paradisum deducant te angeli;*
> *in tuo adventu suscipiant te martyres,*
> *et perducant te in civitatem sanctam Ierusalem.*
> *Chorus angelorum te suscipiat,*
> *et cum Lazaro, quondam paupere,*
> *æternam habeas requiem."*
>
> *(Ins Paradies mögen die Engel dich geleiten,*
> *bei deiner Ankunft die Märtyrer dich empfangen*
> *und dich führen in die Heilige Stadt Jerusalem.*

Der Chor der Engel möge dich empfangen,
und mit Lazarus, dem einst armen,
mögest du ewige Ruhe haben.)

Brüchig klingt seine Stimme, als er die alte lateinische Antiphon anstimmt. Die Brüder draußen nehmen den Gesang auf. Es ist, als würde die Zeit stehen bleiben, nur die Melodie bewegt den Raum. Abt Lukas zeichnet dem toten Bruder Michael ein Kreuz auf die Stirn und küsst die Hände des Toten, an denen die für den jungen Künstler typischen Spuren von Ölfarbe zu sehen sind. Ein wenig muss Abt Lukas darüber lächeln.

„Dir einen guten Weg, mein junger Freund. Geh in Frieden!" spricht er still, während die Brüder Psalm 130 singen: „*De profundis, clamavi ad te domine (Aus der Tiefe rufe ich Herr zu Dir)!*"

Als er aufsteht, gibt er Pater Martinus und Bruder Coelestin ein Zeichen. Zu dritt heben sie den federleichten kleinen Körper ihres Mitbruders aus dem Bett und betten ihn vorsichtig und liebevoll in den Sarg. Dann gehen sie hinaus, reihen sich in das Spalier der singenden Brüder ein. Schweigend schließen die Männer in den schwarzen Anzügen den Sarg und fahren ihn an den singenden Brüdern vorbei, hinaus in den Wirtschaftshof.

Die Mönche folgen ihnen in Prozessionsordnung. Erst als der Wagen aus dem Tor hinausfährt, verklingt der Gesang. Die Mönche stehen schweigend.

„Gut, wir sehen uns am Nachmittag, Abt Lukas!"
Der Kommissar durchbricht den Bann des Augenblicks,
winkt den beiden Beamten von der Spurensicherung zu
und steigt in sein Auto.

„Abt Lukas! Wir sind soweit fertig. Wir versiegeln jetzt noch die Zimmertür und gehen dann auch!"
Leise und respektvoll spricht der jüngere der beiden Spurensicherer den Abt an.

An diesem Abend erzählen viele der Beamten zu
Hause von diesem ungewöhnlichen Einsatz. Der fragende Kollege googelt die Begriffe „Mönche", „Benediktiner" und „Kloster" und entdeckt dabei, dass dieser Gesang „Gregorianik" heißt und eine uralte Musik ist, die
die Jahrhunderte überdauert hat.

Auf das Zeichen des Abtes hin gehen die Brüder
schweigend zurück an ihre Arbeit. Abt Lukas schaut ihnen bewegt und dankbar nach. Was für Männer das sind
- sein Herz ist voller Wertschätzung und Dankbarkeit für
diese außergewöhnliche Gemeinschaft, deren Abt er seit
gut vier Monaten ist.

„Abt Lukas, was nun?" Die drängende Stimme
seines Priors holt ihn zurück in die harte Realität der Situation.

„Ich gehe und rufe Abt Leo endlich an. Bis jetzt war keine Möglichkeit. Lass uns nach dem Essen miteinander schauen, was als nächstes zu tun ist."

Wieder einmal schickt er im Inneren ein „Deo Gratias" zum Himmel, als Pater Martinus zustimmend nickt und sich leise entfernt.

„Abt Lukas, was sagen Sie denn da. Das kann doch nicht sein. Letzte Woche habe ich noch mit Bruder Michael telefoniert. Er war ganz angetan von dem neuen Projekt seiner Seminargruppe. Er sagte, es ginge ihm prima und hat mir versprochen, gut auf sich aufzupassen. Was um Himmelswillen ist passiert? Nun sagen Sie doch etwas! Er kann doch nicht so einfach tot im Bett liegen!"

Abt Leos Redeschwall abwartend sitzt Abt Lukas in seinem kleinen Büro in der Abtei. Es fällt ihm unendlich schwer, diesem alten Mann, Abt Leo ist nun schon 82 Jahre alt, einzugestehen, dass er nicht weiß, was passiert ist. Er fühlt sich furchtbar hilflos und unzulänglich. Im Hintergrund erschallt die Chorglocke, fast gleichzeitig hier wie dort: „Abt Leo, sobald ich mehr weiß, melde ich mich. Bitte grüßen Sie die Mitbrüder und drücken Sie unser aller Beileid aus!"

Wie gerne würde er jetzt einfach mit den Fingern schnippen und dann müsste dieser Alptraum zu Ende sein. Als Kind hatte er es oft so gemacht und in der alten kleinen Dorfkirche Zuflucht gesucht und gebetet:

„Lieber Gott, mach, dass alles wieder gut ist!" Nun, um mit den Fingern zu schnippen, war er inzwischen zu alt, aber der Weg in die Kirche stand ihm noch immer offen.

„*Deus in adiutorium meum intende*" (*O Gott, komm mir zur Hilfe*) - drängender und flehender kann dieser Ruf an diesem Mittag zur Eröffnung der gemeinsamen Hore nicht klingen. Abt Lukas lässt sich hineinnehmen in den gemeinsamen Fluss des Betens. Wie meist, klingen die Männerstimmen nach wenigen Versen harmonisch und voll zusammen und füllen den kleinen Kirchenraum warm und lebendig. Sie beten Psalm 22, wie immer am Freitag. „Mein Gott, mein Gott, warum hast du mich verlassen!"

Im Anschluss an die Mittagshore liest der Chorälteste jeweils einen Abschnitt aus der Regel des Heiligen Benedikt vor. Als Abt Lukas das Buch aufschlägt, stockt er. Er sieht, welche Verse für diesen Tag, den 21. Mai, treffen. Einen Augenblick überlegt er, dann zitiert er:

„Aus dem 4. Kapitel der Regel des Heiligen Benedikt: *Die Werkzeuge der geistlichen Kunst - Den Tag des Gerichtes fürchten. Vor der Hölle erschrecken. Das ewige Leben mit allem geistlichen Verlangen ersehnen. Den unberechenbaren Tod täglich vor Augen haben.*"

Stiller kann Stille nicht sein. Es ist, als ob die Brüder den Atem anhalten.

Meist deutet der Abt das Gelesene in wenigen Sätzen aus. Heute aber stimmt er in die große Stille ein, die sich fühlbar und greifbar ausbreitet. Sie zieht die Brüder wie in einen Sog und droht, sie mit sich zu reißen.

Abt Lukas wird der Gefahr gewahr und klopft laut und eindeutig ab. Sofort erheben sich alle, Bruder Nikolaus geht voran und öffnet die Tür. Der kleine Zug der Mönche zieht aus der Kirche hinüber in das Refektorium, wo alle ihren Platz einnehmen. Pater Severin und Pater Benno haben Tischdienst und tragen die Freitagssuppe auf. Als auch sie an ihren Plätze stehen, intoniert Abt Lukas das Tischgebet und die Brüder antworten in Worten und Gesten. Erst dann setzen sich alle und bedienen sich leise. Abt Lukas schaut in die Runde, denn üblicherweise beginnen alle gemeinsam mit dem Essen, dann, wenn jeder Suppe im Teller hat. Dabei wird er gewahr, dass Bruder Nikolaus sich nur einen winzigen Schöpfer der sowieso dürftigen Freitagssuppe genommen hat. Abt Lukas wartet, bis Bruder Nikolaus merkt, dass sein Abt ihn anschaut. Der Blick des Oberen spricht deutliche Worte, für alle im Raum vernehmbar, die die nonverbale Kommunikation der beiden durchaus bemerkt haben. Bruder Nikolaus hält nur kurz dieser unmissverständlichen Aufforderung des Abtes stand, dann senkt er den Blick und füllt seinen Teller.

Abt Lukas Strenge mündet in ein aufmunterndes und wertschätzendes Lächeln, das im Angesicht des jungen Novizen Entspannung und Dankbarkeit auslöst.

fast verstummt. Umso wunderbarer erschien es allen, dass es nach ein paar Wochen in der Gemeinschaft der Mönche fast gänzlich verschwunden war.

Kaum ist Bruder Nikolaus gegangen, klingelt das Telefon. Es ist Kommissar Meinrad. „Abt Lukas, ich melde mich, weil ich ein erstes, allerdings vorläufiges Ergebnis habe. Michael Denor ist an einer Vergiftung gestorben. Um welche Substanz es sich genauer handelt und auch wie sie appliziert wurde, ist noch unklar. Aber eines steht fest - er ist nicht eines natürlichen Todes gestorben. Die Spurensicherung ist zurzeit in der Akademie und sichtet seinen Arbeitsplatz dort. Zwei Kollegen haben begonnen, die Professoren und Studenten zu vernehmen. Sicher ist das jetzt ein Schock für Sie - ich dachte, es wäre gut, wenn Sie so schnell wie möglich davon wissen. Allerdings würde ich Sie bitten, ihre Leute nicht vor der Befragung zu informieren."

Abt Lukas gehen tausend Dinge gleichzeitig durch den Kopf. Hatte Bruder Nikolaus recht gehabt? War es eine Art Arbeitsunfall? Eine Unverträglichkeit? Oder ist er einem Verbrechen zum Opfer gefallen? Mord?

„Abt Lukas, sind Sie noch da?" die Stimme des Kommissars reißt ihn aus seinen Gedanken.

„Ja, bitte entschuldigen Sie. Mir geht nur so einiges durch den Kopf!" und er berichtet dem Kommissar von dem, was Bruder Nikolaus ihm soeben erzählt hat.

„Na, das würde ja gut passen! Warten wir einmal ab, was wir heute noch alles erfahren! Wir sehen uns ja in einer Stunde." Dann legt er den Hörer auf und lässt einen sehr nachdenklichen Abt am Schreibtisch zurück.

2. Kapitel

Er muss wissen, welch schwierige und mühevolle
Aufgabe er auf sich nimmt: Menschen zu führen
und der Eigenart jedes einzelnen zu dienen.
(RB 2,31)

„Benedicite, Abt Lukas, an der Pforte sitzt eine junge Frau, eine Studienkollegin von Bruder Michael, wenn ich es richtig verstanden habe. Sie sagt, sie müsse unbedingt mit Ihnen sprechen!" Bruder Samuel ist nach einem leisen Klopfen eingetreten.

Abt Lukas steht sein Erstaunen deutlich ins Gesicht geschrieben. „Ja, Bruder Samuel. Ich komme gleich mit Ihnen! Sie sind blass. Wollen wir nach dem Abendessen einen kleinen Spaziergang machen und Sie erzählen mir, wie es Ihnen geht?" Abt Lukas fasst den jungen Mann kurz an der Schulter. „Es wird kaum Zeit sein, Vater Abt." In der Stimme des jungen Mönches schwingt ein wenig Resignation.

„Vielleicht nicht, aber wenn es möglich ist, würde ich mich freuen. Ein kurzer Spaziergang wird auch mir guttun!"

Inzwischen haben die beiden das Besucherzimmer erreicht. Ihre Blicke kreuzen sich und Einverständnis zeichnet sich auf ihren Gesichtern ab.

Als der Abt das schlichte Gesprächszimmer betritt, steht die junge Frau sofort auf. „Abt Lukas, bitte verzeihen sie, dass ich so unangemeldet hier hereinplatze. Sicher haben Sie alle Hände voll zu tun. Aber ich wusste einfach nicht, was ich machen sollte. Michael hat große Stücke auf Sie gehalten und da dachte ich...“

„Langsam, langsam. Setzten Sie sich erst mal. Verraten Sie mir Ihren Namen?“ Abt Lukas nimmt sein Gegenüber ein wenig näher in Augenschein: unorthodoxe, aber ordentliche Kleidung, ca. 25 Jahre alt, ungeschminkt, verweinte Augen, langes gepflegtes, aber wildes Haar, Farbe an den Händen - sie entspricht in allem dem typischen Künstlerklischee.

„Ja, natürlich. Ich bin Elise, Elise Tscheknovik. Ich habe die letzte Woche zusammen mit Michael an der Figurengruppe gearbeitet. Er ist - er war einfach genial. Er hat unsere Professoren zum Teil einfach in die Tasche gesteckt. Und das Verrückteste daran war, dass er es nicht mal gemerkt hat. Professor Heindl hat ihn die letzte Woche wirklich mies behandelt und ihm die dreckigsten Arbeiten aufgetragen. Michael hat alles gemacht, ohne Gemotze. Und er hat es gut gemacht, sehr gut! Wir haben manchmal gesagt, dass er sich wehren soll, aber er hat nur gelächelt und mit den Schultern gezuckt. Es ist alles so unwirklich.“

Nach diesem Redeschwall fällt Elise in dumpfes Brüten, Tränen rollen ihre Wangen hinunter und sie schnieft vernehmlich.

Abt Lukas greift in seine Habit-Tasche und reicht ihr eine Packung Papiertaschentücher, die sie dankbar annimmt.

Was sie erzählt, erstaunt den Abt nicht. Bruder Michael war ein ungewöhnlicher Mensch. Nie lehnte er eine Bitte ab, immer war er hilfsbereit und zugewandt. Seine positive Art, die Dinge zu nehmen und allem etwas Gutes abzugewinnen, machten ihn zu einem wunderbaren Freund und Mitbruder. Abt Lukas kannte aber auch die Schattenseiten, die Bruder Michael im geistlichen Gespräch offen anzusprechen vermochte. Oft quälten ihn große Selbst - und Glaubenszweifel. Seine teilweise grausame Kindheit hatten ihm viele Wunden zugefügt.

„Elise, warum sind Sie gekommen?" Abt Lukas sucht den Blick der jungen Frau.

„Als ich von einem Kollegen hörte, dass die Kripo im Atelier ist, weil Michael vergiftet worden ist, musste ich einfach kommen. Ich glaube nämlich, dass Michael in Schwierigkeiten war, deren er sich gar nicht bewusst war. Verstehen sie?" Fragend, ja fordernd schaut sie den Abt an.

„Nein, wenn ich ehrlich bin, verstehe ich gar nichts. Hat es etwas mit der Figurengruppe zu tun, an der Sie zuletzt gearbeitet haben?"

Abt Lukas spürt die enorme Anspannung seines Gegenübers. „Ja, genau. Ich weiß nicht, was es zu bedeuten hat, aber er hat letzte Woche im Seminar erzählt, dass er auf eine sehr interessante Farbe gestoßen sei, die aufs Erste gar nicht in die geschichtliche und geographische Verortung der Figurengruppe gehören kann. Er war sehr aufgeregt und wollte gerne darüber diskutieren - Professor Heindl war stocksauer und tat die Sache ab. Die Luft im Seminarraum war zum Schneiden - keiner traute sich noch etwas zu sagen. Michael erklärte mir dann beim Rausgehen, dass er ein wenig Farbe abgekratzt hätte und chemisch untersuchen würde, weil ihn das einfach interessieren würde. Ludwig, der viel mit Michael gearbeitet hat, warnte ihn. Er solle doch die Finger davon lassen, sonst würde er riskieren, dass Professor Heindl ihn aus dem Seminar werfen würde. Michael lachte nur und bemerkte in seiner typischen Art, dass er als Mönch nicht auf so was angewiesen sei - er habe eine Anstellung auf Lebenszeit. Damit verabschiedeten wir uns fürs Wochenende. Montags hat immer Dr. Wahrt die Aufsicht. Ihm zeigte Michael, was er an der Figur des Johannes entdeckt hatte. Beim Säubern war Michael ein Stück des Mantels herausgebrochen. Darunter, völlig unverständlich, war eine Farbschicht zu Tage gekommen, wohlbemerkt unter einer herausgebrochenen Stelle. Michael hatte übers Wochenende herausgefunden, dass das Bruchstück gar kein echtes Holz war, sondern eine Holzpaste, eine Art Kitt, der ganz offenbar übergestrichen

41

worden war. Das war eine total rätselhafte Geschichte. Dr. Wahrt war genauso aufgeregt wie Michael, und die beiden saßen geraume Zeit über den schriftlichen Unterlagen, die wir über die Figurengruppe hatten. Als wir am nächsten Morgen in die Werkstatt wollten, hing ein Zettel an der Tür: „Dienstag und Mittwoch kein Seminarbetrieb." Also sind wir alle wieder los - Michael verschwand in der Bibliothek, wo ich ihn nachmittags über diversen Chemiebüchern brütend fand. Und stellen Sie sich vor: am Donnerstag war der Johannes weg, genauso wie die Petrusfigur. Weg."

Es klopfte laut und drängend an der Tür. Nur widerwillig stand Abt Lukas auf und öffnete die Tür. „Benedicite, Vater Abt, entschuldige, dass ich störe, aber der Kommissar ist da und wartet im hinteren Besprechungszimmer!"

„Danke, Pater Jonas. Kannst du ihn mit Kaffee und Co. versorgen. Ich bin in fünf Minuten da. Hast du Pater Martinus schon informiert?" Pater Jonas nickt zustimmend und macht sich auf den Weg.

Beim Schließen der Tür sagt Abt Lukas: „Elise, haben Sie das alles auch der Polizei erzählt?" „Nein, Sie müssen mich da raushalten. Keine Polizei!"

Zwischen den beiden breitet sich gespannte Stille aus. Abt Lukas sieht im Gesicht der jungen Frau Angst, ja Panik, aber auch Entschlossenheit.

„Elise, ich habe keine Ahnung, was hier los ist. Aber seien Sie sicher, dass ich Sie nicht in Schwierigkeiten bringen will. Sie haben von mir nichts zu befürchten. Aber die Polizei wird sicher nach Ihnen suchen, um Sie zu befragen."

„Sie werden mich nicht finden. Ich werde verschwinden. Ich wollte nur, dass Sie das alles wissen, wegen Michael. Er war so ein wunderbarer Mensch, und wenn ihm jemand etwas angetan hat, muss er dafür bestraft werden. Lassen Sie mich jetzt bitte gehen. Ich melde mich wieder bei Ihnen."

„Kommen Sie!" Ab Lukas führt sie zur kleinen Nebenpforte, wo sie unbemerkt das Kloster verlassen kann. „Segnen Sie mich?!" Erstaunen zeichnet sich auf dem Gesicht des Abtes ab. „Bitte!" Sie zeigt ihm das kleine Kreuz, dass sie an einer Kette um den Hals trägt. Der Mönch zeichnet ihr ein Kreuz auf die Stirn - beide verharren einen Moment in Stille, dann wendet sie sich abrupt ab und verschwindet in der kleinen Gasse.

Ring-Riiiiiing. Ring-Riiiiiing. Sein Klingelzeichen schallt durchs Haus.

„Ich bin schon da", meldet er sich bei Pater Jonas, der an der Pforte seinen Dienst tut.

„Der Kommissar ist wohl nicht gewohnt zu warten Abt Lukas. Er war schon zweimal hier und fragte, welche Zeiteinheit im Kloster wohl „fünf Minuten" sind." Sein Grinsen spricht Bände!

„Entschuldigen Sie, Kommissar Meinrad, dass ich Sie warten ließ. Nun, wie ist der Stand der Dinge?" Abt Lukas setzt sich an den schlichten Holztisch und nimmt sich eine Tasse Kaffee und einen Keks.

„Ist Ihnen nicht gut, Abt Lukas? Sie sehen ganz blass aus!"

Die Stimme des Kommissars klingt besorgt.

„Na, ja. Nicht alle Tage findet sich ein toter Bruder in seinem Bett. Nicht alle Tage stellt die Polizei das Haus auf den Kopf. Nicht alle Tage..." ob seiner eigenen zynischen Worte erschrocken, bricht er im Satz ab.

„Ach, entschuldigen Sie bitte, Herr Meinrad, Sie sind ja der Letzte, der dafür etwas kann. Nein, es geht mir ganz gut. Ich bin nur müde und mir schwirrt der Kopf, und ich befürchte, dass der Tag noch lange nicht zu Ende sein wird."

„Nun, Sie haben allen Grund, mehr als angespannt zu sein. Ich muss gestehen, dass ich auch nicht alle Tage so einen Fall habe. Wissen sie, hier in unserem kleinen Städtchen passiert Gottlob nicht allzu viel. Einen ungeklärten Todesfall hatten wir zuletzt vor zwei Jahren und dabei handelte es sich um eine alte Dame, die ihre Pillen vertauscht und so wohl ungewollt Selbstmord begangen hatte. Tragisch. Ich erinnere mich noch gut an die Tochter, die ganz fassungslos vor dieser Situation stand. Aber zurück zu ihrem jungen Mitbruder. Die Befragung der Studienkollegen und Professoren hat Interessantes ergeben. Er war überaus beliebt und seine Begabung wurde als überragend eingeschätzt. Aber die letzte Woche gab es wohl Differenzen zwischen ihm und Professor Heindl. Haben Sie das gewusst?"

„Bruder Michael hat es angedeutet, aber er maß dem nicht viel Bedeutung bei. Er nannte es eine Verstimmung. Sie müssen wissen, dass Michael ein sehr positiver und umgänglicher Mensch war." Die Worte des Abtes kommen vorsichtig und überlegt.

„Hat Herr Denor etwas über den Grund der Verstimmung erzählt?" hakt der Kommissar nach.

„Nein, das hat er nicht. Wie gesagt, er maß dem keine größere Bedeutung bei! Aber ..." Der Abt zögert.

Kommissar Meinrad sieht ihn fragend an. „Spucken Sie es aus, Abt Lukas!"

„Ich hatte gerade Besuch von einer Studienkollegin von Bruder Michael..." Der Kommissar unterbricht ihn mit keiner Silbe, geduldig hört er sich die Ausführungen an.

„Na, das wird ja immer mysteriöser, aber gleichzeitig habe ich das deutliche Gefühl, dass wir da einer interessanten Sache auf der Spur sind. Das Dezernat „Kunst" habe ich schon informiert, mal sehen, ob die uns weiterhelfen können. Ja und diese Studentin... Aber das ist zu diesem Zeitpunkt vielleicht nicht so wichtig. Ich werde jetzt erst mal die Brüder befragen und dann sehen wir weiter."

Draußen wartet schon Bruder Nikolaus und er macht in Anwesenheit des Abtes seine Aussage - ganz ohne Stottern. Dann verlassen Abt und Novize das Besprechungszimmer. Vor der Tür harrt schon Bruder Samuel - er ist gerade in die neueste Ausgabe der benediktinischen Zeitschrift „Erbe und Auftrag" vertieft. Deutlich unwillig klappt er das Heft zu: „Lesenswert - sehr lesenswert", murmelt er den beiden Brüdern im Vorbeigehen zu.

An der Pforte liegt noch die Post, die der Briefträger heute Vormittag in all dem Trubel gebracht hatte. Abt Lukas verteilt sie in die Postfächer. Mit den Rechnungen in der Hand macht er sich auf den Weg in die Celleratur, wo Pater Benno gerade über einem Stoß Papier brütet. Der steht sofort auf, als sein Abt das Zimmer betritt. „Benedicite. - Gut, dass du kommst, Vater Abt. Gibt es etwas Neues?"

„Ja, aber ich würde es gerne allen zusammen berichten - kannst du bis abends warten?"

„Ungern!" Schalk huscht über das Gesicht des Cellerars, der sich inzwischen wieder hingesetzt hat.

„Aber wie sagt unsere Heilige Regel: Man soll der Schweigsamkeit zuliebe bisweilen sogar auf gute Gespräche verzichten! RB 6,2!"

Abt Lukas weiß, dass Pater Benno mit einem fast unbändigen Interesse für alles und jedes gesegnet ist, und dass die Schweigsamkeit für ihn eine besondere Herausforderung ist. Die beiden Männer lächeln einander herzlich zu.

„Ich gehe und drehe meine Runde! Bis später Pater Benno!"

Seit er im Haus ist, hat er sich diesen täglichen Rundgang angewöhnt. Im Garten sieht er Pater Severin in seinem alten Arbeitshabit auf einem der großen Findlinge sitzen, in den Händen den Rosenkranz, zu seinen Füßen einen Eimer mit gerupftem Unkraut. Leise, um den Betenden nicht zu stören, zieht er sich zurück. „Vater Abt!" es ist Pater Severins Stimme, die ihn ruft.

„Pater Severin. Ich wollte Sie nicht unterbrechen."

„Nein, nein. Ich freue mich, wenn Sie sich einen Moment hersetzen!"

Er rückt ein Stück zur Seite und Abt Lukas setzt sich zu ihm.

„Wissen Sie, was mich beschäftigt? Als Sie heute früh Bruder Michael aus dem Bett in den Sarg hoben, da fiel mir die Zerbrechlichkeit seines Körpers auf. Ich hatte seine Behinderung völlig vergessen. Nicht, dass ich mich daran gewöhnt hätte, nein, ich habe es einfach nicht mehr gesehen."

Abt Lukas nickt zustimmend.

„Ja, weil Sie das jetzt sagen ... das Wort Behinderung ist heute noch nicht gefallen. Nicht mal der Kommissar hat danach gefragt."

Sie sitzen eine Zeit schweigend nebeneinander. Abt Lukas ist dankbar für diesen Moment der Vertrautheit. Pater Severin hatte sich sehr schwer getan mit der Tatsache, dass ein Mönch eines anderen Klosters sein Abt wurde.

„Das ist nichts Persönliches - ich habe nur Gutes von Ihnen gehört. Aber ich hätte mir gewünscht, dass einer von den Unseren genug Mumm hätte, das Amt anzunehmen, " waren seine Worte nach der Abtweihe gewesen.

Seither war er still und zurückhaltend seinem Abt gegenüber gewesen - respektvoll, aber distanziert.

„Nichts für Ungut, Abt Lukas. Ich habe es Ihnen in den letzten Wochen nicht eben leicht gemacht. Verzeihen Sie einem alten Mann seinen Starrsinn?" Er reibt seine Hände am Habit ab und streckt Abt Lukas die Rechte entgegen.

Ein fester Händedruck besiegelt die gegenseitige Wertschätzung.

„Nun gehen Sie schon. Sie haben sicher noch anderes zu tun, als bei ihrem Senior hier auf einem Stein zu sitzen!" fast barsch durchbricht der Alte den Zauber des Augenblicks.

„Übrigens, Bruder Samuel ist recht anstellig hier im Garten. Ich bin froh um seine Unterstützung!" Sprichts, steht auf, greift sich den Eimer und macht sich auf den Weg zum Kompost. Abt Lukas schaut ihm lächelnd nach und erinnert sich an den mürrischen Blick, als der Gärtner Bruder Samuel zugeteilt bekam.

„Was soll ich denn mit so einem Theoretiker!" hatte er leise vor sich hin gemurrt.

Der Rundgang führt ihn an der Praxistür vorbei, wo ein Aushang verkündet, dass die Sprechstunde heute ausfallen muss. Nach der Mittagsbesprechung hatte er Bruder Thomas gebeten, heute keine Patienten mehr zu empfangen.

Bruder Mathias praktiziert eh nur montags, mittwochs und donnerstags.

„Vater Abt, möchtest du einen Moment hereinkommen?" Bruder Mathias hat ihn durchs Fenster erspäht.

Wie meist, wenn er die hellen und originell gestalteten Räume der kleinen Praxis betritt, freut er sich.

Es war eine mutige Entscheidung der Gemeinschaft, Bruder Thomas und Bruder Mathias in eine offene Selbständigkeit gehen zu lassen. Das war nicht einfach, denn es brauchte einiges an Investition, bis aus dem heruntergekommenen Häuschen, das bis vor sechs Jahren die Schmiede beherbergt hatte, eine funktionstüchtige Praxis entstanden war.

Alle hatten mit angepackt, und Bruder Viktor hatte viele wunderbare Arbeiten aus Holz realisiert, so dass die Räumlichkeiten einen außergewöhnlichen Charme bekommen haben.

Die umliegende Bevölkerung schien nur auf die Eröffnung gewartet zu haben, von Scheu oder Vorbehalten keine Spur. Die Praxis war von Anfang an mehr als ausgelastet, und so ist das Kleinunternehmen zu einem wichtigen Wirtschaftsfaktor für die Gemeinschaft geworden.

„Abt Lukas, auch wenn es vielleicht ein denkbar ungünstiger Zeitpunkt ist, darf ich dir trotzdem etwas zeigen?"

Mit fragendem Blick hält Bruder Mathias seinem Abt ein Schreiben hin.

„Das ist ein Stellenangebot - verstehe ich das richtig?"

„Ja, sie suchen einen Dozenten, der auf die Bobath-Therapie spezialisiert ist!"

Die Bobath-Therapie ist sein absolutes Steckenpferd, und inzwischen ist er weit über die Grenzen des kleinen Städtchens bekannt. Manche Eltern nehmen wöchentlich lange Anfahrtswege in Kauf, um mit ihren Kindern zur Therapie zu kommen.

Aber eine Dozentenstelle im 70 km entfernten Stadtmünster...

„Bruder Mathias, das ist eine interessante Sache. Können wir darüber sprechen, wenn sich in den nächsten Tagen alles ein wenig normalisiert hat?"

„Aber ja, ich wollte es dir nur zeigen..."

Das Läuten des Telefons unterbricht ihn. „Ja - ja, er steht hier neben mir! Es ist Pater Benno!"

Abt Lukas übernimmt das Gespräch: „Ja natürlich, ich komme sofort. Gib das Fax gleich an Kommissar Meinrad!"

„Was ist passiert?" Bruder Mathias nimmt den Hörer entgegen und legt ihn zurück in die Ladeschale.

„Ich weiß noch nicht so genau, was es zu bedeuten hat. Ich muss los!"

Schnellen Schrittes durchquert Abt Lukas den kleinen Klausurgarten und kommt fast gleichzeitig mit Pater Benno im Besprechungszimmer und damit bei Kommissar Meinrad an.

„Hier das Fax. " Auf das Zeichen von Abt Lukas reicht er das Schreiben an den Kommissar. Abt Lukas schaut prüfend auf seine Uhr.

„Pater Benno - kannst du die Brüder in einer halben Stunde in den Kapitelsaal bitten. Ich möchte gerne weitergeben, was bis jetzt an Informationen da ist. Geht das?" „Aber ja, bin schon weg! Hoffentlich ist Bruder Nikolaus bis dahin zurück. Er besucht Pater Simon!"

Inzwischen hat Kommissar Meinrad das Fax gelesen. „Interessant, sehr interessant" murmelt er vor sich hin. Abt Lukas nimmt ihm das Schreiben aus der Hand:

„Lieber Miki,

sorry, dass ich mich nicht früher gemeldet habe. Erst dachte ich, dass deine Frage schnell beantwortet sein müsste. Aber weit gefehlt, sozusagen: komplette Fehlanzeige.

Das Zeug, das du mir geschickt hast, ist mehr als ungewöhnlich. Dein Bruder Viktor hat also Recht, wenn er sagt, dass er so was noch nicht gesehen hat. Ich habe es mal genauer analysiert und denke, dass es sich um ein Gemisch aus Holz, Knochenleim, Glaswolle und Holzleim handelt - vielleicht wurde es wärmetechnisch behandelt, damit es eine einheitliche Masse wird. Das Ganze setzt enorme Lösungsmittel frei, wenn man dran rumkratzt. Ich schätze es stammt aus den 70er Jahren - sicher nicht älter. Ich hoffe damit habe ich dir ein bisschen weitergeholfen? Schreibst du mir mal bei Gelegenheit, wo du es herhast und zu welchem Zweck es verwendet wurde? Mach's gut, Kleiner. Otto"

„Wer ist Otto?" Die Frage des Kommissars stört Abt Lukas Gedanken.

„Ich weiß es nicht. Sie wissen ja inzwischen, dass Bruder Michael bei uns nur Gastmönch war. Allerdings weiß ich, dass er einen riesigen Bekanntenkreis hat, weil er bevor er ins Kloster eingetreten ist, viel herumgekommen ist. Vielleicht weiß es einer der Mitbrüder! ... Aber was soll das nur alles bedeuten? Verstehen Sie das?"

„Nicht wirklich. ... Mögen Sie Puzzle?"

Die Antwort des Kommissars erstaunt Abt Lukas. „Puzzle?"

„Ja, im Grunde ist die Kriminalistik nichts anderes als ein mehr oder weniger schwieriges Puzzle - je nach dem mit mehr oder weniger Einzelteilen, die richtig zusammengefügt, ein stimmiges Bild ergeben. Und im Moment sammeln wir noch Teile!"

„Na, dann ist es ja gar nicht so weit entfernt von monastisch klösterlichem Leben! ... Kommen sie, die Brüder warten schon."

Nun ist es an Kommissar Meinrad, erstaunt zu schauen.

Nachdenklich folgt er dem Abt bis in den Kapitelsaal, der nicht im eigentlichen Sinne ein Saal ist, sondern ein geräumiges holzvertäfeltes Zimmer, an dessen Außenwand rundlaufend eine Holzbank angebracht ist.

3. Kapitel

Alle Fremden, die kommen, sollen aufgenommen
werden wie Christus. (RB 53,1)

Als die beiden den Raum betreten, verstummen die leisen Unterhaltungen und die Männer in ihrem schwarzen Gewand stehen auf. Kommissar Meinrad wundert sich über diese Form der Höflichkeit, die er heute schon einmal erlebt hat. Aber zu seinem Erstaunen wirkt dieses auf Erste hin altmodisch erscheinende Verhalten in keiner Weise steif oder gezwungen auf ihn. Vielmehr scheint es zur Kultur dieses Lebens zu gehören. Er empfindet so etwas wie Ehrfurcht und Achtung und in ihm steigt ein Gefühl aus der Kindheit auf, das er im Moment nicht zuordnen kann. Er nimmt sich vor, am Abend einmal ein wenig im Internet zu recherchieren, was es mit diesem klösterlichen Leben auf sich hat.

Er, der vor gut fünfzehn Jahren aus dem Osten Deutschlands hierher gezogen ist, weiß überhaupt sehr wenig über christliches Leben und noch viel weniger über Klosterleben. Und bisher ist er weder beruflich noch privat mit Ordensleuten in Kontakt gekommen.

Allerdings erinnert er sich daran, dass sein Nachbar, der vor ein paar Monaten einen Schlaganfall hatte, einmal erzählt hat, dass er seine Krankengymnastik in der Praxis des Klosters macht und dass der junge Mann sehr kompetent sei.

Nun: Zwölf Augenpaare sind auf ihn gerichtet und er kommt sich ein wenig unwohl vor in seinem alten Anzug, der seine besten Zeiten schon lange hinter sich hat. Er kennt das Thema Uniform und Zivil aus seinem beruflichen Kontext, und für gewöhnlich steht der Zivilbeamte über dem Beamten in Uniform.

Ihm wird schlagartig klar, dass diese Männer hier keine Uniform tragen, sondern eine Kleidung, die zu ihrem Lebensstil, zu ihrer Lebenseinstellung passt, die sie nicht nach Feierabend ablegen und gegen Jeans oder Jogginghosen tauschen - oder vielleicht doch?

„Nun, meine Herren!" Was für eine blöde Anrede - schießt im durch den Kopf. Er verliert den Faden und verhaspelt sich.

„Brüder setzt euch doch bitte. Es gibt inzwischen ein paar Untersuchungsergebnisse und Kommissar Meinrad wird uns jetzt alle auf den gleichen Informationsstand bringen. Es ist selbstverständlich, dass von dem Gesagten nichts den Raum verlässt." Der letzte Satz ist an den Kommissar gerichtet, der sich wieder gefangen hat.

„Ja, was also als sicher gilt ist, dass Michael Denor - ähm, Bruder Michael also, keines natürlichen Todes gestorben ist. Mit an Sicherheit grenzender Wahrscheinlichkeit hat eine Vergiftung zum Tod geführt. Um welche Substanz bzw. um welche Substanzen es sich handelt, muss noch geklärt werden. Die Gerichtsmedizin arbeitet daran. Als wahrscheinlich nehmen wir weiterhin an, dass die Substanz bzw. die Substanzen direkt oder indirekt mit Herrn Denors Arbeit im Seminar zu tun haben. Er hat in den letzten Tagen intensiv an einer Sache gearbeitet und auch entsprechende Erkundigungen eingezogen. Vom Dezernat Raub wissen wir inzwischen, dass zwei der Figuren, an denen der Tote gearbeitet hat, gestohlen wurden. Auch da laufen die Ermittlungen auf Hochtouren. Ob sein Tod damit in Verbindung steht, ist noch ungeklärt, aber im Bereich des Möglichen."

Nachdenkliche Stille herrscht im Raum.

„Wenn ich Sie richtig verstehe, ist Bruder Michael vergiftet worden und Sie haben keine Ahnung von wem oder womit und wie?" Pater Nikodemus, der meist sehr still und zurückhaltend ist, schaltet sich ein.

„Nein, ganz so möchte ich das nicht sagen. Herr Denor ist an einer Vergiftung gestorben. Ob es sich um einen Arbeitsunfall oder um einen Mord handelt, ist noch nicht heraus. Es könnte, wovon wir aber zurzeit nicht ausgehen, sogar ein Selbstmord ..."

„Das ist unmöglich!" Bruder Hubert fällt dem Kommissar rüde ins Wort. „Sie wissen nicht, was Sie da sagen. Bruder Michael war ein lebensfroher und wunderbarer Mensch. Seine Arbeit hat ihn begeistert und sein Mönchsein hat ihn erfüllt. Nie und nimmer hätte er sich etwas angetan. Sein Lieblingspsalmvers war: „Du zeigst mir, Herr, den Weg zum Leben. Vor deinem Angesicht ist Freude in Fülle!" Jemand, der so lebt, der tut sich nichts an. Nie und nimmer!"

„Bruder Hubert ..." Mahnend schreitet Abt Lukas ein.

Bruder Hubert zittert vor Erregung.

„Bruder Hubert...!" Pater Nikodemus berührt den Mitbruder vorsichtig am Arm.

„Ich schweig ja schon. Aber das muss doch klargestellt werden! Der Herr Kommissar hat doch keine Ahnung, was er da sagt. Er kannte Bruder Michael doch gar nicht!" Er weicht dem Blick des Abtes aus und schaut grimmig auf das Parkettmuster vor seinen Füßen.

Diesmal ist es der Kommissar, der dem erschrockenen Abt zur Seite springt und meint: „Ich möchte mich bei Ihnen allen sehr herzlich bedanken. Es war ein schwerer Tag für Sie. Sie haben einen Mitbruder verloren, den Sie sehr geschätzt haben, und mussten eine Menge Durcheinander und Ungewissheit aushalten. Mit Ihrer Offenheit haben Sie uns sehr geholfen. Ich verspreche Ihnen, dass wir alles daransetzten werden, den Tod von Michael Denor aufzuklären! Ich werde Sie auf dem Laufenden halten. Wenn Ihnen noch etwas einfällt, rufen Sie mich an." Mit diesen Worten legt er seine Visitenkarte auf den kleinen Tisch neben die Regel Benedikts und die Heilige Schrift, die hier liegen.

„Ja und dann muss ich noch etwas zur Presse sagen. Wir haben die ganze Sache bisher sehr diskret behandelt und ich hoffe, dass noch nichts nach draußen verlautet ist. Ganz sicher wird das aber nicht so bleiben. Ich denke, dass Sie mit Störungen rechnen müssen - Schaulustige in der Kirche, Neugierige in der Praxis, Journalisten am Telefon und an der Pforte. Sie müssen sich überlegen, wie Sie damit umgehen wollen. Falls es zu Übergriffen kommen sollte, sorge ich dafür, dass eine Streife in der Nähe ist. Bitte unterschätzen Sie das nicht. Diese Geschichte wird Ihnen viel Publicity bescheren.“

Er blickt in die so verschiedenen Gesichter. Waren sie ihm heute Vormittag alle irgendwie sehr ähnlich erschienen, tritt nun, nachdem er mit allen gesprochen hat, die Individualität der gleich gekleideten Männer hervor.

„In Sachen Presse - haben Sie einen Rat für uns?“ Pater Martinus schaut den Beamten fragend an.

„Ja, schweigen Sie beharrlich. Geben Sie keinerlei Interviews, sprechen Sie nicht mit Fremden, die Sie aushorchen wollen, seien Sie auch vorsichtig bei Bekannten, schließen Sie notfalls ihre Pforte und ihre Kirche. Verweisen Sie jeweils auf die polizeilichen Pressemitteilungen.“

Die Antwort des Kommissars ist eindeutig und unmissverständlich.

„Kirche und Pforte schließen? Das ist absolut unmöglich. Wie stellen Sie sich das vor? Unser Beten ist doch keine Privatsache, von der wir Menschen ausschließen. Im Gegenteil - Benedikt sagt: Alle Fremden, die kommen, sollen aufgenommen werden wie Christus!" Bruder Coelestins Stimme überschlägt sich fast vor Aufregung.

„Wer immer dieser Benedikt auch ist, würde er die konkrete Situation kennen und hätte er meine Erfahrung, würde er vielleicht etwas vorsichtiger mit seinen Forderungen sein!"

An dem ungläubigen Staunen im Gesicht der Mönche erkennt der Kommissar, dass er wohl etwas sehr Dummes gesagt haben muss. Es fühlt sich an, als ob die Zeit still stehen würde. Um Himmelswillen, was habe ich nur angerichtet - Unsicherheit greift nach ihm.

Abt Lukas kann nicht mehr ernst bleiben und beginnt unterdrückt zu kichern, die Brüder stimmen ein und mit einem Mal weicht alle Anspannung aus dem Raum.

„Habe ich etwas Ungeschicktes gesagt?" Kommissar Meinrad schaut fragend in die Runde. Abt Lukas greift nach dem Buch, das vor ihm liegt, gibt es dem Beamten und sagt: „Ich empfehle Ihnen das als Nachtlektüre!"

„Die Regel des Heiligen Benedikt", liest der auf dem Cover.

Es fällt ihm wie Schuppen von den Augen - Benedikt ...

„Oje, Sie müssen mir meine Unwissenheit verzeihen. Darf ich das Buch tatsächlich mitnehmen? Vielleicht finde ich da ja ein paar Antworten. Für Sie ist es ja ganz normal, so zu leben. Aber, nichts für ungut, für einen Außenstehenden ist das zum Teil schon recht ..."

Er sucht nach einem passenden Wort, „...recht ungewöhnlich und manchmal auch befremdlich!"

„Ja, nehmen Sie die Regel mit. Lassen Sie sich nicht vom ersten Eindruck abschrecken. Und wenn dieser Albtraum vorbei ist und unser Bruder Michael seine Ruhe gefunden hat, dann können Sie gerne mal kommen, als Privatmann, und all die Fragen stellen, auf die Sie eine Antwort haben wollen!"

Abt Lukas lächelt den Kommissar gewinnend an. Wärme, angenommen sein, beheimatet sein - diese Gefühle durchfluten den Kommissar in diesem Moment. Er, der in der Regel immer sehr sachlich und distanziert agiert, fühlt sich in der Tiefe angesprochen. Das befremdet und verunsichert ihn und so fällt sein Abschied abrupter und kühler aus, als beabsichtigt.

Nachdem Bruder Jonas den Kommissar hinaus begleitet hat, bemerkt Abt Lukas mit einem Blick auf die Uhr: „Es ist jetzt fast 17.15 Uhr. Die Lesezeit ist jetzt schon halb vergangen. Ich fände es sinnvoll, wenn wir noch auf den Abend und den morgigen Tag schauen."

Zustimmendes Nicken von allen Seiten. Die Tür öffnet sich einen Spalt.

Bruder Nikolaus steckt den Kopf herein. Abt Lukas springt sofort auf und bittet den Jüngsten herein.

„Ich bin spät, aber der Bus steckte an der Baustelle fest. Habe ich etwas verpasst?" „Ja, Kommissar Meinrad hat uns den Stand der Dinge berichtet. Ich informiere Sie später, ja? Wie geht es Pater Simon?"

„Vater Abt, es geht ihm ein wenig besser und er darf übers Wochenende nach Hause. Er ist sehr geschockt über den Tod von Bruder Michael. Schauen Sie, er hat mir ein paar Fotos mitgegeben!"

Er reicht dem Abt einen Umschlag. „Fotos? Wie kommt er dazu?" Die Stimme des Abtes ist mit einem Mal brüchig. Die Aufnahmen scheinen erst kürzlich gemacht worden zu sein. Bruder Michael im Kreis der anderen Studenten und Studentinnen. Bruder Michael vertieft in seine Arbeit auf einem Gerüst. Bruder Michael im Portrait.

„Was sind das für Aufnahmen? Das sieht sehr professionell aus!" Abt Lukas reicht die Fotos an die Mitbrüder weiter. „Bruder Michael hat sie gestern bei seinem Besuch im Krankenhaus mitgebracht, um Pater Simon eine Freude zu machen. Eine Studentin hat ihn so abgelichtet. Sie studiert Fotokunst und hat ihn als Seminarobjekt für das Semester ausgesucht. Es gibt wohl eine ganze Fotomappe davon - Bruder Michael in allen Lebenslagen. Bruder Michael hat Pater Simon gebeten, mit ihm geeignete Bilder für eine Fotoausstellung im nächsten Monat auszusuchen."

Jetzt erinnert sich Abt Lukas, dass Bruder Michael das einmal bei einem ihrer Gespräche erwähnt hat. Die Fotos sind faszinierend. Sie zeigen den Bruder Michael, den die meisten kennen: aufgeschlossen, heiter, zugewandt, lebendig, voller Energie und Tatendrang.

Aber der Fotografin ist es auch gelungen, ihn in absoluter Konzentration, nachdenklich, versonnen und sogar grimmig abzulichten. Diese Fotos sind keine Schnappschüsse, sie sind Kunst - ausdrucksstark und beeindruckend.

Bruder Michaels Behinderung springt dem Betrachter als Erstes aus den Bildern an - fast provozierend in den Vordergrund gerückt. Sein missgestalteter kleiner Körper wirkt noch unwirklicher, wenn er gemeinsam mit einem Studienkollegen betrachtend vor einem Gemälde steht.

Ein Foto zeigt ihn sitzend auf einem für ihn viel zu großen Stuhl mit einigen Jacken als Sitzerhöhung. Aber die Aufmerksamkeit wird bald weiter in das Bild hineingezogen, weg von der Behinderung, ja angezogen von der Ausstrahlung dieses körperlich so entstellten Mannes.

„Das ist sehr schön, oder? Ich verstehe ja nicht viel von der Materie, aber das ist doch einfach unglaublich, oder?" Bruder Hubert hat Tränen in den Augen.

„*Habitare secum* (lat. „wohnen bei/in sich selbst") fällt mir dazu ein. Was für ein Jammer." Mühsam reißt er sich zusammen, damit ihn seine Gefühle nicht überwältigen.

„Abt Lukas, es ist Zeit für die Chorglocke - kann ich gehen?" Bruder Samuel, der schon ein paar Minuten lang nervös auf die Uhr schaut, verlässt auf das Nicken des Abtes hin den Kapitelsaal. „Brüder, es ist Zeit." Die Chorglocke beginnt zu läuten - d. h. es sind noch zehn Minuten bis zur Vesper. Leise verlassen die Brüder den Raum.

Abt Lukas hält die Fotos in der Hand, kann sich kaum losreißen. Er ist beeindruckt und angerührt, aber da ist etwas, was ihn stört, ja beunruhigt - aber er weiß nicht, was es sein könnte.

4. Kapitel

Hört man das Zeichen zum Gottesdienst, lege man
sofort alles aus der Hand und komme in größter Ei-
le herbei, allerdings mit Ernst, um nicht Anlass zu
Albernheiten zu geben. Dem Gottesdienst soll nichts
vorgezogen werden. (RB 43,1-3)

Fast gewaltsam reißt er sich los, schlüpft in seine Kukulle und stellt sich im Kreuzgang an seinen Platz zur Statio auf. Dieses stille Stehen, dieses Zusammenkommen, Zusammenstehen und Zusammenwarten vor den großen Liturgiezeiten Laudes, Messe und Vesper sind ihm sehr kostbar.

Heute ist diese Stille stiller als sonst - ein merkwürdiger Gedanke - kann Stille stiller sein? Aber so kommt es ihm vor.

Die Ereignisse des Tages haben Spuren hinterlassen. Abt Lukas ist sich sehr bewusst, dass die Todesfälle des letzten Jahres noch nicht verarbeitet sind, dass die große Emotionalität, die der Tod von Bruder Michael nun auslöst, auch ihre Ursprünge in diesen schweren Monaten hat, die die Mönche erleben mussten.

Im Mai begruben sie ihren Prior Pater Lorenz. Er war sein Leben lang Diabetiker und schon seit ein paar Jahren dialysepflichtig gewesen. Eine Nierentransplantation lehnte er entschieden ab und so starb er mit knapp 60 Jahren.

Pater Martinus hatte ihm erzählt, dass der Prior langsam verlöscht war.

Nur acht Wochen später erlitt Abt Josef einen Herzinfarkt, von dem er sich nicht mehr erholte. Hatte der Tod des Priors eine schmerzliche Lücke hinterlassen, so bedeutete der Verlust des Abtes eine große Zerreißprobe für die Gemeinschaft:

Wer hatte jetzt das Sagen? Wer konnte und sollte die Führung bzw. Leitung übernehmen? Dazu kam, dass bei Pater Simon ein Hirntumor diagnostiziert wurde.

Die Brüder waren wie gelähmt. Unruhe und Streit flammten auf. Zwei der Novizen verließen die Gemeinschaft. Abtpräses Ferdinand Veits, Vertreter der Kongregation, der sie angehörten, schaltete sich ein, übernahm kommissarisch die Leitung der Gemeinschaft, half, einen Ausweg zu finden und die Situation zu stabilisieren.

Ein nicht leichtes Unterfangen, denn Abt Josef war ein Mann gewesen, der über 20 Jahre lang die Gemeinschaft in großer Strenge geleitet hatte. Sein Prior, Pater Lorenz, war der ausgleichende Pol dieses Gespanns gewesen. Nun, wo dieses Führungsduo nicht mehr da war, herrschte Orientierungslosigkeit, und keiner der Brüder war fähig, das Zepter aufzunehmen.

Abtpräses Ferdinand hatte große Mühe, die Brüder miteinander ins Gespräch zu bringen und sie aus der Resignation herauszuführen. Weitere Hilfe von außen hatten sie kategorisch abgelehnt, und so blieb nur ein mühsames zähes Ringen der „hirtenlosen Herde".

Gerade die Ankunft von Bruder Michael zum Wintersemester war wohl eine große Motivation für die Mönche gewesen, wieder gemeinsam aufzubrechen und ihr klösterliches Leben erneut zu stabilisieren, damit dieser junge Mann, der gerade seine zeitliche Profess abgelegt hatte, glaubwürdiges Mönchsleben vorfände.

Es gab eine Reihe von Beratungen im Konvent. Die Brüder wägten gut ab, ob sie in der derzeitigen noch immer instabilen Situation Abt Leos Bitte entsprechen könnten, den studierenden Bruder aufzunehmen. Sie machten sich die Entscheidung nicht leicht. Als sie aber gefallen war, war es wie ein Schulterschluss, wie ein Neubeginn.

Einige Wochen später bat Bruder Nikolaus um die Aufnahme in die Gemeinschaft. Dieser stille und zurückhaltende Mann fand sofort die Sympathien der Brüder und wurde mit offenen Armen auf- und angenommen. Bruder Michael hatte mit seiner doch augenfälligen Behinderung den Weg geebnet dafür, dass das massive Stottern des Neuankömmlings problemlos angenommen werden konnte.

Damit ging endgültig ein Ruck durch die gebeutelte Gruppe. Es war wieder eine Perspektive da, die Brüder schauten auf- und vorwärts. Ja, und dann noch die Entscheidung, ihn, Pater Lukas, zu bitten, als Abt die Gemeinschaft zu leiten. Was für ein Ringen und Suchen! Pater Martinus, Bruder Thomas und Abtpräses Ferdinand brachten diesen Vorschlag ein, der nicht nur Zustimmung fand.

Die Kirchenglocke schlägt die volle Stunde und holt Abt Lukas zurück in den Kreuzgang - er schreitet von hinten durch die Reihe der Brüder, die sich hinter ihm zu einem Zug formiert.

Heute ist er besonders dankbar für diesen stillen Einzug: Seit einigen Wochen erklingt die Orgel nur am Sonntag und an Hochfesten. Das war keine leichte Entscheidung gewesen. Bruder Nikolaus, der jüngste, der als C-Musiker den Organistendienst übernommen hatte, saß immer auf der Orgelbank, anstatt mit der Mönchsgemeinschaft einzuziehen. Jede Liturgie begleitete er mit seinem guten Orgelspiel - nie saß er auf seinem Platz im Chor. Darunter litt der junge Mann zunehmend. Da Pater Simon wegen seiner schweren Erkrankung zurzeit keinen Organistendienst tun konnte, gab es nur die Möglichkeit, hier und da auf die Orgel zu verzichten, damit Bruder Nikolaus in der Mönchsgemeinschaft beten konnte und nicht auf der kleinen Empore alleine sitzen musste.

Der Weg in der kleinen Kirche ist kurz. Die Brüder verneigen sich paarweise zum Hochaltar hin, dann nicken sie einander leicht zu und treten in ihre Chorstallen.

"*Deus, in adiutorium meum intende.*" Bruder Coelestins Stimme erklingt warm und voll. Die Brüder stimmen ein: „*Domine, ad adiuvandum me festina. Gloria Patri et filio ...*"

Heute Abend sind zwei Fremde in der hinteren Bank. Abt Lukas sieht, dass sie keines der bereitgelegten Bücher genommen haben.

Fremde kommen selten. Auergries ist kein Ort für Touristen, das Kloster hat keine Wallfahrt und auch sonst ist es nicht Ziel von Ausflüglern.

Abt Lukas wendet seine Gedanken von den Fremden ab. Heute fällt es ihm schwer, konzentriert auf das Psalmengebet zu bleiben. Diese Fotos - irgendetwas war da...

„*Dem Gottesdienst sollen die Brüder nichts vorziehen!*"

Benedikts Weisung klingt in ihm. Inzwischen sind sie beim Paternoster angelangt. Es ist seine Aufgabe, das Vaterunser vorzubeten. Endlich beruhigen sich seine Gedanken. Ein wenig ähnlich scheint es den Brüdern zu gehen.

Nach der Vesper, auf dem Weg zum Refektorium, läutet die Pfortenglocke. Das ist ungewöhnlich, denn ein großes Schild an der äußeren Pfortentür gibt

Auskunft über die Öffnungszeiten. Pater Jonas sucht fragend den Blick des Abtes.

„Ich gehe selbst, Pater Jonas. Geht nur und beginnt mit dem Essen. Ich komme dann nach!"

Pater Jonas nickt zustimmend. Abt Lukas findet die beiden Fremden, die er auch schon in der Kirche gesehen hat, vor der Tür. „Entschuldigen Sie, Pater. Wir sind Studienkollegen von Michael. Er hat doch hier gewohnt, oder?"

„Ja, er lebte hier. Was kann ich für Sie tun?"

Abt Lukas hat ein ungutes Gefühl, das er nicht abschütteln kann.

„Dass er tot ist, tut uns sehr Leid. Wir wollten nur fragen, ob wir mal in seine Werkstatt hier dürften. Wir haben ihm einiges an Werkzeug geliehen und das bräuchten wir jetzt wieder. Wir wollen Ihnen keine Umstände machen. Wenn Sie uns zeigen, wie wir hinfinden, kommen wir alleine zurecht."

Der Mann spricht mit deutlichem Akzent und sieht nicht wie ein Student aus, ganz und gar nicht. Es ist etwas Unstetes in seinem Blick, er wirkt angespannt und unruhig.

Bei Abt Lukas schellen alle Alarmglocken.

„Das tut mir sehr leid, dass Sie extra gekommen sind, aber Bruder Michaels Werkstatt ist im Moment auch für uns nicht zugänglich. Wenn Sie mir ihre Adresse geben wollen oder Ihre Handynummer, dann melde ich mich gerne bei Ihnen, sobald sich das wieder ändert."

Abt Lukas bleibt ruhig und freundlich. Innerlich sieht das ganz anders aus - unbewusst strafft sich seine Gestalt. Es geht eine unbestimmte Gefahr von dieser Situation aus. Am liebsten würde er den beiden die Tür vor der Nase zuschlagen.

„Ach, ..." die beiden tauschen schnelle Blicke aus. „Wir kommen ein anderes Mal wieder! Wir wollen Ihnen keine Umstände machen!" sagt der Jüngere der beiden Männer, der sich bis jetzt eher im Hintergrund gehalten hat.

Noch bevor Abt Lukas etwas Weiteres erwidern kann, verabschieden sich die Beiden mit einer Geste und verlassen eilig den kleinen Klostervorplatz, von dem aus es auch in die Kirche geht. Abt Lukas schaut ihnen nachdenklich nach. Er versucht sich möglichst viel einzuprägen, denn er wird sie dem Kommissar beschreiben müssen.

Was hat das zu bedeuten? Was hat Bruder Michael mit solchen Typen zu tun? Ihm schwirrt der Kopf.

An der Pforte macht er sich schnell ein paar Notizen: 1. Mann - etwa 30 Jahre alt, englischer Akzent, etwas schäbige Kleidung (schmuddelige Jeans, dunkles ausgewaschenes Sweatshirt), ca. 175 cm groß, ca. 70 kg, dunkles Haar, dunkle Augen, auffällig große klobige Uhr am rechten Handgelenk. 2. Mann - etwa 25 Jahre alt, ca. 170 groß und sehr schlank und drahtig, durchtrainiert, dunkle Jeans, brauner Wollpullover, auffällige, neue Sportschuhe in Neongelb/Blau.

Abt Lukas steckt den Zettel in seine Habit-Tasche und eilt zum Refektorium. Nachdem er sich bei Pater Martinus mit einem Kopfnicken angemeldet hat, setzt er sich auf seinen Platz. Pater Severin wartet diskret, bis sein Abt gebetet hat, kommt, schenkt ihm Tee ein und bietet ihm Salat und Suppe an, beides Reste vom Mittagessen.

Dankbar nimmt Abt Lukas einen Teller Suppe. Während er mit dem Essen beginnt, schweift sein Blick durch den Raum. Die Brüder sitzen wie in der Kapelle in Chorordnung und essen schweigend. Bruder Mathias liest aus dem Buch Jesaja vor.

Die Brüder wirken in sich gekehrt. Was geht in ihnen vor?

Es gelingt ihm nicht, bei dieser Frage zu verweilen. So vieles muss er an diesem Abend noch tun. Nach dem Abendessen will er mit Bruder Samuel noch den versprochenen kleinen Spaziergang machen. Außerdem sollte er unbedingt noch Abt Leo anrufen, um ihn in Kenntnis zu setzten und auch um zu hören, wie es mit der Überführung des Sarges gehen kann oder soll, wenn der Leichnam von der Rechtsmedizin freigegeben wird.

Außerdem muss er unbedingt noch versuchen, den Kommissar zu erreichen. Diese mysteriösen Männer von eben lassen ihm keine Ruhe.

Ja und die Fotos... Er muss sich die Fotos nochmal anschauen.

Pater Martinus fasst ihn leicht am Ellbogen. Abt Lukas bemerkt erst jetzt, dass Bruder Mathias seine Lesung beendet hat und alle Brüder ihre Servietten neben den Teller gelegt haben - das Zeichen dafür, dass sie mit dem Essen fertig sind.

Still warten sie darauf, dass er mit der Tischglocke das Abendessen beendet und das Tischgebet spricht.

Dann geht es gewohnt zügig. Die Handgriffe sind selbstverständlich und routiniert. In Windeseile und in völligem Schweigen ist das Refektorium aufgeräumt und das Nötige fürs Frühstück vorbereitet.

Die Zeit zwischen Abendessen und Komplet gehört der Rekreation, der Erholung. Nur am Sonntag verbringen die Brüder diese Zeit zusammen. An den anderen Tagen hat jeder sein individuelles Programm, manchmal alleine, manchmal auch zu zweit oder dritt.

Es ist kurz nach 19.00 Uhr, als Abt Lukas und Bruder Samuel durch die kleine Pforte das Klostergelände verlassen. Abt Lukas verriegelt die Tür doppelt - „Sicher ist sicher", erklärt er Bruder Samuel, der erstaunt innehält.

Schweigend überqueren die beiden Mönche die kleine Straße und biegen in das angrenzende Waldstück ein. Nur selten begegnet ihnen um diese Zeit hier jemandem. „Bruder Samuel, was liegt Ihnen auf der Seele? Hat es mit Bruder Michael zu tun?" Abt Lukas bricht das Schweigen.

„Ja und nein" ist die Antwort seines Begleiters.

Abt Lukas spürt Ungeduld in sich. Er atmet tief durch und wartet.

„Ich, ich bin nicht warm mit Bruder Michael geworden. Er war so unglaublich einnehmend. Er war sympathisch, erfolgreich und begabt. Er war ein Genie. Als er in der Rekreation erzählt hat, dass er in die Meisterklasse aufgenommen wird und bei diesem Seminarprojekt mitmachen kann, war ich wütend und neidisch. Obwohl ich dagegen angekämpft habe, obwohl mir klar war, dass seine Behinderung ein echt schweres Schicksal war, hätte ich ihn verfluchen können. Er hat versucht, mit mir Kontakt zu knüpfen, aber ich habe ihn immer auf Distanz gehalten. Er hat es akzeptiert. Und selbst das hat mich provoziert. Ich habe dagegen gekämpft und verloren, Vater Abt. Ich hätte ihn manchmal umbringen können!"

Trauer schwingt in seiner Stimme und Abt Lukas durchflutet Wärme und Zuneigung für diesen jungen Mann. Er schweigt, lässt das Gehörte wirken.

„Vater Abt, ich habe viel darüber nachgedacht, warum Bruder Michael diese heftigen Gefühle in mir ausgelöst hat..."

Der Satz bleibt unvollendet.

„Und? ..." Abt Lukas ermuntert den jungen Mönch.

„Ich, ... ich weiß nicht wie ich es sagen soll."

Ein wenig resigniert bleibt Bruder Samuel stehen. Abt Lukas geht langsam weiter. „Kommen Sie, machen Sie es sich nicht schwerer als es ist. Ich reiße Ihnen schon nicht den Kopf ab!"

Bruder Samuel holt auf und nach einigen erfolglosen Versuchen, bricht es aus ihm heraus: „Ich möchte das Theologiestudium aufgeben!"

Nun ist es an Abt Lukas verblüfft stehen zu bleiben.

„Sie möchten was?" Erstaunt sucht er den Blick des jungen Mannes.

„Es war Abt Josef, der mich zum Studieren geschickt hat. Ich habe versucht ihm zu sagen, dass ich mich gar nicht zum Priester berufen fühle, dass ich nur Mönch sein will und kein Interesse an einem Studium habe. Abt Josef meinte dazu nur, dass die Berufung und das Interesse schon mit der Zeit kämen. Als ich nochmal nachgehakt habe, hat er mir das 5. Kapitel als Lektüre aufgetragen. Damit war das Thema beendet."

Abt Lukas kann sich die Szene lebhaft vorstellen - er kannte Abt Josef von einer Noviziatswerkwoche, wo er genau über das Thema „Gehorsamsverständnis in der RB" vor dem Ordensnachwuchs referiert hatte.

„Ich habe mich dreingefunden. Aber als ich erlebt habe, mit welcher Freude und Begeisterung Bruder Michael in seiner Begabung gefördert wurde, wie er froh und eingelassen war, wie ihm so vieles zufiel, da... da...".

„Da wurde Ihnen bewusst, dass Sie eben nicht das tun dürfen, was Ihnen Freude macht, worin Sie erfolgreich sein könnten", ergänzt Abt Lukas.

„Ja, ja genau!" Bruder Samuel lässt den Kopf hängen.

Inzwischen sind sie fast schon wieder an der kleinen Klosterpforte angekommen, die Glocke schlägt die halbe Stunde.

„Bruder Samuel, ich bin heilfroh, dass Sie es mir gesagt haben. Sie haben sich tapfer geschlagen, nie habe ich auch nur einen Anflug von Widerstand oder Unmut von Ihnen her erlebt."

Bruder Samuel schaut erstaunt auf.

„Es war richtig zu gehorchen, und Sie haben damit bewiesen, wie ernst Sie es damit meinen, dass Sie Mönch werden wollen."

Schweigend steckt er den Schlüssel ins Türschloss und beide betreten den Wirtschaftshof.

„Bruder Samuel, es tut mir leid, dass wir jetzt nicht weiter darüber sprechen können. Ich will in dieser Situation auch nichts entscheiden. Ich bitte Sie, auf alle Fälle das Semester zu beenden. Sobald sich alles wieder ein wenig beruhigt hat, werden wir gemeinsam schauen, auch mit den Brüdern im Konvent, was sinnvoll ist. Was meinen Sie dazu?"

Bruder Samuel nickt zustimmend. Offen begegnet er dem Blick seines Abtes.

„Nun laufen Sie los, helfen Sie Pater Severin noch beim Gießen."

Mit einer leichten Verneigung verabschiedet sich der junge Mönch und eilt leichtfüßig dem Gemüsegarten zu.

Bis zur Komplet bleiben Abt Lukas noch gut 20 Minuten - er entscheidet sich für einen Anruf bei Abt Leo. Dieser scheint darauf gewartet zu haben, denn gleich beim ersten Läuten hebt er ab.

„Abt Lukas, sind Sie es?"

So kompakt wie möglich berichtet er dem alten Mann, was bisher Stand der Dinge ist. Abt Leo hört schweigend zu.

„Abt Lukas, halten Sie es für sinnvoll, wenn ich komme? Ich fühle mich so hilflos und fernab vom Schuss! Wissen Sie, Bruder Michael hat den Kontakt zu seinen Eltern schon mit 15 Jahren komplett abgebrochen und sogar erstritten, dass ihnen das Sorgerecht wegen Vernachlässigung und Grausamkeit entzogen wird. Inzwischen sind sie beide gestorben. Es gibt keinerlei Verwandte und ich fühle mich wie sein Vater. Ich will so gerne etwas tun."

„Kommen Sie! Sie sind uns herzlich willkommen! Geben Sie Nachricht, wann ihr Zug da ist, dann holen wir Sie vom Bahnhof ab!"

Abt Lukas spürt, wie dringend die Bitte des Älteren ist.

Im Hintergrund erklingt die Chorglocke.

„Abt Lukas, …. Ach ich höre bei Ihnen läutet die Chorglocke. Dann will ich Sie nicht weiter aufhalten Gute Nacht und bis morgen. Benedicite!"

„Benedicite!"

Abt Lukas legt auf und sein Blick fällt auf die Fotos, die auf seinem Schreibtisch liegen. Er nimmt sie in die Hand und blättert sie schnell durch. Eine der Aufnahmen zieht ihn in den Bann - Bruder Michael arbeitet an einer Figur, ganz konzentriert, als wäre dieser Moment der wichtigste aller Zeiten. Aber das ist es nicht, was die Aufmerksamkeit des Abtes bannt, es ist die Figur.

Die Chorglocke läutet zum zweiten Mal. Abt Lukas legt die Fotos zurück auf den Schreibtisch und verlässt eilig sein Büro.

Er kommt gerade noch zur rechten Zeit. Er ist der letzte, der an diesem Abend seinen Platz im Chorgestühl einnimmt.

5. Kapitel

Sind alle versammelt, halten sie die Komplet. Wenn
sie dann aus der Komplet kommen, gebe es für kei-
nen mehr die Erlaubnis, irgendetwas zu reden ...,
ausgenommen, das Reden sei wegen der Gäste nötig,
oder der Abt gebe jemandem einen Auftrag. Aber
auch dann geschehe es mit großem Ernst und vor-
nehmer Zurückhaltung.
(RB 42,8.10.11)

Die Komplet bildet den Abschluss des gemeinsamen Tages. Die kleine Kirche liegt
im Dämmerlicht. Nur die Altarkerzen erleuchten den
Raum, der im verlöschenden Tageslicht liegt. So sind die
Brüder auf ihren Plätzen nicht viel mehr als dunkle Ge-
stalten. Abt Lukas wartet, bis die Turmuhr die volle
Stunde schlägt, und klopft mit seinem kleinen hölzernen
Hammer kurz, aber hörbar auf die Bank. Bei diesem Zei-
chen erheben sich die Brüder, klappen die Sitze der
Chorstallen hoch. Bruder Coelestin stimmt den Eröff-
nungsruf an, den sie gemeinsam beenden: „O Gott,
komm mir zu Hilfe. Herr eile mir zu helfen. Ehre sei dem
Vater und dem Sohn und dem heiligen Geist. Wie im
Anfang so auch jetzt und alle Zeit und in Ewigkeit.
Amen."

Nun verharren die Brüder still stehend. Jeder
schaut zurück auf den gelebten Tag. Was war alles passiert? Was war schwer? Was war gelungen? Wem bin ich

begegnet? Wo bin ich etwas schuldig geblieben? Wofür möchte ich danken?

Abt Lukas ist es wichtig, dass diese Zeit der gemeinsamen und doch individuellen Rückschau nicht nur einen Pflichtaugenblick ausmacht, sondern gelebter und erlebbarer Raum ist.

Er lässt mindestens fünf Minuten der Stille, bevor er das Schuldbekenntnis beginnt, in das die Brüder einstimmen. „Ich bekenne Gott, dem Allmächtigen, und allen Brüdern, dass ich Gutes unterlassen und Böses getan habe. ... Darum bitte ich die selige Jungfrau Maria, alle Engel und Heiligen und euch Brüder, für mich zu beten bei Gott unserem Herrn."

Ein dichter Moment, in dem sich die Brüder voreinander schuldig bekennen, Abbitte leisten und sich im bittenden Gebet füreinander zusammenschließen! Hier ist Abend für Abend die Chance institutionalisiert, sich als Gott suchende Gemeinschaft neu „zusammenzuraufen" - so hat es einmal Bruder Michael genannt, als sie im wöchentlichen geistlichen Austausch im Kreis der jüngeren Brüder über dieses Element des Tagesabschlusses sprachen.

Seine Ausdrucksweise war vor allem für die älteren Mönche manchmal befremdlich. Seine Jahre in Jungenwohnheimen und die Zeit, die er „ohne festen Wohnsitz" reisend in verschiedenen Städten lebte, hatten auch hier ihre Spuren hinterlassen.

Für die Mönchsgemeinschaft in Steifenlohe, wo er vor knapp zwei Jahren gestrandet war, war das sicher eine Art Kulturschock gewesen. Abt Lukas erinnert sich gut an die erste Noviziatswerkwoche, an der Bruder Michael als Postulant teilgenommen hatte. Da in fast allen Klöstern ihrer Kongregation nur spärlich Nachwuchs zu verzeichnen war, hatten sich die Äbte darauf geeinigt, die angehenden Mönche zweimal im Jahr für eine Woche zusammen zu holen. Hier sollen sie unterrichtet werden, das Gastkloster kennenlernen und die Möglichkeit haben sich auszutauschen.

Bruder Michael war im Kreis der Teilnehmenden ein absoluter Exot. Seine augenfällige Behinderung wurde noch unterstützt durch seine farbenfrohe und lässige Kleidung. Seine unorthodoxen Fragen und seine ungewöhnlichen Beiträge verblüfften nicht nur die eher älteren Magister und Äbte, sondern durchaus auch die jungen Brüder.

Seine Gabe, nie bekehren oder provozieren zu wollen, sein Wunsch und seine Sehnsucht zu lernen und zu verstehen waren gewinnend.

Bruder Michael... Abt Lukas spürte Tränen in sich aufsteigen. Er würde diesen außergewöhnlichen Menschen vermissen.

Gleichzeitig regte sich aber auch ein anderer Gedanke in ihm: Bruder Michaels Leben war nicht immer so glatt gelaufen, wie sein frohes und einnehmendes Wesen es vermuten ließ.

Sein Vater lehnte ihn absolut ab. War der Vater in der Arbeit, durfte er seine Kammer verlassen, in der er sonst alle Zeit des Tages und der Nacht verbringen musste. Auch wenn Besuch kam, wurde er dort verborgen. Mucksmäuschenstill hatte er sich zu verhalten, sonst drohten ihm Essensentzug und Schläge. Das Kind lernte sehr schnell, dass es nur überleben konnte, wenn es sich möglichst unsichtbar machte.

Bald beherrschte der Junge das so gut, dass er jede Ecke und Nische kannte, wo er sich verbergen konnte, wenn der Vater im Haus war. Doch immer wieder entlud sich der Zorn des Malermeisters über das ungerechte Schicksal, das ihm einen Krüppel als Sohn zumutete. Manches davon bekam seine Ehefrau ab, die er wütend als schuldig an der Misere anschrie und schlug. Wenn es Michael dann nicht gelang, sich gut zu verstecken, drohte ihm Schlimmstes. Einmal fand ihn eine alte Nachbarin zusammengekauert, halb verhungert und fast besinnungslos in der Dämmerung am Gartenzaun liegend. Sie nahm ihn mit in ihr Haus und rief ihren Hausarzt, der das halbtote Bündel sofort ins Krankenhaus fuhr. Dort stellte man neben einer bedrohlichen Unterernährung des Kindes auch ein paar alte und schlecht verheilte Brüche im Hand- und Rippenbereich fest. Daraufhin schaltete der Stationsarzt das Jungendamt ein. Die befragten Eltern erzählten dem Beamten, dass der schwerbehinderte Junge oft nicht essen wolle und ständig hinfiel, so dass sie sich nur vorstellen konnten, dass die Verletzungen von daher rührten. Obwohl sowohl die Krankenschwestern, als auch der Stationsarzt diese Schilderung als völlig „aus der Luft gegriffen" anprangerten, wurde Michael nach vier Wochen Krankenhausaufenthalt wieder nach Hause entlassen. Alle Proteste des Klinikpersonals nutzten nichts.

Als die Eltern Michael abholten, gab es zwischen ihnen und dem Stationsarzt ein Abschlussgespräch. Was auch immer Inhalt dieses Gespräches gewesen war, von da an fasste der Vater Michael nie wieder an. Er strafte ihn mit Ignoranz, tat, als ob sein Sohn Luft für ihn sei.

Im Krankenhaus hatte Michael zum Erstaunen aller in Windeseile lesen und schreiben gelernt. Die Schwestern hatten ihm Buntstifte, Papier und Kinderbücher von zuhause mitgebracht. Diesen Schatz hütete der inzwischen Siebenjährige sorgsam vor den Zornesausbrüchen des Vaters. Eine weitere Folge des Krankenhausaufenthaltes war, dass die Schulbehörde auf ihn aufmerksam wurde und verlangte, dass er in die nahe Behindertenschule eingeschult wurde. Ein Fiasko für den kleinwüchsigen intelligenten Burschen.

„Du bist in unserer Mitte, Herr, und dein Name ist über uns ausgerufen. Verlass uns nicht, Herr unser Gott!"

Die Lesung der Komplet dringt ins Bewusstsein des Abtes. Abend für Abend wird sie verlesen. Bruder Nikolaus stimmt das Responsorium an: „Herr auf dich vertraue ich, in deine Hände lege ich mein Leben!"

Abend für Abend geben die Mönche ihren Tag und ihr Leben so an ihren Herrgott zurück.

Gestern hatte Bruder Michael diesen Gesang angestimmt. Heute nun ist sein Chorplatz leer, leer für immer. Jetzt erst fällt Abt Lukas auf, dass Bruder Michaels Chorstalle nicht einfach leer geblieben ist, sondern, dass seine Bücher wie verwaist aufgeschlagen dort liegen.

Die Regellesung des heutigen Tages fällt ihm erneut erschreckend real ein: *„Den unberechenbaren Tod täglich vor Augen haben"* (RB 4,47).

Hilflosigkeit und Ratlosigkeit überfallen ihn, und verstohlen wischt er sich die Tränen aus den Augenwinkeln. Er greift zum Aspergill, dem Weihwassersprenger, den ihm Bruder Mathias hinhält. Die Brüder sind niedergekniet. Nun geht Abt Lukas, wie jeden Abend, von Mann zu Mann und spricht den Nachtsegen über die gebeugten Häupter. Obwohl es inzwischen fast ganz dunkel ist, meint er, hier und da verweinte Augen zu sehen. Er ist mit seiner Ohnmacht und Trauer nicht allein.

Ihm ist schmerzlich bewusst, dass nach dem Salve Regina jeder Bruder in die Stille der Nacht gehen wird, allein - ohne den Trost des Miteinanders. Als dann die Marianische Antiphon verklungen ist, sitzen die Brüder noch lange schweigend in der Dunkelheit der Kirche. Offenbar zieht es niemanden in die Einsamkeit der Zelle.

Abt Lukas macht den Anfang. Leise verlässt er die Kirche und macht sich auf den Weg in sein Büro.

Dieses Foto... Grübelnd öffnet er die Bürotür. War da ein Lichtschein bei den Werkstätten gewesen? Bruder Viktor saß noch in der Kirche. Er musste sich getäuscht haben. Aber wenn nicht? Wie aus weiter Ferne sickert eine Möglichkeit in sein Bewusstsein - die zwei Männer von abends ...

Was, wenn sie über die Klausurmauer geklettert sind und sich nun Zutritt zur Werkstatt verschaffen? Er zögert nur einen Moment, greift die Visitenkarte des Kommissars und verlässt leise sein Büro.

Da kommt ihm Pater Hubert entgegen, aufgeregt und wie auf „leisen Sohlen". „Vater Abt, es ist jemand in der Werkstatt. Ich bin ganz sicher. Ich wollte den Tee auf dem Trockenboden wenden und habe den Kegel einer Taschenlampe tanzen sehen. Ich habe Pater Martinus informiert, er hält die Brüder in der Kirche auf."

„Bruder Hubert, ich habe es auch bemerkt. Hier ist die Telefonnummer des Kommissars. Geh und ruf die Polizei an. Schnell!"

Abt Lukas schiebt den Bruder an.

„Und du? Vater Abt, geh kein Risiko ein. Ich bitte dich. Sollen wir nicht ordentlich Radau machen und die Einbrecher aufscheuchen, damit sie verschwinden?"

„Nein! Ich bin sicher, dass das mit Bruder Michaels Tod zu tun hat. Mit etwas Glück kommt die Polizei schnell und kann die Herren schnappen, bevor sie türmen. Keine Sorge. Ich werde mich ans Küchenfenster stellen und versuchen, etwas zu beobachten! Nun geh schon und beeil dich!"

Bruder Hubert ist alles andere als überzeugt, aber er macht sich auf den Weg zur Pforte. Abt Lukas betritt die dunkle Küche, von wo er einen freien Blick auf das Werkstattgebäude hat, das sich Bruder Viktor und Bruder Michael geteilt haben.

Bruder Viktor, der fast 45 Jahre alt war, als er eingetreten ist, hatte sein kleines Holzlager geräumt, als Bruder Michael gefragt hatte, ob er den Raum als Atelier nutzen dürfe. Gemeinsam hatten sie dort geräumt und sauber gemacht. Bruder Viktor hatte es sich nicht nehmen lassen, dem jungen Bruder noch eine große Glaswand zum Garten hin einzubauen, so dass die Lichtbedingungen zum Malen und Restaurieren besser nicht sein konnten. Die beiden hatten sich von Anfang an gut verstanden.

Vom Fenster aus sieht nun der Abt, wie Bruder Hubert schon beobachtet hatte, den Lichtkegel einer Taschenlampe hin und wieder über die Scheiben huschen.

Er öffnet leise das Fenster und lauscht in die Nacht. Nichts ist zu hören.

Gestern noch war das Kloster ein Ort der Ruhe und der Beschaulichkeit, verschlafener konnte es gar nicht sein. 24 Stunden später gibt es einen Toten, versiegelte Räume, Befragungen, mysteriöse Besucher, unerklärliche Faxe, unglaubliche Fotos und Einbrecher.

„Mein Gott, was hast du nur vor mit uns?"

Abt Lukas flüstert leise vor sich hin. Er erschrickt fast zu Tode, als die leise Stimme von Pater Martinus neben ihm erklingt. „Abt Lukas, was sagst du?"

„Um Himmelswillen, Martinus. Wie kannst du mich so erschrecken. Wo sind die Brüder?"

„Ich habe sie gebeten in der Kirche zu bleiben, bis ich ihnen Nachricht gebe. Pater Severin war ganz außer sich. Bruder Hubert öffnet die kleine Pforte und zeigt der Polizei, wenn sie kommt, den Weg."

Pater Martinus stellt sich an die andere Fensterseite. „Siehst du noch was?"

„Nein, es ist schon seit ein paar Minuten völlig dunkel. Vielleicht sind sie hinten raus über die Mauer verschwunden!" Die beiden Männer verharren schweigend.

„Abt Lukas?" Der angesprochene braucht einen Moment die Stimme zu erkennen. „Kommissar Meinrad?"

„Ja, kann ich hereinkommen?"

Flüsternd nähert sich der Kommissar dem Fenster. „Die Kollegen werden sich jetzt leise Zutritt verschaffen. Ihre Brüder sind alle aus der Schusslinie, oder?"

„Ja, sie sind in der Kirche. Ich befürchte, Sie kommen zu spät!"

Bevor der Kommissar noch etwas sagen kann knistert das kleine Funkgerät in seiner Hand: „Zugriff!"

Vom Küchenfenster aus beobachten die drei Männer, wie fünf oder sechs Polizisten sich von allen Seiten her dem kleinen Werkstattgebäude leise nähern. Dann geht es plötzlich sehr schnell. Die Lichter gehen an, es entsteht ein kleiner Tumult. Dann führen zwei Polizisten eine junge Frau aus dem Haus.

Flutlichter strahlen auf.

„Elise!" Abt Lukas Stimme durchbricht das Schweigen der drei beobachtenden Männer in der Küche.

„Elise?" Pater Martinus und Kommissar Meinrad entschlüpft zugleich erstaunt der genannte Name. Sie folgen Abt Lukas, der durch den Gartenausgang die Küche verlässt und auf die Polizisten zuläuft.

„Halt, warten Sie! Seien Sie nicht so grob!" Abt Lukas fährt die Polizistin an, die der jungen Frau gerade die Handschellen anlegt.

„Lassen Sie das. Ich kenne die Frau!" Abt Lukas Befehlston verfehlt nicht seine Wirkung, die Polizistin hält inne.

Inzwischen hat auch Kommissar Meinrad die Gruppe erreicht. Die Polizistin schaut ihn fragend an. Auf sein Nicken hin lockert sie den Griff, hält Elise aber weiter fest.

„Abt Lukas, es tut mir leid. Ich wollte nur im Atelier übernachten. Michael hat mir gezeigt, wo ich über die Mauer komme. Ich wollte nichts stehlen, Sie müssen mir glauben, bitte!"

„Ich glaube Ihnen. Beruhigen Sie sich." Abt Lukas wendet sich bittend Kommissar Meinrad zu.

„Kollegen, ich danke ihnen. Das war ganz ausgezeichnet. Gratulation. Sie können den Einsatz beenden und abziehen. Ich kümmere mich um das weitere. Für den Fall, dass wir die Dame doch noch in Gewahrsam nehmen müssen, möchte ich Sie bitten, ein Team hier im Wirtschaftshof zu belassen."

„Ich habe nichts getan. Ehrlich. Sie können mich gar nicht verhaften!" Elises Ton ist aufbegehrend und schneidend.

„Mein Fräulein, jetzt machen Sie mal halblang. Sie sind unberechtigter Weise hier eingestiegen - damit ist zumindest der Tatbestand des Hausfriedensbruchs erfüllt. Von dem aufgebrochenen Siegel will ich ja gar nicht erst anfangen. Also, reißen Sie sich mal zusammen!"

Elise setzt zu einer Erwiderung an, die Abt Lukas aber im Keim erstickt, indem er sagt: „Darf ich Sie ins Haus bitten. Vielleicht können wir die Sache bei einer Tasse Tee in Ruhe besprechen!"

Er schickt Pater Martinus zur Kirche, um die Brüder zu informieren und sie zu bitten, sich in ihre Zellen zurückzuziehen. Bruder Hubert, der sich am Gartenausgang im Hintergrund gehalten hat, bittet er, eine Kanne Tee zuzubereiten und ins vordere Sprechzimmer zu bringen.

Kommissar Meinrad ist wieder beeindruckt von der Autorität, die der Abt ausstrahlt. Freundlich, aber bestimmt sind seine Anweisungen, die Reaktionen der Mönche prompt und ohne Kommentar.

Ihm scheint das surreal und unwirklich. Wo gibt es denn noch sowas?

Abt Lukas führt Elise und den Kommissar ein Stück weit durch den Garten, biegt dann in den Kreuzgang ab und schließt die Tür zum Pfortenbereich auf. So vermeidet er, dass sie den Brüdern begegnen, die sich ungestört in den Schlaftrakt zurückziehen können.

Im Augenwinkel sieht der Abt, dass Elise sich orientierend umschaut: „Hören Sie, Elise. Tun Sie mir einen Gefallen und versuchen Sie jetzt nicht auszureißen. Sie bringen sich und auch mich und nicht zuletzt den Kommissar in Teufels Küche." Schuldbewusst senkt sie den Blick!

„Kommen Sie herein." Er öffnet die Tür zum Sprechzimmer. Beide kennen den Raum schon von den nachmittäglichen Gesprächen. Kaum, dass sie Platz genommen haben, klopft es auch schon und Bruder Hubert bringt ein Tablett mit dampfendem Tee, drei Tassen und einem Teller Gebäck.

Abt Lukas geht ihm entgegen. „Vielen Dank Bruder Hubert. Du kannst dich gerne zurückziehen. Ich räume später selber auf. Aber könntest du noch bei Pater Jonas klopfen und ihn bitten kurz herzukommen?"

„Aber ja. Gute Nacht Ihnen allen!" keine Antwort abwartend dreht er sich um und schließt leise die Tür hinter sich.

„Nun, Elise, erzählen Sie mal, wie Sie dazu kommen, hier nachts hereinzuspazieren und sich schlafen zu legen!"

Die Einleitung des Kommissars soll wohl salopp klingen. Elise, die sich gierig einen Keks in den Mund gesteckt hat, verschluckt sich fast.

„Das geht Sie gar nichts an! Sie wollen mir doch nur was anhängen. Ich sage gar nichts!"

Mit vollem Mund hören sich ihre mutig gemeinten Worte eher kläglich an.

„Aber Elise, bitte. Erzählen Sie doch, was los ist. Sie machen sich doch nur mehr verdächtig, wenn Sie so widerspenstiges Zeug reden." Abt Lukas geht zur Tür, an der es leise geklopft hat.

„Entschuldigen Sie mich bitte einen Moment!" Er verlässt den Raum.

Draußen steht Pater Jonas. „Pater Jonas, entschuldige bitte, dass ich dich stören muss. Ich habe zwei Bitten: Könntest du schnell einen Apfel und ein belegtes Brot herrichten und herbringen. Ich habe den Eindruck, dass da jemand halb ausgehungert ist. Und dann richte bitte das kleine Gästezimmer an der Pforte, vielleicht brauchen wir es für heute Nacht. Geht das?"

„Aber ja, bin schon unterwegs!" die Blicke der beiden treffen sich kurz und einvernehmlich.

Abt Lukas betritt das Sprechzimmer und sieht lächelnd, dass Kommissar Meinrad drei Kekse auf den Rand seiner Untertasse in Sicherheit gebracht hat. Die restlichen Gebäckstücke sind ratzeputz verschwunden.

Abt Lukas setzt sich, nimmt einen Schluck Tee und schaut Elise auffordernd an.

Kommissar Meinrad hält sich zurück und überlässt dem Abt die Initiative.

„Okay. Ich erzähle Ihnen ja alles. Aber eins muss klar sein: Mit Michaels Tod habe ich nichts zu tun!" Sie schaut von einem zum anderen! Erst als die beiden zustimmend nicken, fährt sie fort:

„Ich bin Deutsch-Rumänin. Mein Vater hat die letzten 15 Jahre hier als Ingenieur gearbeitet. Die Firma wurde jetzt von irgendeinem Giganten aufgekauft und alle alten Mitarbeiter wurden via Auflösungsvertrag freigesetzt. Auch mein Vater. Seit das im Laufen war, gab es zuhause nur noch ein Thema - zurück nach Rumänien. Ich habe gleich klargestellt, dass ich auf keinen Fall mitgehen will. Er hörte einfach nicht zu. Ich dachte echt, er nimmt mich auf den Arm. Nein, er redete unablässig von meiner Pflicht als Kind, die ich erfüllen müsse, weil er sonst sein Ansehen, seine Ehre in Rumänien verlieren würde. Meine Mutter versuchte mich zu überreden, sprach von einem schönen Haus auf dem Land und vielen Kindern. Als ich stur blieb, begannen die Drohungen. Es schaukelte sich mehr und mehr hoch und vor zwei Wochen eskalierte die Situation und ich packte meine Sachen und verließ das Haus. Vater hat mir noch zweimal in der Akademie aufgelauert, hohlwangig und verzweifelt. Dann hat er mir den Geldhahn zugedreht und das Haustürschloss ausgewechselt. Bis dahin bin ich ab und zu ins Haus, habe mich geduscht und mich aus dem Kühlschrank bedient. Das war jetzt also auch vorbei. Ich habe es meinen engsten Freunden erzählt und dazu gehörte auch Michael. Alle haben mir geholfen - ein Lager für die Nacht, die Möglichkeit meine Klamotten zu waschen, eine Einladung zum Essen. Ja und Michael hat mir gezeigt, wie ich über die Klostermauer und in die Werkstatt kommen kann. So habe ich die letzten Wochen ein paarmal hier übernachtet. Ich kam während der Komplet und ging während der Morgenhore. Ich konnte heute nicht bei meiner Freundin bleiben, weil mein Vater sie aufgespürt hatte. Ich wusste echt nicht wohin und nur deshalb habe ich mich nochmal hergewagt. Sie müssen mir glauben. Ich habe nichts angerührt und nichts mitgenommen. Ich wollte nur einfach hier schlafen!"

Inzwischen hatte Pater Jonas das erbetene Abendessen hereingebracht. Während ihren Ausführungen starrte Elise gierig auf das Käsebrot.

„Nun essen Sie mal in Ruhe!" Kommissar Meinrad und Abt Lukas schauen einander an. Beide glauben der jungen Frau.

„Ich hätte einen Vorschlag! Vielleicht können Sie sich beide damit anfreunden!"

Der Mönch hält kurz inne.

„Elise könnte heute Nacht hier im Gästezimmer schlafen, sich morgen früh bei Ihnen auf dem Kommissariat melden und ihre Aussage zu Protokoll geben. Bis abends habe ich vielleicht eine sichere Unterkunft für sie gefunden - ich habe da schon eine Idee. Was halten Sie davon?"

„Super Idee. Ich bin dabei! Klar!" Elise beißt herzhaft in den Apfel, der ihr Abendessen abschließen wird.

„Na, ich weiß nicht! Immerhin ist sie ja hier eingebrochen...“

Elise hebt zu einem Protest an. Abt Lukas bringt sie mit einem Blick zum Schweigen.

„Wir werden sicher keine Anzeige erstatten, Herr Kommissar.“

An Elise gewandt bemerkt er: „Ich gehe davon aus, dass ich mich auf Sie verlassen kann. Bruder Michael hat stets gute Menschenkenntnis bewiesen. Sie werden sich an unsere Vereinbarung halten, sowohl im Kommissariat erscheinen, als auch morgen Abend hier!?“

„Logo, Ehrenwort, Herr Abt!“ Elise strahlt ihn an.

Abt Lukas wartet. Nach einigem Zögern stimmt Kommissar Meinrad zu. Abt Lukas bringt Elise in das kleine Gästezimmer, wo noch eine Tafel Schokolade und eine Flasche Wasser bereitstehen. Auf Pater Jonas ist Verlass.

Nachdem er den Kommissar verabschiedet hat, der die beiden uniformierten Kollegen noch wegschickt, schließt der Abt die Klostertüren sorgfältig vor, löscht die Lichter und nimmt das Tablett mit dem benutzten Geschirr mit in die Küche. Dort findet er Bruder Hubert eingeschlafen auf einem Hocker, den Kopf in die Arme gelegt.

„Bruder Hubert!" Leise ruft er den Mönch an. „Oh, entschuldige Vater Abt. Ich wollte dir noch beim Aufräumen helfen!"

Abt Lukas ist gerührt. Gemeinsam spülen sie schweigend das Geschirr.

„Gute Nacht, mein Freund!" Die beiden Männer nehmen sich kurz in den Arm, eine brüderliche Geste, die ihnen in der Stille des Abends gut tut.

Abt Lukas unterdrückt den Impuls, nochmals ins Büro zu gehen. Der Blick auf die Uhr sagt ihm, dass er unbedingt ins Bett muss.

Um 5.00 Uhr wird die Glocke ihn wecken und um 5.30 Uhr zur Vigil rufen.

6. Kapitel

*Sie sollen einander in gegenseitiger Achtung zuvor-
kommen; ihre körperlichen und charakterlichen
Schwächen sollen sie mit unerschöpflicher Geduld
ertragen. (RB 72,4,5)*

Mühsam kämpft sich Abt Lukas aus dem
Schlaf. Ein Geräusch hat ihn aufgeschreckt.
Benommen greift er nach dem Wecker, der auf dem
Nachttisch steht. Es ist 4.30 Uhr. Mit einem Ächzen lässt
er sich zurück in das Kissen fallen und zieht die Decke
über den Kopf. Nein, es sind keine weiteren unliebsamen Besucher, die das Kloster unsicher machen. Er hat
auch nicht verschlafen, es ist Pater Severin, der die Zelle
neben dem Abt bewohnt.

Morgen für Morgen, exakt um diese Zeit, macht
der Alte seine Frühgymnastik, die „Fünf Tibeter". Heute
fällt es Abt Lukas ziemlich schwer, die Disziplin des alten
Mönches zu bewundern. Er ist wie gerädert. Nach und
nach kommen ihm die Ereignisse des gestrigen Tages in
den Sinn. Erschöpft schließt er die Augen, aber die Bilder bleiben, drängen sich unbarmherzig in die Wirklichkeit.

Nach ein paar Minuten, gerade poltert es neben-
an vernehmlich, schwingt er sich auf die Bettkante. Pater
Severin ist bei seiner zweiten Übung angekommen - Abt
Lukas kennt inzwischen die dazugehörigen Geräusche.

„Guter Gott!" Lächelnd erhebt sich der Abt, streift seinen Morgenmantel über den Schlafanzug und verlässt das Zimmer in Richtung Bad. Länger, als es angemessen ist, steht er unter der heißen Dusche, versucht, wach zu werden und die Erschöpfung abzuwaschen. Bald hört er die Dusche nebenan rauschen. Abt Lukas reißt sich los, frottiert sich ab und schlüpft wieder in den Morgenmantel.

Auf dem Weg zu seinem Zimmer begegnet er Pater Severin, der „munter wie ein Fisch im Wasser" in einem uralten Etwas von Bademantel daherkommt. Der Alte schaut sehr überrascht, als er seinen Abt zu so früher Stunde fertig geduscht antrifft. Höflich neigt er zur schweigenden Begrüßung den Kopf und schaut besorgt drein.

Gerade als Abt Lukas sein Zimmer betritt, läutet die Glocke, die um 5.00 Uhr alle Brüder weckt. Während er sich ankleidet, überlegt er, wie er die gewonnen 20 Minuten nutzen kann. Er beschließt, Elise ein kleines Frühstück vors Zimmer zu stellen.

In der Küche trifft er auf Bruder Hubert, der gerade seinen Frühkaffee trinkt. An der Seite steht bereits ein kleines Tablett: Thermoskanne, Zucker, Milch, Honig, Käse, Eierbecher, Brot. Abt Lukas, der sich mit der burschikosen und manchmal unbeherrschten Art des Küchenbruders oft schwertut, lächelt Bruder Hubert dankbar zu, nimmt sich eine Tasse Kaffee, stellt sich schweigend ans Küchenfenster und trinkt in kleinen Schlucken das heiße Gebräu. Draußen ist es noch fast dunkel, schemenhaft und grau eröffnet sich der Blick in den Garten.

> *„Nacht und Gewölk und Finsternis,*
> *verworr'nes Chaos dieser Welt,*
> *entweicht und flieht! Das Licht erscheint,*
> *der Tag erheb sich: Christus naht!"*

Die erste Strophe des Mittwochlaudes-Hymnus klingt in ihm. Ja, das trifft nicht nur die Stimmung dieses Morgens, sondern sein Denken und Fühlen auf den gestrigen Tag hin. Hoffentlich kommt heute ein wenig Licht in die Sache.

> *„Jäh reißt der Erde Dunkel auf,*
> *durchstoßen von der Sonne Strahl,*
> *der Farben Fülle kehr zurück,*
> *im hellen Glanz des Taggestirns!"*

Abt Lukas spürt Zuversicht beim Gedanken an die Fortsetzung des Hymnus. Das Chaos wird sich lichten. Seine Lebensgeister kehren zurück. Ermutigt leert er seine Tasse, stellt sie im benachbarten Refektorium an seinen Platz und macht sich auf den Weg in die Kirche.

Leise tritt er ein. Er findet dort schon Bruder Nikolaus und Bruder Jonas still betend vor. Die Chorglocke läutet. Nach und nach kommen die Brüder, mehr oder weniger müde wirkend. Bruder Michaels Platz bleibt verwaist. Die Vereinbarung ist, dass, wenn ein Bruder nicht zur Liturgie oder zum Essen kommt, aufgerückt wird, sodass keine Lücken bleiben. Stirbt aber ein Bruder, so bleibt der Platz frei, sowohl in der Kirche, als auch im Refektorium. Erst, wenn der Verstorbene beerdigt ist, wird die Chorordnung - und damit auch die Sitzordnung - angepasst.

„Herr, öffne meine Lippen, damit mein Mund dein Lob verkünde" - mit diesem dreimaligen Ruf eröffnen die Mönche den gemeinsamen Tag. Abt Lukas lässt sich hineinnehmen in den Fluss der Psalmen. Vers für Vers nehmen die Brüder den Rhythmus auf. Für Abt Lukas ist besonders dieses frühe Morgengebet eine Kraftquelle. Seine Gedanken sind noch träge und von der Nacht her reicht die Stille in seine Seele hinein, ja, jungfräulich ist der Tag zu dieser Zeit noch.

Einige Zeilen eines Gedichtes von Wilhelm Bruners, das ihm einmal in die Hände gefallen ist, fassen dieses Fühlen wunderbar treffend in Worte:

> hol dir die ersten
> Informationen aus den
> Liedern Davids
>
> dann höre die
> Nachrichten und lies
> die Zeitung
>
> beachte die Reihenfolge
> wenn du die Kraft
> behalten willst
> die Verhältnisse zu ändern

Die Morgenhore endet gegen 6.20 Uhr. Manche der Brüder bleiben in der Kirche, meditieren oder lesen die biblischen Texte des Tages. Andere finden sich im Refektorium zum stillen Frühstücken ein. Bruder Hubert wendet zum ersten Mal seinen Tee auf dem Trockenspeicher.

Es liegt stets eine Art Zauber auf diesen ruhigen Morgenstunden. Gegen seine Gewohnheit wirft Abt Lukas heute einen Blick in die Zeitung, die er draußen aus dem Briefkasten fischt. An der Pforte stehend, sucht er die Titelseite der örtlichen Tageszeitung ab.

Er atmet erleichtert auf - keine riesige Schlagzeile. Nur eine Randnotiz vermeldet: „Junger Mönch verstirbt - Todesursache ungeklärt. Lesen Sie weiter auf Seite 4." Schnell blättert er weiter.

Pater Nikodemus tritt ein wenig zögernd neben seinen Abt. Normalerweise ist er es, der die Zeitung ins Haus nimmt, den ersten Blick darauf wirft und im kleinen Bibliotheksraum für die Brüder auslegt.

Abt Lukas gilt als sehr zentriert und konzentriert auf die Liturgie. Ihn vor der morgendlichen Messe die Zeitung lesen zu sehen, ist deshalb wirklich mehr als ungewöhnlich.

Abt Lukas hat den Artikel auf Seite 4 gefunden und weist Pater Nikodemus darauf hin. Gemeinsam beginnen sie schweigend zu lesen:

„Im Kloster St. Georg, wurde gestern in den frühen Morgenstunden Michael Denor (Bruder Michael, 28 Jahre alt) tot in seinem Bett gefunden. Er war nicht zum morgendlichen Gebet erschienen. Der herbeigerufene Arzt, selbst Mönch der Gemeinschaft St. Georg, konnte nur den Tod feststellen. Da die Todesursache nicht eindeutig ersichtlich war, wurde die Leiche im Rahmen einer polizeilichen Untersuchung in die Gerichtsmedizin verbracht. Die Ergebnisse waren zur Zeit des Redaktionsschlusses noch nicht bekannt. Seine Werkstatt im Kloster sowie sein Arbeitsplatz an der hiesigen Kunstakademie wurden versiegelt. Michael Denor war Student der Meisterklasse und galt trotz seiner Kleinwüchsigkeit als herausragendes künstlerisches Talent. Beheimatet war er im Kloster St. Berhard in Tunliesten, nahe der holländischen Grenze. Nachdem er einige Nachwuchswettbewerbe für junge Künstler gewonnen hatte, bot ihm die hiesige Akademie ein Stipendium an. Es gibt Hinweise darauf, dass sein Tod im Zusammenhang mit seiner letzten Arbeit stehen könnte. Die Ermittlungen laufen auf Hochtouren.“

Hier endet der Artikel und Pater Nikodemus atmet hörbar erleichtert auf. „Na, das ist ja ganz akzeptabel! Ich hatte weitaus schlimmeres befürchtet“.

„Ja, du hast Recht. Aber ich denke auch, dass das genügen wird, eine Reihe neugieriger Leute auf den Plan zu rufen.“ Abt Lukas verabschiedet sich mit einem Kopfnicken.

Und in der Tat: Zur Morgenmesse um 7.15 Uhr ist die Kirche ungewöhnlich belebt. Allerding entdeckt Abt Lukas vom Altar aus nur drei fremde Gottesdienstbesucher. Einer - mittelalt, schlank und eher konservativ gekleidet - könnte einer der Professoren aus der Akademie sein. Abt Lukas meint sich erinnern zu können, ihn dort bei der letzten Vernissage gesehen zu haben. Ob die beiden jüngeren Männer vielleicht Studienkollegen von Bruder Michael sein könnten? Da sind auch Frau Wegmann, die in der direkten Nachbarschaft wohnt, Herr Wiesel, der regelmäßiger Patient von Bruder Thomas ist, Frau Maier, die jeden Samstag zur Messe kommt, und Kommissar Meinrad.

„Na so was" - Abt Lukas Aufmerksamkeit wird nur einem Moment von diesen Gedanken abgelenkt, dann wendet er sich der Liturgie zu.

„Wir beten heute besonders für unseren gestern verstorbenen Bruder Michael. O Herr, schenke ihm die ewige Ruhe und das ewige Licht leuchte ihm. Herr lasse ihn ruhen in Frieden. Amen." Dieses Gebet fasst die Hoffnung der kleinen Gemeinde für Bruder Michael zusammen. Sein leerer Platz ist wie eine offene blutende Wunde.

Gegen Ende der Messe betreten zwei weitere Männer die Kirche und setzen sich leise in die hinterste Bank. Erst beim Segen bemerkt Abt Lukas die beiden. Journalisten? Man wird sehen.

Kaum haben die Mönche die Kirche verlassen, läutet die Pfortenglocke. Pater Jonas sucht den Blick des Abtes. „Ich gehe selbst! Sicher ist es Kommissar Meinrad!"

Abt Lukas öffnet das kleine Pfortenfenster in der schweren alten hölzernen Eingangstür. Es ist nicht Kommissar Meinrad. Bevor Abt Lukas realisiert, was los ist, bricht ein Blitzlichtgewitter über ihn herein.

„Was soll das? Hören Sie sofort auf!" Er knallt das kleine Türchen wieder zu. „Sind Sie Abt Lukas? Machen Sie doch auf. Wir haben ein paar Frage!"

Abt Lukas überlegt einen Moment, dann wendet er sich wortlos ab und geht durch die Klausurtür Richtung Refektorium.

Aber so leicht lassen sich die unliebsamen Besucher nicht vertreiben. Erneut und durchdringend betätigen sie die Pfortenglocke, die durchs Haus tönt. Pater Jonas kommt herbeigeeilt. Abt Lukas winkt ihm ab und dreht kurz entschlossen wieder um.

Erneut an der Pforte angekommen, hängt er das dünne Glockenseil, das die Glocke im Hausinneren zum Läuten bringt, kurzerhand aus. Sofort herrscht Ruhe.

Die Besucher vor der Tür sind nur einen Moment überrascht, dann klopfen sie an die Tür. Abt Lukas lächelt in sich hinein - das werden sie bald aufgeben. Diese Tür ist massiv und sehr alt. Aber ihm ist bewusst, dass das nur eine Lösung für den Augenblick ist.

„Das kann ja heiter werden!" denkt er. Kurzentschlossen fährt er den Pfortencomputer hoch und greift zum Telefon. Gleich daneben liegt die Visitenkarte des Kommissars.

„Kommissar Meinrad. Guten Morgen! Ich hoffe Sie hatten eine gute Nacht! ... Ja, danke! ... Sind Sie noch in der Nähe? Ja, genau! Vielen Dank!"

Erleichtert legt er auf. In diesem Moment hört er schon die energische Stimme des Kommissars vor der Pfortentür.

„Guten Morgen meine Herren! Von Respekt und Achtung haben Sie noch nichts gehört, oder? Verschwinden Sie! Nein, ich habe kein Verständnis, und wenn Sie jetzt nicht augenblicklich aufbrechen, werde ich Sie auch von der mittäglichen Pressekonferenz ausschließen! Sagen Sie das auch all ihren Kollegen und Kolleginnen!"

Diese Drohung zeigt Wirkung.

„Abt Lukas! Sind Sie da?" Kommissar Meinrads Worte klingen leise durch die Tür. „Die Luft ist rein. Machen Sie mir kurz auf?"

Abt Lukas öffnet die Tür. „Ich hatte schon so etwas befürchtet, deshalb bin ich heute früh zum Gottesdienst gekommen. Übrigens, Sie singen wunderschön. Das wollte ich Ihnen schon gestern sagen. Nun - also ..."

Der Kommissar räuspert sich verlegen, als wäre ihm die letzte Äußerung unangenehm: „Ich werde die Kollegen bitten, um das Kloster herum regelmäßig Streife zu fahren und zu laufen. Das wird die seriösen Journalisten abschrecken und die anderen hoffentlich auch. Ich rate Ihnen dringend, die Pforte geschlossen zu halten! Das mit dem kleinen Guckloch ist ganz praktisch!"

Der Kommissar schaut den Abt forschend an.

„Ja, ich denke, Sie haben Recht. Ich werde einen Aushang machen und die Pforte heute für geschlossen erklären. In wichtigen Fällen können die Leute ja anrufen!" Abt Lukas spricht langsam, als ob sich die Entscheidung im Sprechen formt.

„Das ist sehr gut! Abt Lukas, ich muss los. Ich bin mit dem Gerichtsmediziner verabredet. Vielleicht höre ich schon genaueres über die Todesursache von Bruder Michael. Außerdem gibt es eine große Arbeitsbesprechung mit den Kollegen aus dem Dezernat Kunst. Nur so viel: Da ist eine große Sache am Laufen. Sehr groß. Die Kollegen von Interpol wurden gestern spät noch informiert."

„Interpol - um Himmelswillen! Sie sprechen von organisiertem Verbrechen? Was soll Bruder Michael damit zu tun gehabt haben?" Abt Lukas Stimme überschlägt sich fast.

„Ruhig Blut, Abt Lukas. Inzwischen denke ich, dass er wohl mehr oder weniger zufällig in eine Sache

106

reingeraten ist, von der er keine Ahnung hatte. Ich verspreche ihnen, Sie auf dem Laufenden zu halten. Bewahren Sie Ruhe!"

Der Kommissar hatte eindringlich und fast beschwörend gesprochen.

Abt Lukas atmet tief durch.

„Ich melde mich, sobald ich Genaueres weiß!"

Der Kommissar verabschiedet sich mit einem festen Händedruck von Abt Lukas.

„Abt Lukas, Abt Lukas!" Es ist Frau Wegmann, die Nachbarin, die vom Kirchplatz auf die geöffnete Pfortentür zuläuft. „Das ist ja ganz furchtbar, das mit Bruder Michael. Er war ja ein so netter junger Mann. Ja und so tragisch!"

„Frau Wegmann, guten Morgen. Ja, der Tod von Bruder Michael ist ein schwerer Schlag für uns!"

„Was ist denn nur passiert? Das ist ja doch sehr mysteriös, was da in der Zeitung stand. Und diese Journalisten! War das ein Kriminalkommissar, der hier eben mit Ihnen gesprochen hat?"

Sie zögert kurz und setzt dann erneut an: „Ach ja, wenn Sie schon aufgemacht haben - ich bin mit Bruder Hubert verabredet. Wir wollten die Tees verpacken und etikettieren, damit meine Tochter sie morgen mit in den Laden nehmen kann!" Sie macht einen Schritt auf den Abt zu.

„Frau Wegmann, bitte entschuldigen sie, aber die Tees müssen warten. Es ist heute und die nächsten Tage viel zu tun und zu bedenken. Bruder Hubert wird sich bei Ihnen melden und etwas Neues ausmachen!"

„Aber hören sie, ich werde Sie nicht stören! Meine Tochter kommt dann sicher zwei Wochen nicht. Und Bruder Hubert ist immer so dankbar, wenn ich ihm helfe!"

Frau Wegmann ist nicht bereit sich so einfach abweisen zu lassen.

Abt Lukas spürt Ärger in sich aufsteigen. Dass Bruder Hubert so einen Aufwand mit diesen Tees betreibt, ist für ihn und auch für die Mitbrüder manchmal schwer zu ertragen. Seine Zusammenarbeit mit Frau Wegmann ist einer der Gründe dafür.

„Es tut mir leid, Frau Wegmann. Heute geht es wirklich nicht!" Abt Lukas bleibt eindeutig, nickt verabschiedend und schließt ohne weiteren Kommentar Frau Wegmann die Pforte vor der Nase.

„Na, so eine Unverschämtheit!" hört er sie noch schimpfen.

Seufzend betritt er die Pforte, wo er auf Pater Jonas trifft.

„Hast du mitbekommen, was der Kommissar gesagt hat?"

Pater Jonas nickt. Seine Betroffenheit ist ihm ins Gesicht geschrieben.

„Kannst du den Aushang machen, dass die Pforte heute und morgen ganztägig geschlossen ist. Wir sind aber telefonisch zu erreichen. Geht das?"

Pater Jonas ist wie erstarrt.

„Vater Abt, was soll das alles bedeuten? Interpol? In was ist Bruder Michael da reingeraten? "

Abt Lukas spürt die aufkommende Panik bei seinem Mitbruder.

„Pater Jonas, komm schon. Lass uns konstruktiv bleiben. Bevor wir nichts Genaueres wissen, macht es keinen Sinn, sich den Kopf zu zerbrechen. Bitte!" Eindringlich redet er den Mitbruder an. „Pater Jonas, bitte!"

Der angesprochene atmet tief durch. „Ja, du hast Recht, aber..."

Pater Jonas ist blass und hat große schwarze Ringe unter den Augen.

„Kannst du das mit dem Aushang machen? Den Computer habe ich schon hochgefahren. Wir sehen uns zur Arbeitsbesprechung in ein paar Minuten?!"

„Ja, natürlich. Entschuldige bitte. Es ist nur...!" Abt Lukas sieht wie die Augen des Mitbruders feucht werden. „Es ist schon in Ordnung, Pater Jonas. Es ist alles ein bisschen viel im Moment."

In diesem Moment erklingt ein lautes fröhliches „Hallo, Sie beiden. Vielen Dank für das Nachtlager und das wunderbare Frühstück. Vielleicht gehe ich ja auch mal ins Kloster, die Versorgung ist zumindest perfekt!" Elise hat - von den beiden Mönchen unbemerkt - das Gastzimmer im Pfortenbereich verlassen und ist an die Pfortentheke herangetreten, die den Pförtner vom Eintretenden trennt.

„Oh, Mann. Sorry. Ich wollte Sie nicht stören. Und auch nicht so laut sein und so... Mist. Ist alles okay?" Sie schaut etwas betreten auf die beiden Mönche.

Abt Lukas fängt sich als erster, lächelt sie herzlich an und meint: „Ja, es ist soweit alles in Ordnung. Passen Sie auf. Wir hatten schon Besuch von recht aufdringlichen Journalisten. Vielleicht ist es besser, wenn ich Sie hinten raus lasse."

Pater Jonas nickt zustimmend.

Abt Lukas verabschiedet Elise also durch die hintere kleine Pforte, nicht ohne sie nochmal auf ihre Vereinbarung hinzuweisen. Sie umarmt den unvorbereiteten Mann kurz, aber herzlich: „Ich verstehe gut, warum Bruder Michael Sie so verehrt hat. Sie sind ein echt cooler Typ, Pater! Danke für ihre Hilfe! Bis abends, versprochen!"

Sprichts, dreht sich um und verschwindet in Windeseile.

Abt Lukas steht noch einen Moment versonnen, nimmt tief Luft. Mit einem Lächeln im Gesicht verriegelt er die Tür sorgfältig und macht sich auf den Weg in den Kapitelsaal, wo sich die Gemeinschaft täglich um 8.30 Uhr zu einer Arbeitsbesprechung einfindet.

Abt Lukas beschreibt kurz, was sich an der Pforte ereignet hat.

„Brüder, die Pforte bleibt heute geschlossen. Ich bitte dich, Pater Martinus, auch die Sakristeitür sicher geschlossen zu halten und vor allem auch darauf zu achten, dass die Gartenzugänge geschlossen sind. Bruder Viktor, könntest du danach schauen?!"

Bruder Viktor nickt zustimmen.

„Bruder Hubert, erwartest du heute irgendeine Lieferung?"

„Nein, der Getränkelieferant war gestern schon da. Nur Frau Wegmann wird kommen und mir bei den Tees helfen!"

„Oh, nein, das wird sie nicht, Bruder Hubert. Ich habe ihr schon Nachricht gegeben, dass das heute nicht geht!"

Bruder Hubert zieht hörbar die Luft ein.

„Bevor du jetzt explodierst... Wenn du beim Verpacken Hilfe brauchst, vielleicht kann das ja sogar Pater Simon machen. Notfalls helfe ich dir. Ich will niemand im Haus haben in dieser Situation!"

Sein Ton lässt keinen Widerspruch zu. Die Brüder halten den Atem an.

„Bruder Hubert. Ich kann da auch helfen!" Es ist Bruder Samuel, der mutig und unbefangen Bruder Hubert anspricht. „Na, dann. Gut. Alleine kann ich das halt nicht schaffen. Macht sich ja keiner Gedanken darum, wieviel Arbeit das ist!" grummelt Bruder Hubert gemäßigt vor sich hin.

Dankbar und ein wenig erstaunt schaut Abt Lukas Bruder Samuel an. Dieser lächelt ihm schüchtern zu.

„Bruder Thomas, kannst du Pater Simon vom Krankenhaus abholen. Ich würde es gerne selbst machen, aber ich denke, es ist besser, dass ich im Haus bleibe!"

„Ja, bitte..." Die Zustimmung der Brüder ist einhellig.

„Also bitte: Ohne Rücksprache kommt heute kein Außenstehender ins Haus, auch keine Nachbarn, keine Freunde, keine Familienangehörigen und schon gar keinen Fremden. Am besten ist auch, dass ihr nicht am Telefon mit jemandem sprecht, der euch ausfragen will. Seid einfach ein bisschen achtsam. Wer etwas Ungewöhnliches bemerkt oder beobachtet, wem noch etwas einfällt, was vielleicht für den Kommissar wichtig sein könnte, der kommt auf kürzestem Weg zu mir. Und, bevor ich es vergesse: Abt Leo hat sein Kommen angekündigt - voraussichtlich morgen, irgendwann am Nachmittag, schätze ich. Pater Jonas bereitest du alles entsprechend vor?"

Es entsteht eine kurze Pause.

„Gibt es sonst noch etwas für jetzt?" Abt Lukas schaut fragend in die Runde. Die Brüder schütteln die Köpfe.

Zehn Minuten später sitzt Abt Lukas an seinem Schreibtisch. Vor ihm ausgebreitet liegen die Fotos. Sie sind sehr, sehr gut, denkt er, noch immer beeindruckt von der Strahlkraft der Bilder. Aber was ist es nur, was ihn stutzig macht. Wieder bleibt sein Blick an der einen Aufnahme hängen. Bruder Michael, wie er ganz vorsichtig eine Figur im Gesicht berührt, fast zärtlich ist die Geste.

Dieses Gesicht kommt Abt Lukas bekannt vor. Aber das ist doch unmöglich.

Wieder einmal reißt ihn das Klingeln des Telefons aus den Überlegungen. „Abt Lukas, entschuldigen Sie!" Es ist Kommissar Meinrad, der hastig und fast überstürzt spricht. „Abt Lukas, ich will Sie nur schnell informieren. Es ist eine Gruppe von Fachleuten zu Ihnen unterwegs. Sie werden das ganze Kloster absuchen. Es besteht der dringende Verdacht, dass die beiden verschwundenen Figuren bei Ihnen versteckt wurden."

„Bei uns? ... Aber das ist doch Unsinn! Wie soll denn Bruder Michael die Figuren hergebracht haben. Sie sind ja fast so groß wie er selbst!"

„Es gibt Hinweise und einen Durchsuchungsbefehl! Ich komme mit! Wir sind in etwas zwanzig Minuten bei ihnen!"

Das Gespräch bricht ab - das Knistern in der Leitung spricht für ein Funkloch. Abt Lukas legt erschöpft den Kopf auf die Tischplatte. So verharrt er einen Moment. Dann macht er sich auf den Weg und informiert die Brüder.

7. Kapitel

Der erste Schritt zur Demut ist Gehorsam ohne Zö-
gern. Er ist die Haltung derer, denen die Liebe zu
Christus über alles geht. (RB 5,1.2)

Kaum hat er seine Runde beendet und die Brüder gebeten, auf alle Fälle die Ruhe zu bewahren, bringt Pater Jonas schon die Nachricht, dass die Polizeifahrzeuge an der hinteren Pforte angekommen sind.

Abt Lukas geht und lässt die Beamten einfahren. Insgesamt sind es acht Männer - Abt Lukas ist froh darüber, dass keine Frau dabei ist.

„Ich habe darum gebeten, dass nur Männer im Team sind. Ich dachte, dass Ihnen das vielleicht lieber ist!" Kommissar Meinrad begrüßt den Abt mit Handschlag.

Gestern noch waren sie einander unbekannt, heute schon ist ein Einvernehmen da, das sie beide erstaunt wahrnehmen.

„Wunderbar. Ich danke Ihnen. Wie sind Sie darauf gekommen?" Abt Lukas schaut dem Kommissar anerkennend und direkt ins Gesicht.

„Ich habe gestern Abend noch ein wenig im Internet geforscht und verschiedenes gelesen, auch zum

Thema Klausur. Mir ist klar geworden, dass wir Ihnen einiges zumuten müssen!"

Ein sehr jung aussehender Mann ist zu ihnen getreten.

„Darf ich vorstellen, Abt Lukas? Das ist Heiko Müller. Er ist der Leiter einer Sondereinheit, die sich seit einiger Zeit mit einer Reihe rätselhafter Bewegungen auf dem Kunstmarkt beschäftigt.

„Benedicite, Abt Lukas!"

Vor Erstaunen bleibt Abt Lukas fast der Mund offen stehen. "Benedicite", antwortet er verstört.

Kommissar Meinrad beobachtet überrascht, was sich da zwischen den beiden abspielt.

„Abt Lukas, entschuldigen Sie - ich wollte Sie nicht veralbern. Mein Onkel ist Abt Luzius - Sie kennen ihn sicher. Ich bin sozusagen mit diesem Gruß groß geworden!"

„Na, so was. Sie sind Heiko! Ihr Ruf ist Ihnen vorausgeeilt. Ihr Onkel erzählt bei jeder passenden und manchmal auch unpassenden Gelegenheit davon, was für einen tollen Neffen er hat!" Abt Lukas freut sich aufrichtig, den jungen Mann kennenzulernen.

„Abt Lukas, es ist folgendes: Die zwei fehlenden Figuren könnten hier versteckt sein. Wir haben einen anonymen Hinweis bekommen. Wir wissen inzwischen, dass Professor Heindl in diese Dinge verwickelt ist. Er ist seit gestern spurlos verschwunden. Kennen Sie ihn?"

Heiko zeigt Abt Lukas ein Foto. „Ja, warten Sie. Es könnte sein ..."

Abt Lukas zögert merklich. „Wenn mich nicht alles täuscht ..."

Er schaut sich suchend um. „Warten Sie bitte einen Moment."

Noch bevor sich der junge Beamte versieht läuft der Abt Richtung Garten.

„Abt Lukas, halt! Was ..." Beruhigend legt Kommissar Meinrad dem Kollegen die Hand auf die Schulter und hält ihn davon ab, dem Abt zu folgen.

Die Kollegen stehen sprungbereit. „Ruhig Blut, Leute! Alles okay!"

Wenige Sekunden später kommt Abt Lukas im Gefolge von Pater Martinus und Pater Severin um die Ecke.

„Er ist es. Dieser Mann war heute früh im Gottesdienst. Er kam mir gleich recht bekannt vor. Ich hatte vermutet, dass es einer der Professoren von Bruder Michael sein könnte!"

„Ja, ganz sicher!"

Sowohl Pater Martinus als auch Pater Severin bestätigen die Aussage ihres Abtes.

„Das ist ja sehr merkwürdig." Nachdenklich schüttelt Heiko Müller den Kopf. „Was hat er hier gewollt? Wieso ist er das Risiko eingegangen, dass er erkannt wird?"

Kommissar Meinrad wird blass. „Ich war ja sogar da. Ich habe ihn nicht gesehen. Er muss nach mir gekommen und vor mir wieder gegangen sein. Aber die Journalisten - vielleicht haben sie ihn gesehen?"

„Er war nicht allein!" Pater Severin zieht die Blicke auf sich. „Nein, genau, es waren zwei junge Männer bei ihm. Ich dachte, es seinen Studienkollegen. Gekannt habe ich sie nicht!" Abt Lukas ergänzt die Beobachtung des Seniors. Kommissar Meinrad und Heiko Müller tauschen fragende Blicke.

„Heiko, ich fahre ins Büro und lasse die beiden Journalisten ausfindig machen. Vielleicht haben sie sogar Fotos gemacht, die wir brauchen können." - „Ja, das macht Sinn. Ich werde die Kollegen aufteilen und wir fangen mit der Durchsuchung an!"

Kommissar Meinrad geht ein paar Schritte zur Seite, zückt sein Handy und verlässt telefonierend das Gelände.

„Abt Lukas, gibt es Pläne vom Kloster, nach denen wir systematisch vorgehen können - oder ...?"

Pater Martinus reicht dem Abt einen kleinen Stapel Papier. „Abt Lukas, ich war schnell in der Cellaratur und habe die Pläne kopiert, die wir fürs Denkmalamt zusammengestellt haben. Bessere haben wir nicht. Aber es sind alle Räume drauf..."

Abt Lukas schaut ihn anerkennend an und reicht die Papiere an Heiko Müller weiter.

„Wow! Genial!" Ein Lächeln huscht über das Gesicht des Beamten!

„Leute, kommt mal her. Wir teilen uns auf!" Die Pläne werden auf einer der Motorhauben ausgebreitet und die Beamten machen sich ein Bild von den Gegebenheiten.

„Gut. Jedes Team weiß, was zu tun ist. Und hört mal: Denkt daran, dass wir in einem Kloster sind. Egal, ob ihr die Lebensform dieser Männer versteht oder kennt oder was auch immer ihr darüber denkt: Ich erwarte, dass ihr euch vorsichtig und respektvoll benehmt. Macht eure Arbeit sorgfältig und leise."

Abt Lukas ist zu den Beamten hinzugetreten.

„Heiko, wäre es hilfreich, wenn einer der Mönche die jeweiligen Teams begleitet? Die Brüder kennen das Kloster wie ihre Westentasche und bemerken vielleicht am ehesten, wenn etwas anders, etwas verändert ist."

So ganz recht ist den Kollegen vom Einsatzkommando die Einmischung nicht. Auch der Leiter der Sondereinheit zögert.

„Vielleicht haben Sie Recht. Aber die Mönche müssten sich unbedingt im Hintergrund halten. Meine Leute sind spezialisiert und gut instruiert. Ich will, dass sie ungestört ihre Arbeit machen können!"

„Selbstverständlich! Fangen Sie einfach an. Ein Bruder wird sich jeweils einem Team anschließen. Er wird begleiten und für Fragen zur Verfügung stehen und sich sonst raushalten. Okay?"

„Gut. Ihr habt gehört Kollegen - auf geht's!" Jedes der Teams bekommt einen Plan und auch Fotos von den gesuchten Figuren und macht sich auf den Weg.

„Wie kann ich Sie erreichen, Abt Lukas?"

„Bitten Sie einen Bruder, mich via Zeichen auszuläuten. Ich halte mich bereit!"

Heiko Müller nickt dem Abt zustimmend zu und spurtet hinter einem der Teams her, das in Richtung Kirche unterwegs ist.

„Pater Martinus, übernimmst du die Kirche? Pater Severin traust du dir die Speicher zu?" Beide Brüder machen sich ohne weiteren Kommentar auf den Weg. Abt Lukas sucht Pater Jonas und findet ihn in der Pforte und bei ihm Bruder Nikodemus, der stets samstags hier für Sauberkeit sorgt.

Kurz entschlossen informiert er sie und bittet sie um ihre Unterstützung. Pater Jonas setzt zu einem Einwand an, den Bruder Nikodemus kurz und bündig unterbricht: „Jetzt sei nicht immer so kompliziert. Diskutieren kannst du wann anders. Los jetzt!"

Abt Lukas hält die Luft an. Nur einen Moment scheint es, als wolle Pater Jonas protestieren. Dann wendet er sich um und verlässt die Pforte.

„Ich geh ja schon!"

Bruder Nikodemus blickt ein wenig triumphierend auf seinen Abt: „T`schuldige, Vater Abt, aber manchmal muss man einfach Tacheles reden!"

Abt Lukas stellt das Pfortentelefon auf das Mobil-Telefon um und steckt den handlichen Apparat in die Habit-Tasche. So landen alle hereinkommenden Anrufe gleich bei ihm.

Dann begibt er sich auf direktem Weg in die Küche, wo Bruder Hubert gerade den Samstagseintopf vorbereitet.

„Na, werden die auch in unserer Speisekammer schnüffeln? Vielleicht hat Bruder Michael eine der Figuren in einem Mehlsack versteckt!"

Abt Lukas ist sich nicht ganz sicher, ob das ernst oder humorvoll gemeint ist. Er beschließt die Bemerkung zu ignorieren und bittet Bruder Hubert: „Kannst du zwei Kannen Kaffee kochen und eine Kanne Tee? Ich denke, dass die Beamten nach der Aktion froh sind, wenn sie was Warmes zu trinken bekommen. Wenn du auch noch ein paar Kekse bereitstellen könntest? ... Ich bitte Bruder

Samuel und Bruder Nikolaus, draußen einen Tisch aufzustellen und alles entsprechend vorzubereiten."

Bruder Hubert knurrt etwas vor sich hin. Abt Lukas wertet das als Zustimmung und verlässt die Küche in Richtung Bibliothek, wo er die beiden Jüngsten mit ihrem Magister Pater Benno vermutet. Die drei sitzen gebeugt über verschiedenen Kommentaren zur Benediktusregel und erheben sich sofort, als der Abt den Raum betritt.

„Es tut mir leid, dass ich euch störe, aber ich weiß nicht, wen ich sonst bitten soll ..." Pater Benno wirkt kein bisschen ärgerlich. „Nein, so richtig konstruktiv ist das sowieso heute nicht! Bruder Michael fehlt so spürbar!"

Mit Bedacht wurde vor einigen Wochen der Regelunterricht auf den Samstagvormittag gelegt, damit die beiden Studenten gemeinsam mit Bruder Nikolaus, der zurzeit im kanonischen Noviziatsjahr ist, daran teilnehmen konnten. Dabei war es immer sehr lebhaft zugegangen. Bruder Michael hatte ein sehr großes Interesse an der Regel des Ordensgründers und wurde nie müde zu fragen und zu forschen und riss so die ganze Gruppe mit. Pater Benno war sehr herausgefordert und bereitete mit großem Engagement diesen Unterricht vor.

Heute wirken alle drei erleichtert ob der Unterbrechung, und die beiden jungen Brüder machen sich umgehend an die Arbeit. In diesem Moment klopft es an der nur angelehnten Tür der Bibliothek.

„Entschuldigen Sie bitte. Wir müssten den Raum durchsuchen." Zwei der Beamten treten vorsichtig ein. „Kommen Sie nur. Wir räumen das Feld!" Abt Lukas gibt Pater Benno ein Zeichen, dass er alles liegen lassen soll. Gemeinsam verlassen sie die Bibliothek.

Heiko Müller kommt ihnen entgegen, Pater Severin im Schlepptau: „Abt Lukas, gut, dass ich Sie sehe. Ich denke, dass wir in einer halben Stunde soweit fertig sind. Wir treffen uns an den Autos. Bisher haben wir noch nichts gefunden. Es ist wie verhext. Wollen Sie dazukommen?"

„Ja, gerne. Wissen Sie ..." Abt Lukas bricht mitten im Satz ab. Das Foto, jetzt plötzlich fällt ihm ein, was ihn stutzig gemacht hat. Diese Figur ...

„Was ist, Abt Lukas!" Heiko Müller staunt nicht schlecht, als der Abt auf dem Absatz kehrt macht und schnellen Schrittes Richtung Refektorium verschwindet. „Hören sie, was ist denn los!"

„Kommen Sie einfach mit. Ich denke, ich weiß zumindest wo eine der Figuren ist!"

Abt Lukas lässt sich nicht aufhalten. Der junge Beamte hat alle Mühe Schritt zu halten. Pater Severin bleibt kopfschüttelnd stehen. „Diese jungen Leute von heute ..."

„Wo laufen wir hin?" Der Leiter der Sonder-
kommission versucht Schritt zu halten.

„In unsere Winterkapelle."

Fast atemlos bringt Abt Lukas das Wort raus.
Vor einer alten unscheinbaren Holztür machen die beiden so unterschiedlichen Männer Halt. „Aber den Raum
haben wir schon untersucht und nichts Ungewöhnliches
gefunden!" „Ich bin mir auch nicht sicher, aber ich
könnte schwören ..." Leise betritt Abt Lukas den Raum,
in dem die Mönche bei großer Kälte die Morgen- und
Mittagshore, sowie die Komplet beten, weil aus Denk-
malschutzgründen die alte kostbare Kirche nicht beheizt
werden darf. Er verneigt sich vor dem Altar, hält einen
Moment still inne und wendet sich dann nach rechts -
hier stehen in einer Nische zwei ungewöhnliche Figuren.

Es handelt sich um einen Hl. Georg und einen
Hl. Martin von Tours. Beide sind in staubige alte Kleidung gehüllt, so dass der Korpus der Figuren nur im
Kopfbereich zu sehen ist. Als die beiden über 1,30 m
großen Gestalten ins Kloster kamen, war der Konvent
mehr entsetzt als froh über das ihnen zugefallene Erbe.
Wohin nur mit den beiden Heiligen? Da weder Zeit
noch Geld da war, sich näher mit den Figuren zu befas-
sen, suchte und fand man diesen Platz, wo sie mehr oder
weniger in der Nische verschwanden, aber eben nicht auf
dem Speicher, sondern in einem sakralen Raum.

Erst vor ein paar Wochen hatte der Abt Bruder Michael die beiden Heiligen gezeigt und ihn gefragt, ob er etwas dazu sagen könne. Bruder Michael hatte zugesagt, dass er sich darum kümmern würde, und in Aussicht gestellt, dass er vielleicht auch einen der Professoren gewinnen könne, um eine Expertise zu erstellen.

„Schauen sie!" Abt Lukas verschiebt vorsichtig den Mantel des H. Georg.

Aus Heiko Müllers Tasche ertönt eine dieser modernen polyphonen Klingelmelodien, die lauter und lauter werden.

„Gehen Sie schon ran!" Abt Lukas hält in der Bewegung inne.

„Jetzt nicht!" Heiko Müller geht ans Handy und würgt den Anrufer recht rüde ab. „Was meinen Sie?"

„Wissen Sie, ich bin sicher, dass unter diesem Wust von alten staubigen Kleidern gar nicht der Heilige Georg ist, sondern, dass ..."

„Halt, fassen Sie nichts weiter an! Sie meinen, hier stehen die beiden verschwunden Figuren sozusagen verkleidet?"

Heiko Müller unterbricht den Abt und bedeutet ihm, dass er sich vorsichtig zurückziehen soll, um keine Spuren zu verwischen.

„Wie kommen Sie darauf?"

„Es ist das Gesicht." Abt Lukas schaut forschend auf den Hl. Georg. „Ich bin mir nicht sicher, aber ... "

„Egal, das wäre ja eine Unglaublichkeit, wenn das stimmen würde. Sie können mir gleich erzählen, wie Sie darauf gekommen sind, jetzt rufe ich erst mal die Kollegen, um die Sache zu sichten."

In diesem Moment trällert sein Handy erneut los.

„Ja." Er hört kurz schweigend zu. „Ihr seid also fertig, habt alles auf den Kopf gestellt und nichts gefunden? Okay. Ist einer der Mönche bei euch? ... Bestens. Bittet ihn, euch den Weg zur Winterkapelle zu zeigen und bringt bitte die volle Ausrüstung mit - inklusive Transporthülle und Co. Ich glaube, dass wir hier fündig geworden sind!"

Wortlos stehen die beiden Männer vor der Nische. Erst als die Tür zur Kapelle vorsichtig geöffnet wird und die sieben Beamten leise eintreten, lösen sich Abt Lukas und Heiko Müller aus ihrem erstaunten Nachdenken.

„Wir gehen davon aus, dass wir hier vor den beiden gestohlenen Figuren stehen - Johannes und Petrus, verkleidet als Georg mit einem Palmzweig und Martin mit einem Mantel über dem Arm!"

Einige der Brüder haben sich zu den Beamten gesellt und schauen nicht weniger verblüfft.

Abt Lukas entdeckt Bruder Thomas mit Pater Simon unter den Brüdern, tritt zu ihm hin und umarmt den schmalen kranken Mitbruder fürsorglich.

„Pater Simon, gut, dass du da bist. Hat dir Bruder Thomas erzählt...?"

„Ja, Vater Abt, das hat er. Und ich glaube, dass du Recht hast. Die Figuren sind anders. Wie bist du darauf gekommen? Ein geniales Versteck. Bruder Michael war halt sehr, sehr kreativ!"

Eine Träne blitzt in seinen Augen auf.

„Sie mögen recht haben, Pater. Aber Ihr Bruder Michael scheint tiefer in der Sache drinzustecken, als wir gedacht haben. Kunstraub ist kein Pappenstiel!"

Heiko Müller gibt den Kollegen ein Zeichen, und sie beginnen routiniert die Spuren zu sichern.

„Ich bitte Sie, die Kapelle zu verlassen, bis wir hier fertig sind!"

Eine Stunde später haben sich alle, Beamte und Brüder im Hof versammelt und tun sich an Kaffee und Keksen gütlich.

„Nun verraten Sie mir, wie Sie darauf gekommen sind!"

Nicht nur Heiko Müller schaut den Abt erwartungsvoll an. Abt Lukas hat das Foto mitgebracht, das ihn seit gestern beschäftigt. Bruder Michael hält eine Figur und berührt fast zärtlich ihr Gesicht. „Aber das ist eindeutig keine der beiden vermissten Heiligen!" Einer der Beamten deutet auf das Bild.

„Nein, es ist der originale St. Georg an dem er auf diesem Bild arbeitet! Es ist das Gesicht, was ich erkannt habe. Der Rest der Figur ist ja immer in diese staubigen Kleider gehüllt gewesen. Nur das Gesicht kam mir bekannt vor. Bruder Michael und ich standen vor ein paar Wochen lange vor den Figuren. Er meinte, dass es ihn sehr interessieren würde, wie die Figuren „nackt" aussehen, ob sie gefasst wären oder überhaupt ausgearbeitet."

„Das würde bedeuten, er hat Johannes und Petrus in der Akademie gestohlen, sie hertransportiert, dann Georg und Martin entkleidet, Johannes und Petrus mit den Kleidern verkleidet? Und wo sind dann die beiden nackten Figuren?" Heiko Müllers schaut fragend in die Runde.

„Mal davon abgesehen - wann und vor allem wie soll er das bewerkstelligt haben? Das ist doch eine Riesensachen und logistisch hochkomplex! Mal ganz davon abgesehen, dass er das unmöglich allein gemacht haben kann, schon wegen seiner Behinderung. Und entschuldigen Sie, Herr Abt, wenn ich das jetzt anfüge: Ohne einen Komplizen innerhalb ihrer Gemeinschaft ist das doch völlig unvorstellbar!"

„Das ist ja wohl eine Unverschämtheit junger Mann! Was denken Sie eigentlich, mit wem Sie es hier zu tun haben. Wir sind doch keine Bande von Dieben und Räubern!" Pater Severin ist kaum zu bremsen.

„Und ich kann Ihnen versichern, dass wenn es so sein sollte, was ja noch keineswegs bewiesen ist, dass unser Bruder Michael da seine Finger im Spiel hat, ging es ihm hundertprozentig nicht darum, ein Verbrechen zu begehen, sondern darum, eines zu verhindern!"

Verblüfft schauen die Beamten einander an. Keiner wagt eine Erwiderung.

„Heiko, was denken Sie, sind die nächsten Schritte?"

Abt Lukas kehrt ohne weiteren Kommentar zur Sachebene zurück.

„Natürlich werden wir die sichergestellten Figuren entkleiden und feststellen, ob Ihre Vermutung zutrifft und es sich tatsächlich um die gestohlenen handelt. Von Interesse ist natürlich auch, wo dann die ausgetauschten Figuren geblieben sind. Sie können sich ja nicht in Luft aufgelöst haben. Wir werten die vielen Fotos aus, die wir hier wie auch in der Akademie gemacht haben, dann sehen wir weiter! Ich halte Sie auf dem Laufenden!"

„Können Sie noch einen Augenblick hier warten, Heiko? Ich habe vielleicht noch etwas, was Ihnen weiterhelfen könnte"

Abt Lukas gibt den Brüdern das Zeichen zum Aufbruch. Auch die Beamten packen ihre Sachen zusammen. Heiko Müller schaut dem Abt nachdenklich nach, wie er festen Schrittes ins Haus verschwindet. Es dauert nur wenige Augenblicke, da kommt er mit einigen Fotos in der Hand zurück.

„Hier, Heiko, zwei Fotos von den Original-Figuren in der Winterkapelle, damit Sie Vergleichsaufnahmen haben. Bruder Michael hat sie gemacht, um sie in der Akademie herzuzeigen!"

„Genial! Danke Abt Lukas! Das hilft uns wirklich weiter! Mein Onkel sagt immer, Sie seien ein weiser Fuchs - so recht konnte ich mir darunter nichts vorstellen! Das ändert sich gerade!" Ein herzliches Lächeln schleicht sich in das Gesicht des jungen Beamten, als er Abt Lukas überraschten Gesichtsausdruck sieht.

„Nichts für ungut, Vater Abt. Es tut mir leid, dass wir hier für so viel Unruhe gesorgt haben. Und ich hoffe sehr, dass ihr älterer Bruder recht behält und niemand aus dem Kloster sich eines Verbrechens schuldig gemacht hat!"

Er hält dem Abt die ausgestreckte Hand entgegen, die dieser ergreift. Ein fester Händedruck und Heiko Müller steigt in eines der Autos. Wie auf Kommando verlässt die Einsatztruppe den Wirtschaftshof.

Abt Lukas und Bruder Nikodemus, der als einziger der Brüder den Schauplatz nicht verlassen hat, schließen das Tor.

„Auf zum Herrn ....!" Pater Nikodemus lächelt dem Abt ermutigend zu. Im Hintergrund ruft die Chorglocke zur Mittagshore.

8. Kapitel

Stets rechne er mit seiner eigenen
Gebrechlichkeit. (RB 64,13)

Schnell macht sich Abt Lukas auf den Weg zur Pforte. Erst jetzt fällt ihm ein, dass das Telefon den ganzen Vormittag nicht geläutet hat. Wie ist das möglich? An der Pforte trifft er auf Pater Jonas, der vor dem blinkenden Anrufbeantworter steht.

„Abt Lukas, du musst heute früh vergessen haben, den Anrufbeantworter auszumachen. Es sind 15 Anrufe eingegangen - zum Abhören bleibt jetzt keine Zeit vor dem Gebet!"

„Verflixt - das tut mir leid! Es ging alles ein Bisschen schnell heute früh!"

„Wenn es dir recht ist, gehe ich gleich nach der Hore und höre ihn ab! Vielleicht ist etwas Wichtiges dabei!"

Beide haben sich schon auf den Weg zur Kirche gemacht und halten kurz inne, bevor sie eintreten. Pater Jonas öffnet die Tür und lässt seinem Abt den Vortritt.

Über dem Chorgebet liegt heute Mittag eine spürbare Unruhe, die sich nicht an etwas Konkretem festmachen lässt. Höchsten daran, dass im Kirchenschiff erstaunlich viele Leute sitzen. Abt Lukas sieht aber aufs erste keinen Fremden. Es scheint, dass alle Nachbarn und umliegenden Bekannte und Freunde der Gemeinschaft gekommen sind, um ihre Anteilnahme zu zeigen, oder aber auch, weil sie hoffen, etwas Genaueres zu erfahren.

Nach dem Offizium sammelt sich eine kleine Menschenschar vor dem romanischen Kirchenportal. Abt Lukas und Pater Martinus beobachten von der Pforte aus, wie sich die Leute dort aufgeregt unterhalten.

„Wir müssen Ihnen etwas sagen. Einige haben Bruder Michael ja auch gekannt."

Abt Lukas schaut zögernd auf die Leute.

„Gut! Ich hole sie ins Sprechzimmer und sage, was wir sagen können. Gehst du zum Mittagessen?"

In diesem Moment betritt Pater Jonas die Pforte: „Ich denke Ihr seid beim Essen?!" Irritiert blickt er zu den zwei Oberen. „Schon unterwegs!" Pater Martinus macht sich auf den Weg.

„Ich gehe und spreche mit unseren Leuten!" Abt Lukas entriegelt die Pfortentür.

„Abt Lukas! Wie gut, wir haben schon versucht anzurufen, aber es ging nur der Anrufbeantworter hin. Was ist denn los? Können wir etwas tun? Können wir helfen?" Herr Degenweg, ein Oblate der Gemeinschaft, stürzt auf Abt Lukas zu.

„Kommen Sie doch kurz herein." Er öffnet die Tür einladend.

„Vielen Dank, dass Sie alle gekommen sind. Gehen Sie durch ins Sprechzimmer. Es sind sicher nicht genug Stühle da, aber da sind wir ungestört!" Abt Lukas wartet, bis Frau Minrich, die sich um den Blumenschmuck in der Kirche kümmert, als Letzte die Pfortentür passiert.

Ein Polizeiwagen fährt am Vorplatz vorbei und hält kurz an. Abt Lukas winkt dem Beamten zu, der lächelnd zurückwinkt und weiterfährt.

In Sprechzimmer haben sich elf Personen versammelt.

„Liebe Freunde. Nochmals vielen Dank, dass Sie gekommen sind. Und gleichzeitig bitte ich um Entschuldigung, dass wir heute Vormittag telefonisch nicht zu erreichen waren, ich hatte einfach vergessen den Anrufbeantworter auszuschalten!"

Es kommen ihm Interesse und Besorgnis entgegen. Keiner sagt etwas, alle warten darauf, dass der Abt weiterspricht.

„Was soll und kann ich sagen? Was ist, wenn einer hier in die Sache verwickelt ist?" Daran hatte Abt Lukas noch nicht gedacht. Was ist mit Herrn Degenweg, oder mit seinem Sohn Thorsten?

Beide hatten viel Kontakt zu Bruder Michael. Thorsten hatte Bruder Michael immer mal wieder seine gute Fotoausrüstung geliehen, damit er Detailaufnahmen von seinen Arbeiten machen konnte, um die geforderten Dokumentationen fürs Studium anzulegen.

Herr Degenweg und sein Sohn sind ambitionierte Hobbyfotografen und haben neben einer hochklassigen Fotoausrüstung auch eine Dunkelkammer, in der sie nach alter Art und Weise echte Fotos entwickeln können. Da Thorsten sich auch in Sachen Computer auskennt und die Familie dem Kloster schon seit Generationen herzlich verbunden war, hatte sich ein reger Kontakt entwickelt.

Zurzeit arbeiten die beiden, Vater und Sohn, gemeinsam mit Pater Benno und Bruder Michael an einem neuen kleinen Kirchenführer, der dann auch als pdf-Datei auf der Internetseite abrufbar sein soll.

Abt Lukas wird bewusst, dass er Thorsten in den letzten zwei Wochen recht oft im Haus angetroffen hat. Sollte er etwa ...?

„Abt Lukas?" Frau Minrich ergreift nun doch das Wort!

„Ja, natürlich!" Abt Lukas holt tief Luft. Ihm ist klar, dass alles, was er hier sagt, früher oder später durchsickern und Ortsgespräch sein wird.

„Viel mehr, als Sie in der Presse gelesen haben, wissen wir auch noch nicht. Bruder Michael ist in der Nacht von Donnerstag auf Freitag verstorben. Wann und wie und warum, wissen wir noch nicht. Er ist morgens nicht zum Beten gekommen, und Pater Martinus fand ihn, als er nach ihm schaute, tot in seinem Bett. Klar ist nur, dass er an einer Vergiftung gestorben ist. Natürlich ermittelt die Polizei in alle Richtungen - eine davon hat mit seinem Studium zu tun. Bei den Restaurierungsarbeiten musste er mit einer Menge Chemikalien hantieren, vielleicht ist da etwas schiefgelaufen. Wir wissen es einfach nicht."

Er macht eine Pause.

„Hat denn die Polizei etwas hier gefunden. Heute früh waren sie ja nochmal da, oder?" Frau Minrich fragt neugierig.

„Bitte haben Sie Verständnis, dass ich nicht mehr sagen kann, ich..." Abt Lukas zögert.

„Vater Abt, es ist doch ganz klar, dass Sie nicht mehr sagen können!" Herr Degenweg schaltet sich ein. „Wenn es etwas gibt, wie wir Sie unterstützten können, sagen Sie es uns bitte!"

„Ja in der Tat, da gäbe es etwas..."

„Ja?"

Elf Augenpaare sind erwartungsvoll auf ihn gerichtet.

„Als erstes wäre es enorm hilfreich, wenn Sie alle darüberhinausgehenden Gerüchte, die Ihnen zu Ohren kommen, entkräften und nicht anschüren. Außerdem könnte es gut sein, dass Journalisten auftauchen und Nachforschungen anstellen. Je weniger Angriffsfläche sie finden, umso schneller werden sie wieder verschwinden. Und ein Letztes: Bitte haben Sie Verständnis dafür, dass wir, bis die Situation geklärt ist, einfach zurückhaltend sein müssen mit den Kontakten nach außen."

Stimme und Haltung des Abtes werben um Verständnis.

Er weiß, dass er in diesem Kreis nicht nur „Freunde" hat. Vor allem Frau Minrich und ihre Freundinnen waren glühende Verehrerinnen von Abt Josef. Die doch sehr andere Art und Weise, wie Abt Lukas auftritt, und vor allem, wie er den drei Frauen eher distanziert gegenüber tritt, behagt ihnen ganz und gar nicht.

„Nun denn, dann können wir ja gehen!" Recht schnippisch steht Frau Minrich auf und löst damit Aufbruchsstimmung aus.

Herr Degenweg sucht und findet den Blick des Abtes, verdreht die Augen ein wenig und zuckt mit den Schultern. Abt Lukas versteht und lächelt ihm dankbar zu.

Beim Hinausgehen hält Abt Lukas den Oblaten zurück: „Herr Degenweg, ist Thorsten zu Hause?" „Nein, Vater Abt. Er ist mit seiner Freundin gestern am späteren Nachmittag spontan zum Fotografieren in die Berge gefahren. Ich muss gestehen, dass ich mich darüber ziemlich geärgert habe, denn nächste Woche fangen seine Abschlussprüfungen an und er müsste dringend lernen!"

„Ich wusste gar nicht, dass er eine Freundin hat." In Abt Lukas regt sich eine Ahnung, ohne dass ihm klar ist, worauf sie hindeutet.

„So lange geht das auch noch nicht. Bruder Michael hat die beiden zusammengebracht. Nina studiert an der Akademie Fotokunst. Sie haben doch sicher schon die tollen Aufnahmen gesehen, die sie von Bruder Michael gemacht hat. Die Frau hat ein einmaliges Talent. Tja, und sie ist ein nettes Mädchen. Thorsten und sie haben sich verliebt und das freut mich schon. Sie wissen ja, dass Thorsten eher still und zurückhaltend ist. Ich würde mich ja freuen, wenn da was zusammengeht. Die Burschen haben es ja nicht leicht heutzutage, ein nettes Mädchen zu finden! Aber was erzähle ich Ihnen denn da?! Sie haben ganz andere Sorgen, Vater Abt."

„Aber nein, Herr Degenweg. Vielen Dank für Ihre Offenheit. Thorsten ist ein feiner Kerl und es wäre doch wirklich sehr schön, wenn die beiden zusammenpassen würden. Haben Sie vielleicht seine Handynummer, dann könnte ich ihn kurz anrufen?"

„Hier habe ich sie nicht. Ich schicke sie Ihnen per Mail - ist das in Ordnung?"

„Aber ja, vielen Dank und grüßen Sie Ihre Frau recht herzlich!"

Abt Lukas verabschiedet den Mann und verschließt sorgfältig die Pforte.

Als er endlich ins Refektorium kommt, ist die Mahlzeit schon beendet. Gerade wird gespült und aufgeräumt.

„Abt Lukas, ich habe dir etwas warmgestellt." Bruder Huberts Stimme tönt aus der Küche. Abt Lukas verspürt keinen Hunger und schon gar keine Lust sich allein ins Refektorium zu setzen, während die Brüder rundum aufräumen. In der Anrichte steht ein Tablett für Pater Simon.

„Pater Simon hat auch noch nicht gegessen?"

„Nein, er wollte sich nach der Aktion heute früh erst etwas hinlegen und später essen!" Bruder Thomas verstaut gerade das saubere Geschirr.

„Dann würde ich gerne mit ihm zusammen essen, Bruder Thomas. Magst du mir Nachricht geben, wenn er auftaucht?!"

„Aber ja. Da wird sich Pater Simon freuen. Ich decke euch am kleinen Tisch!"

In seinem Postfach findet Abt Lukas eine Nachricht:

Lieber Abt Lukas, ich habe den Anrufbeantworter abgehört:
- 3x war es das Tagblatt mit der Bitte um einen Interviewtermin - du sollst zurückrufen: 334457890
- Abt Leo lässt ausrichten, dass er morgen Nachmittag gegen 16.00 Uhr hier ist. Er kommt mit seinem Prior, der bis heute noch auf einer Tagung ist. Er fragt, ob Bruder Method hier übernachten kann. Er würde dann Montag zurückfahren. (Ich habe Pater Jonas schon gefragt - es geht zimmermäßig natürlich.)
- Abt Luzius hat hinterlassen, dass er sich nochmal melden wird.
- Elise hat angerufen, dass sie einer spontanen Einladung fürs Wochenende gefolgt ist und sich Montag wieder bei dir meldet.
- Kommissar Meinrad wollte dich erreichen und bittet um deinen Rückruf.
- Dann haben noch Herr Degenweg, Frau Gießing und Pfarrer Peters angerufen. Sie wollten wissen, ob sie etwas tun können.
- Außerdem war da noch ein Otto - nannte keinen Nachnamen. Er wollte Bruder Michael sprechen. Er hat insg. dreimal angerufen, aber keine Nummer hinterlassen.
Pater Jonas

Elise - er hätte es sich denken können. Ärgerlich über seine eigene Naivität zuckt er mit den Schultern.

Otto - wohl der, der gestern das Fax geschickt hat.

Abt Lukas steckt den Zettel ein. Dabei ertastet er noch einen weiteren Zettel in der Tasche. Verwundert nimmt er ihn heraus. Die Beschreibung der beiden jungen Männer von gestern Abend. Wie konnte er das nur vergessen?

Er eilt in die Pforte, greift nach dem Telefon und wählt. „Kommissar Meinrad, störe ich Sie gerade?" ... „Nein, das ging heute Vormittag sehr gut. Heiko Müller ist ein netter und vor allem kompetenter Mann. Ich bin sehr gespannt, zu welchem Ergebnis er kommt. Haben Sie schon etwas Neues von der Gerichtsmedizin? ... Mmmm ... Ja, das verstehe ich. Gut! Haben Sie trotzdem Zeit für ein paar Infos?"

Abt Lukas berichtet dem Kommissar von dem Besuch der beiden Männer vom Abend vorher und gibt ihre Beschreibung durch. Außerdem erzählt er dem Kommissar von Thorsten und seiner überstürzten Bergtour mit seiner Freundin Nina, der Fotografin, die die Fotoserie von Bruder Michael gemacht hat. Auch dass Elise spontan verreist ist und erst am Montag wieder auftauchen wird, verheimlicht er nicht.

„Na so was!" Nach einer kurzen Pause spricht der Kommissar nachdenklich weiter: „Und ich habe inzwischen rausgefunden, dass die Freundin, bei der Elise manchmal übernachtet hat, genau diese Nina ist. Da soll mich doch der Teufel holen, wenn die drei nicht zusammen abgehauen sind und beraten, was sie jetzt machen sollen!"

Kommissar Meinrad zögert: „Entschuldigen Sie, das mit dem Teufel ist wohl in Gegenwart eines Abtes nicht besonders höflich!"

Abt Lukas verkneift sich ein Lachen. „Nein, nein. Keine Sorge. Was werden Sie jetzt unternehmen?"

„Ich werde versuchen, die jungen Leute aufzutreiben, notfalls via Fahndung! Und wie gesagt, gegen 17 Uhr gibt es nochmal eine große Runde, wo die Ergebnisse des Tages zusammengetragen werden. Ich melde mich dann bei Ihnen!"

Für einen Augenblick schließt Abt Lukas die Augen. Nur kurz ausruhen und durchatmen.

„Vater Abt?" Er muss eingeschlafen sein. Erschrocken schaut er auf. Einen Moment weiß er nicht, wo er ist. Pater Simon steht vor ihm. Seine gütigen Augen schauen besorgt auf den Abt.

„Du musst etwas essen, Vater Abt. Komm, Bruder Thomas hat uns alles bereitgestellt, bevor er in seine Mittagspause gegangen ist!"

„Ja, ich muss eingeschlafen sein. So etwas Dummes!" Abt Lukas schüttelt seine Müdigkeit ab und räkelt sich kurz.

„Wen wundert's, dass du erschöpft bist!" Pater Simons freundliches Wesen hat Abt Lukas gefehlt. Er schätzt den alten Mann sehr. Er kennt ihn schon aus seinen ersten Tagen als Postulant. Damals war Pater Simon Mönch in Stift Berg gewesen, zuständig für die jungen Brüder. Für die Postulanten und Novizen war ihr Magister ein großes Vorbild gewesen. Dass er ein paar Jahre später nach heftigen Auseinandersetzungen mit dem damaligen Abt die Gemeinschaft verlassen hatte, war für den jungen Bruder Lukas eine echte Probe für seine Berufung gewesen.

Einige Jahre später hatten sie sich auf Studientagen zur Benediktusregel wieder getroffen. Seither war der Kontakt nie wieder abgerissen. Wie oft hatte er ihm geraten. Und nun war er der Abt seines einst verehrten Begleiters geworden.

„Entscheidend für die Wahl und Einsetzung seien Bewährung im Leben und Weisheit in der Lehre, mag einer in der Rangordnung der Gemeinschaft auch der Letzte sein." Diesen Satz aus dem 64. Kapitel der Benediktusregel hat ihm Pater Simon lächelnd entgegnet, als die beiden einmal über diesen „Rangordnungswechsel" miteinander sprachen. Für Abt Lukas war und ist die Demut des älteren Mitbruders berührend und beschämend.

„Nun komm, sonst sterbe ich hier noch vor Hunger!" Pater Simons Humor ist im wahrsten Sinne des

Wortes umwerfend. Von Bestrahlung und Chemotherapie gezeichnet, grinst er Abt Lukas verschmitzt an.

„Du bist unglaublich, Pater Simon. Damit macht
man keine Scherze!"

Der Samstagnachmittag ist, soweit das für die
Brüder machbar ist, ein arbeitsfreier Nachmittag. Oft
sind sie mit dem Fahrrad oder zu Fuß unterwegs. Heute
jedoch sind alle im Haus. Trotzdem ist es sehr still, fast
unheimlich still.

Abt Lukas bringt aus dem Wärmeofen in der
Anrichte das warmgestellte Essen auf den Tisch und
schenkt Pater Simon ein Glas Mischwein ein.

„Wenn das mein Arzt wüsste ..." Er leert das
Glas in einem Zug und lässt sich lächelnd ein weiteres
vollschenken.

Sie beginnen ihre Mahlzeit mit einem stillen
Tischgebet.

„Pater Simon, wie geht es dir?"

„Lukas, ich denke, dass es Zeit ist, dass ich ganz
nach Hause komme. Ich will nicht noch eine Chemo. Es
ist vorbei und das ist auch ganz in Ordnung so!"

Abt Lukas schluckt und weiß beim besten Willen
nicht, was er erwidern kann und soll.

„Aber vielleicht ist das nicht das rechte Tischgespräch. Schau nicht so. Dass ich nicht 100 Jahre alt werde, müsste dir doch auch klar sein!"

Abt Lukas rührt in seiner Suppe.

„Lass uns das Thema wechseln, Lukas. Erzähl mir mal, was hier eigentlich los ist!"

Zögernd löst sich Abt Lukas aus seiner Trauer. „Ja, gut! Sprechen wir morgen Nachmittag mal in Ruhe über das Thema Heimkommen und Chemo und so?"

„Ja, das tun wir, Vater Abt!" Der alte kranke Mönch lächelt dem um 25 Jahre jüngeren Abt zu.

„Aber jetzt erzähl schon. Weißt du, Bruder Michael war, als er mich am Donnerstag besucht hat, außergewöhnlich unruhig. Ich habe es auf die anstehende Ausstellung zurückgeführt. Obwohl er die Fotos gut fand, war er sich doch unsicher, wie er die ganze Sache finden soll! Er ist dann auch früher aufgebrochen, weil ihn Nina, das ist die Fotografin, angerufen und gebeten hat, sich noch kurz mit ihr zu treffen."

„Interessant! Hast du das Kommissar Meinrad erzählt!"

Kauend nickt Pater Simon. „Sicher hat dir Bruder Nikolaus erzählt, dass Pater Martinus Bruder Michael gefunden hat."

Ausführlich berichtet er dem älteren Mönch. Dieser hört schweigend zu.

145

„Wenn ich das richtig verstehe, dann gibt es mindestens vier Stränge in dieser Geschichte: Erstens: Die Figurengruppe, bei der mit mindestens zwei Figuren etwas nicht zu stimmen scheint - was eine Reihe von Leuten offenbar sehr unruhig macht. Zweitens: Eine Reihe von ungeklärten Diebstählen von wertvollen Figuren. Drittens: Bruder Michaels Tod. Und viertens: Das, was er an der einen Figur entdeckt hat, und warum er sie in Sicherheit bringen wollte."

Pater Lukas schneidet einen Apfel auf legt Pater Simon die Stücke fürsorglich hin.

„Ich bin ganz sicher, dass Bruder Michael nichts Kriminelles vorhatte, sondern eher im Gegenteil: etwas verhindern wollte!"

„Aber was, Simon! Warum hat er nicht die Polizei eingeschaltet, sondern selbst Initiative ergriffen? Warum hat er sich und andere in Gefahr gebracht? Es muss ihm doch klar gewesen sein, dass er damit nicht durchkommen würde! Wenn es stimmt, was sich jetzt andeutet, hat er ja auch noch Thorsten, Elise und diese Nina mit hineingezogen? Was hat er sich nur dabei gedacht? Haben wir uns so in ihm getäuscht? Ich hätte meine Hand für ihn ins Feuer gelegt!"

„Nein, wir haben uns nicht in ihm getäuscht! Ich bin ganz sicher, Lukas. Und es bleibt ja noch die Frage, wer hier wen mit hineingezogen hat! Vielleicht hat Bruder Michael jemandem aus der Klemme helfen wollen!? Vielleicht wollte er, sobald er rausgefunden hatte, was eigentlich los ist, die Polizei einschalten! Wir wissen es nicht und können nur hoffen, dass sich alles aufklärt! Bruder Michael war ein integerer kluger und guter Mann. Das Gegenteil muss erst einmal bewiesen werden!"

„Ja, ich weiß - sicher hast du Recht, Simon! In all dem Durcheinander kann ich wahrscheinlich den Wald vor lauter Bäumen nicht mehr sehen!"

„Ich räume jetzt hier noch auf, und du kannst dich noch ein bisschen ausruhen oder einen Weg durch den Garten machen!"

Abt Lukas will das Angebot des Alten ablehnen.

„Nein, nein, das mache ich jetzt! Geh schon!"

Mit einem freundschaftlichen Schulterklopfen verabschieden sich die beiden.

Pater Simon räumt das Essgeschirr ab. Abt Lukas zapft sich gehorsam einen Becher Kaffee und verlässt das Haus durch den Gartenausgang.

9. Kapitel

*Kommt einer neu und will das klösterliche Leben
beginnen, werde ihm der Eintritt nicht leicht gewährt, sondern man richte sich nach dem Wort des
Apostels: "Prüfet die Geister, ob sie aus Gott sind."
(RB 58,1.2)*

Vier Stränge - Abt Lukas sitzt sinnend im Garten. Tatsächlich hat er bis jetzt nur Bruder Michael gesehen. Zunehmend hat sich sein Blick verengt. Bruder Michael ermordet? Bruder Michael als Kunstdieb? Bruder Michael Kopf einer Bande?

Erschöpft schließt der Abt die Augen. Bruder Michael ...

Auf zwei Noviziatswerkwochen, an denen er, Pater Lukas, als Magister seiner Kommunität teilgenommen hatte, war er Bruder Michael schon begegnet. Allerdings war er bereits vor seinem Eintritt in benediktinischen Kreisen ein Thema. Grund dafür war eine Anfrage von Abt Leo und seiner Mitbrüder an die befreundeten Äbte. Sollten sie den kleinwüchsigen jungen Mann als Mönch aufnehmen? War er einem monastischen Leben gesundheitlich gewachsen? Dazu kam auch noch seine nicht einfache Vergangenheit. Ohne Umschweife hatte Michael Denor dem Abt seine Kindheitsgeschichte und auch sein turbulentes und unorthodoxes Erwachsenenleben auf

148

den Tisch gelegt. Er hatte nichts beschönigt oder ausgelassen. Auch räumte er sofort ein, dass er zwar grundsätzlich gesund sei, dass aber durch seine Behinderung damit zu rechnen sei, dass er früher Schwierigkeiten durch Überbelastung und Verschleiß bekommen würde und er für eine Reihe von Aufgaben schlichtweg unbrauchbar sei. Außerdem sei er auf einige Sonderanfertigungen angewiesen, damit er sein alltägliches Leben bewältigen könnte.

Nun, und damit noch nicht genug der Probleme, die sich Abt Leo und seinen Brüdern stellten. Sie waren nur noch fünf Mönche, alle über 55 Jahre, und standen vor der Frage, ob sie es überhaupt noch verantworten konnten, einen jungen Mann in ihre Reihen aufzunehmen. Wäre es nicht besser, ihn an eine lebensfähigere Kommunität zu verweisen?

Oder aber war dieser junge Mann der, der die Wende bringen würde?

Es gab in den letzten Jahren durchaus Interessenten. Aber kaum waren sie ein paar Wochen zum Mitleben im Haus, begannen die Probleme. Klösterlich-monastisches benediktinisches Leben ist ein unspektakuläres alltägliches Leben. Das Chorgebet gibt einen stets gleichen Rhythmus vor, das Miteinander der Mönche ist nicht ohne Reibung, die Arbeiten unaufregend und anstrengend, Freiräume gibt es wenige ...

Es ist ein schlichtes Leben, dessen Schönheit nicht im Tragen des Habits liegt, oder in spirituell außergewöhnlichen Erfahrungen.

„Ein Mönch ist jemand, der tausendmal hinfällt und tausendmal wieder aufsteht!"

Gehorsam, Treue, Beständigkeit, Einfachheit, Bescheidenheit, Schweigsamkeit ...

Es dauerte meist wirklich nur wenige Wochen, bis die flammende Begeisterung der Anklopfenden einer mehr oder weniger enttäuschten Frustration Platz machte. Für beide Seiten, die bestehende Brüdergemeinschaft und den Hineinwachsenden, waren das stets schwere Zeiten gewesen. Manchmal ging ein erleichtertes Aufatmen durch die Kommunität, wenn ein Kandidat oder Postulant wieder wegging. Oft aber waren da auch Enttäuschung und Traurigkeit, denn an gegenseitigen Sympathien fehlte es meist nicht.

Und jetzt war da dieser Michael Denor.

Er ließ sich nicht entmutigen, kam immer wieder für ein paar Tage. Er eroberte die Herzen der Brüder mit seinem Charme, seiner Unverblümtheit und seiner Frömmigkeit. Er gab nicht auf.

Auch das Zögern des Abtes brachte ihn nicht ab vom Weg.

Abt Leo bekam Ratschläge und Gedanken von allen Seiten - konträrer hätten sie nicht sein können. Die kleine Mönchsgemeinschaft wusste keinen Rat.

Nachdem Michael Denor in aller Offenheit über sich und seinen „Rucksack" gesprochen hatte, beschlossen die Brüder ihrerseits, dem jungen Mann reinen Wein einzuschenken.

Sie setzten sich mit Michael zusammen und legten ihre Fragen, ihre Zweifel, ihre Hoffnungen und ihre Befürchtungen offen. Er hörte zu, schwieg lange und gab zu, dass er auch keinen Rat und keine Antwort wüsste.

Gemeinsam beschlossen sie, dass Michael noch einmal für drei Monate weggehen sollte, ohne sich zu melden. So sollte für beide Seiten genug Distanz für eine reife Entscheidung geschaffen werden. Der Abschied fiel allen schwer, denn nach diesem offenen Austausch wuchs auf beiden Seiten die Hoffnung, dass der Weg doch gemeinsam weitergehen könnte.

So war die Freude groß, als Michael Denor auf Tag und Stunde genau drei Monate später wieder an der Pforte anklopfte und erneut um die Aufnahme ins Postulat bat.

Diesmal nahm man ihn mit offenen Armen auf.

Abt Lukas fällt eine Passage aus dem 58. Kapitel der Benediktusregel ein: „Wenn er also kommt und beharrlich klopft und es nach vier oder fünf Tagen klar ist, dass er die ihm zugefügte harte Behandlung sowie die Schwierigkeiten beim

Eintritt geduldig erträgt, aber trotzdem auf seiner Bitte besteht, gestatte man ihm den Eintritt, und er halte sich einige Tage in der Unterkunft für Gäste auf." (RB 58,3.4)

Vom Haus her hört er sein Klingelzeichen. Seufzend steht er auf.

An der Pforte sitzt Pater Nikodemus, der meist am Samstag „das Haus hütet" und den Telefondienst übernimmt. „Abt Lukas, auf dem Anrufbeantworter sind ein paar Nachrichten für dich. Bevor ich das alles aufschreibe, hör es dir doch bitte selbst an!"

Wieder haben sich verschieden Presseabteilungen gemeldet mit der dringenden Bitte um ein Interview, die Abt Lukas gleich löscht.

Wieder hat Otto sich gemeldet. Stimme und Tonfall sind drängend. Er warte dringend auf einen Rückruf von Michael. Abt Lukas ist ratlos. Wie gerne würde er dem nachgehen. Er hat das unbestimmte Gefühl, dass dieser Otto wichtiges zur Aufklärung beitragen könnte.

„Abtei St. Georg, Pater Nikodemus", Pater Nikodemus nimmt den Hörer ab. „Nein. Wir geben keine Interviews!" Er bleibt freundlich, aber sehr bestimmt. Das Telefonat dauert nur kurz, dann herrscht wieder Stille.

„Na das kann ja heiter werden. Abt Lukas, das war der dritte Anruf in fünfzehn Minuten. Zweimal war es die Presse, einmal ein Herr, der gerne spontan für ein paar Tage unser Gast sein würde!"

„Oje, du Armer. Soll ich dich später ablösen?"

Abt Lukas staunt nicht schlecht über das souveräne Auftreten des Bruders am Telefon. „Nein, nein - lass nur. Ich schaffe das schon. Notfalls mache ich den Anrufbeantworter an und gehe nur ran, wenn ich den Anrufer kenne!"

„Das ist eine gute Idee - melde dich, wenn es etwas gibt. Ich nehme den mobilen Apparat mit, dann kannst du gleich zu mir hin verbinden, ja?"

„Klar, mach ich! Geh nur, ich komme klar!"

Pater Nikodemus vertieft sich wieder in einen Prospekt über Waschmaschinen, denn da wird demnächst eine Neuanschaffung nötig sein. Bruder Mathias hat Erkundigungen eingezogen und Pater Nikodemus mit Informationsmaterial versorgt.

Im Hinausgehen hält Abt Lukas inne: „Wenn dieser Otto anruft, sag ihm mal nicht, dass Bruder Michael tot ist, wenn er es von sich aus nicht weiß. Verbinde ihn einfach ohne große Umstände mit mir. Falls das nicht klappt, bitte ihn unbedingt, seine Nummer zu hinterlassen. Sag auch nichts von Polizei oder ähnlichem. Ich habe da so eine Ahnung, dass das für ihn abschreckend sein könnte!"

Nachdenklich schaut Pater Nikodemus dem Abt nach, der sich Richtung Teespeicher wendet.

Aus der sogenannten Teestube hört er angeregtes Sprechen und als er nach dem Anklopfen eintritt, findet er Pater Severin und Bruder Samuel gemeinsam mit Bruder Hubert beim Verpacken der Kräutertees. Mit einer Geste verhindert Abt Lukas, dass die drei aufspringen. Die Atmosphäre ist entspannt und fast heiter.

„Na so was - ein ungewöhnlich Konstellation!"

Pater Severin hat das Erstaunen seines Abts bemerkt und funkelt ihn schelmisch an.

Abt Lukas verkneift sich einen Kommentar.

„Kann ich euch noch helfen?" fragt er stattdessen.

„Ja gerne!" Bruder Hubert ist in seinem Element. „Viele Hände bereiten ein schnelles Ende!" Er schiebt Abt Lukas die Waage hin. „Wenn du je 150 g von der Teemischung abwiegst, können die beiden schneller abfüllen!"

Im Raum ist es warm und die getrockneten Tees verströmen einen fast betörenden Duft. Abt Lukas wiegt die nötige Menge in kleinen Holzschalen ab, Pater Hubert füllt den Tee in die bereitliegenden Tüten, Pater Severin bringt den Klippverschluss an und Bruder Samuel klebt die Etiketten auf. Hand in Hand geht es tatsächlich zügig voran.

„Die hat Bruder Michael entworfen, nicht wahr?" Bruder Samuel hält einen Bogen der Klebeetiketten hoch.

„Ja, hat er. Er hatte auch die Idee mit verschiedenen Namen für jede der Mischungen. Ich war ja skeptisch. Ein Tee, der <Schlaf gut> heißt, oder gar <Carpe diem>! Frau Wegmann war aber gleich begeistert davon. Und als Bruder Michael dann noch diese witzigen Etiketten dazu entworfen hatte, blieb mir nichts anderes übrig, als einen Versuch zu wagen. Und stellt euch vor: Helga, das ist die Tochter von Frau Wegmann, meint, dass die Kunden sehr angetan seien und der Tee wegginge, wie warme Semmeln!"

Abt Lukas muss gestehen, dass er sich bisher nicht sehr für diese Teegeschichte interessiert hat. Eine Nachlässigkeit, die er bedauert, weil ihm bewusst wird, mit wieviel Herzblut Bruder Hubert bei der Sache ist. Neugierig greift er nach einer der Tüten. Er kann ein Lächeln nicht unterdrücken, als er Bruder Michaels kleine Karikatur von einem zufrieden schlummernden Mönch auf dem Etikett entdeckt.

Die Gabe, Menschen mit wenigen Bleistiftstrichen treffend darzustellen, gehörte zu Michael, wie seine ungewöhnlich vorgewölbte Stirn und seine eingezogene Nasenwurzel.

Der schlafende Mönch auf dem <Schlaf gut>-Kräuterteeetikett trägt unverkennbar Abt Leos Züge.

„Es gibt auch eines, das er dir gewidmet hat!" Bruder Hubert hat Abt Lukas gewecktes Interesse bemerkt. Er greift in einen Korb hinter sich und reicht Abt

Lukas eine Kräuterteetüte. Die Mischung trägt den Namen <Mut zu mehr>. Der aufgezeichnete Mönch, eindeutig als Abt Lukas zu erkennen, trägt einen Stapel Bücher. Obenauf liegen Handy, Zirkel, Bleistift und eine Tasse dampfenden Tees!

„Dieser freche Kerl" - Abt Lukas weiß genau, worauf Bruder Michael hier anspielt. Er muss so herzlich lachen, dass ihm die Tränen kommen. Seine Mitbrüder stimmen ein. „Das ist fantastisch. Und ihr habt es sicher alle gewusst, oder?" Die Mönche nicken lachend.

Eine seiner Unarten ist es, stets mehrere Dinge zugleich zu tun. So hatte er schon als junger Mönch seinen Magister Pater Simon zur Verzweiflung gebracht, wenn er drei Bücher parallel las, neben der Arbeit in der Bibliothek auch noch Ideen für ein Theaterstück notierte. Er erledigte stets eine Reihe von Dingen auf einem Weg und seine Habit-Taschen waren mit allerlei Praktischem gefüllt. So wirkte er immer ein wenig zerfahren und chaotisch.

Pater Simon hatte ihm eine alte Geschichte aus der östlichen Tradition in die Hand gedrückt und ihn damit aufgefordert, „an diesem Problem zu arbeiten":

> *Ein in der Meditation erfahrener Mann wurde einmal gefragt, warum er trotz seiner vielen Beschäftigungen immer so gesammelt sein könne. Dieser sagte:*
> *Wenn ich stehe, dann stehe ich,*

156

wenn ich gehe, dann gehe ich,
wenn ich sitze, dann sitze ich,
wenn ich esse, dann esse ich,
wenn ich spreche, dann spreche ich...
()Wieder sagten die Leute:
Das tun wir doch auch.
Er aber sagte zu ihnen:
Nein,
wenn ihr sitzt, dann steht ihr schon,
wenn ihr steht, dann lauft ihr schon,
wenn ihr lauft,
dann seid ihr schon am Ziel ...

Als junger Bruder hatte er es tapfer versucht, mit nur mäßigem Erfolg, wie er sich als nun 54 jähriger eingestehen muss. Auch hier in St. Georg haben die Brüder dieses Phänomen schon kennengelernt.

Bruder Michael brachte es in dieser Karikatur liebevoll und äußerst humorvoll auf den Punkt. Plötzlich ist es still und Trauer breitet sich unter den Brüdern aus.

Bruder Michael...

Das Telefon in Abt Lukas Tasche beginnt zu läuten: „Ja, aber das ist doch eine prima Idee. Ich sage es Bruder Hubert gleich. Er ist sicher einverstanden und bereitet alles entsprechend vor. Ja, grüß bitte Frau Wegmann."

„Bruder Hubert", Abt Lukas gibt dem Mitbruder die Kräuterteetüte zurück. „Frau Wegmann hat vorgeschlagen, dass du die Kartons mit dem abgepackten Tee in der Kirche unter das Zeitschriftenregal stellen könntest. Helga käme in die Vesper und würde sie dann mitnehmen."

„Das ist prima. Ich habe schon befürchtet, dass sie sich nicht melden würde, nachdem du sie heute früh ausgeladen hast!" Ärger und Unmut sind spürbar.

„Ich habe schon gemerkt, dass du nicht einverstanden warst mit meiner Entscheidung. Aber ich hoffe doch, dass du es zumindest verstehen kannst...!"

„Ist ja schon gut, Vater Abt. War nicht so gemeint. Ich muss zugeben, dass ich das heute mit euch dreien hier sehr viel schöner finde, als wenn ich den Nachmittag mit Frau Wegmann verbracht hätte!"

„Und ich würde dir gerne häufiger helfen, wenn Abt Lukas es erlaubt. Von Pater Severin lerne ich das Gärtnern und von dir das Teemachen." „Na, mach mal halblang, Junge. Schuster, bleib bei deinen Leisten. Dein Studium dürfte dich eigentlich recht gut auslasten, oder? Aber wenn du ab und an Zeit hättest, würde ich mich schon über Unterstützung freuen!" Bruder Hubert wirkt versöhnt.

Wieder klingelt das Telefon. „Entschuldigt bitte!" Abt Lukas nimmt ab. „Ja" dann lauscht er einen Moment schweigend. „Ja, stell mir das Gespräch durch."

Abt Lukas verabschiedet sich mit einer Geste von seinen Brüdern, die schon leise begonnen haben aufzuräumen.

„Otto, ja, wie gut, dass Sie sich wieder melden. Sie sprechen mit Pater Lukas."

Inzwischen hat er schnellen Schrittes sein Büro erreicht und setzt sich an seinen Schreibtisch. „Hören Sie, ich weiß nicht in welchem Verhältnis Sie zu Bruder Michael stehen?" Er macht eine kurze Pause. Da klopft es an der Tür. Ohne auf ein Herein zu warten, betritt der Kommissar den Raum, gefolgt von Pater Nikodemus, der dem Abt signalisiert, dass er nicht wusste, was er mit dem Kommissar machen sollte.

„Schon gut, kommen Sie rein". Abt Lukas hat die Hand über die Muschel gelegt.

Er bedeutet dem Kommissar sich zu setzten und notiert auf einem Zettel OTTO und schiebt ihn dem Kommissar zu. Der zieht die Augenbraue hoch. Abt Lukas schaltet den Lautsprecher ein, so dass Ottos Stimme laut und deutlich im Raum zu hören ist. „Ja, also wie gesagt, wir sind alte Freunde. Er gehört zu unserer Clique. Nun sagen Sie schon, was los ist!" Kommissar Meinrad nickt dem Abt aufmunternd zu. „Otto, Michael ist in der Nacht von Donnerstag auf Freitag gestorben!"

„Oh mein Gott! Was heißt gestorben. Nun reden Sie doch, Mann. Er war noch keine 30 Jahre alt, da stirbt man doch nicht einfach so."

„Nein, er war nicht krank, sondern Grund für seinen Tod ist eine Vergiftung!"

Kaum hat Abt Lukas das letzte Wort ausgesprochen, stöhnt Otto entsetzt auf: „Dieser Idiot, ich habe doch gewusst, dass er nicht dichthalten würde. Um Himmels willen …" Ottos Stimme ist brüchig geworden, als würde er mit Tränen kämpfen.

Kommissar Meinrad notiert auf den „Otto"-Zettel, der vor ihm liegt: „hinhalten - versuche die Nummer rauszubekommen!" Er zückt sein Handy und verlässt wählend das Büro. Sekunden später ist er wieder da.

„Bitte, Otto, was meinen Sie damit, dass jemand nicht dichtgehalten hat?"

Otto hält inne. „Moment mal, was wollen Sie von mir? Ich weiß ja nicht mal, wer Sie überhaupt sind!" Er hat sich wieder gefasst.

„Ich bin Abt Lukas und Michael hat hier bei uns im Semester gewohnt. Er war Mönch von St. Bernhard in Tunliesten!"

„Ich glaube ich spinne. Michael war Mönch? Jetzt wird mir einiges klar."

„Sie haben es nicht gewusst?"

„Nein, wir hatten nur sporadischen Kontakt. Wissen Sie, mein Leben war recht turbulent und ich bin erst im letzten Jahr richtig sesshaft geworden."

Beide schweigen. Kommissar Meinrad motiviert den Abt mit rudernden Handbewegungen das Gespräch im Laufen zu halten.

„Otto, Michael war in etwas verwickelt. Aus ihrem Fax wissen wir, dass er Sie um Rat gebeten hat."

„Ja, er hat mir eine Probe geschickt - meine Einschätzung haben Sie ja wohl gelesen, oder ..." zögernd hält er inne. „Abt Lukas, das ist ein echt fettes Ding, worauf Miki da gestoßen ist. Und mein Nachfragen in gewissen Kreisen hat wohl einige Leute in heftige Unruhe versetzt. Ich halte es echt für möglich, dass sie Miki umgebracht haben, die haben keine Skrupel."

„Was sind das für Kreise, von denen Sie da sprechen. Ich verstehe das alles nicht!" Abt Lukas ist entsetzt.

„Es ist gefährlich, sehr gefährlich, sich mit gewissen Leuten anzulegen. Sie in ihrem Kloster leben ja wohl so ein bisschen heile Welt. Aber hier draußen herrscht das Gesetz des Stärkeren."

„Otto, wovon reden Sie? Bitte, sagen Sie mir, was passiert ist!"

„Gut, hören Sie jetzt gut zu. Ich sage Ihnen jetzt was ich vermute, dann werde ich auflegen. Das ist mir zu heiß, viel zu heiß. Verstehen sie? Ich habe inzwischen

Familie und die will ich auf keinen Fall in Gefahr bringen!"

„Ich habe wirklich keine Idee, was hier vorgeht. Aber bitte, reden Sie!" Abt Lukas schiebt Kommissar Meinrad Schreibblock und Stift hin - dieser nimmt sein Handy zur Hand und stellt es nach einigen Knopfdrucken neben das Telefon und formt tonlos „Aufnahmefunktion".

Nun beginnt Otto zu erzählen, es sprudelt nur so aus ihm heraus. Von den eigenen Untersuchungen, die er gemacht hat. Davon, dass er das Material und seine Ergebnisse einem Freund gegeben hat, damit dieser es auch anschaut. Dann war er in der Bibliothek gewesen und hatte in diversen Büchern und Fachzeitschriften gesucht und war fündig geworden.

Abt Lukas versteht bei Weitem nicht alles. Es scheint verworren und unstrukturiert, die Zeiten purzelten nur so durcheinander. Hoffentlich klappt das mit der Aufnahme, denkt er zwischendrin einmal.

„So, jetzt wissen Sie alles, was ich rausgefunden habe. Bitte, halten Sie mich da raus. Miki war ein toller Mensch und wenn ich helfen kann, seinen Tod aufzuklären, dann würde es mich freuen. Aber haben Sie bitte Verständnis dafür, dass ich jetzt aus der Schusslinie verschwinde. Wenn das Ding tatsächlich auffliegen sollte, dann werde ich davon hören. Ich melde mich wieder, wenn die Luft rein ist!"

Bevor Abt Lukas noch etwas erwidern kann, klickt es vernehmlich und das Gespräch ist unterbrochen. Abt Lukas und Kommissar Meinrad sitzen reglos und starren auf den Hörer.

„Wow! Wenn das stimmt, was dieser Otto rausgefunden hat, dann sprechen wir in der Tat von einer großen Sache." Kommissar Meinrad greift nach dem Handy, drückt ein wenig darauf rum.

Er spielt den Anfang der Aufnahme ab. „Technik ist doch nicht so schlecht, wie ihr Ruf. Diese Funktion hat mir meine Enkelin erst kürzlich gezeigt, damit ich aufnehmen kann, wie wunderbar sie singen kann, und es mir sooft anhören kann, wie ich will!"

Er lächelt und plötzlich erklingt: „Ein Männlein steht im Walde, ganz still und stumm..." „Hören sie?" Der Kommissar beendet das Lied. „Sie ist sieben Jahre alt und kennt sich mit Handys weitaus besser aus als ich!"

Er wird wieder ernst und steckt das Gerät ein. „Abt Lukas, ich bin eigentlich hier, um Ihnen mitzuteilen, dass Sie Michael Denors Räume, sein Zimmer und die Werkstatt wieder betreten können. Voraussichtlich wird sein Leichnam am Dienstag zur Bestattung freigegeben. Es fehlen nur noch ein paar toxikologische Untersuchungen, die die Kollegen am Montag machen werden. Von Heiko Müller soll ich Ihnen ausrichten, dass ihre Ahnung gestimmt hat. Georg und Martin waren in Wirklichkeit die beiden gesuchten Johannes und Petrus.

Eine fast perfekte Tarnung. Ohne Sie wären wir da nie draufgekommen. Gratulation! Zurzeit versuchen wir, Thorsten, Nina und Elise ausfindig zu machen, damit wir klären können, ob sie mit der Sache zu tun haben. Und jetzt mache ich mich auf den Weg und bringe die Aufnahme Heiko Müller. Er wird sie auswerten und wenn einer versteht, was hier passiert, dann ist er es. Er ist einer unserer fähigsten Kollegen. Und dann bringe ich in Erfahrung, ob die Kollegen in der Zentrale die Nummer ermitteln konnten, von der aus Otto angerufen hat. ... Ich muss los! Nein bleiben Sie sitzen, ich kenne den Weg zur Pforte inzwischen bestens!"

Bevor Abt Lukas reagieren kann, ist der Kommissar aus der Tür geschlüpft und verschwunden.

10. Kapitel

Böse Gedanken, die sich in unser Herz einschlei-
chen, sofort an Christus zerschmettern und dem
geistlichen Vater eröffnen. (vgl. Psalm 137,9;
RB 4,50)

Es klopft an der Tür. Am liebsten würde Abt Lukas tun, als wäre er nicht da.

Sind ihm denn keine zehn Minuten Pause gegönnt? Er atmet tief durch. Auf sein „Ja bitte" öffnet sich die Tür leise und herein kommt Bruder Viktor.

„Benedicite, Vater Abt!" „Benedicite, Bruder Viktor!" Abt Lukas kann sich nicht erinnern, dass der introvertierte Mitbruder je sein Büro betreten hätte. „Ich will dich nicht stören, aber ich denke, ich muss!"

Während er spricht, zieht er aus den Tiefen seines Habits eine Thermoskanne, eine Tasse und eine kleine Tafel Schweizer Schokolade hervor. „Ich hoffe, du magst noch immer am Nachmittag einen Earl Grey und ein Stück Schokolade?"

Er schenkt heißen dampfenden Tee in die Tasse, stellt alles griffbereit und macht sich daran, das Büro zu verlassen. „Halt, mein lieber Bruder. Magst du mir nicht Gesellschaft leisten?"

Abt Lukas freut sich sehr.

„Sicher?" „Ja, sicher. Komm!" Abt Lukas wäscht schnell seine Kaffeetasse am kleinen Waschbecken aus.

So sitzen die beiden Mönche eine Weile schweigend und genießen das wundervolle Tee Aroma. „Woher hast du das gewusst?" Abt Lukas schaut seinen Mitbruder fragend an. „Bruder Michael hat es mir kürzlich erzählt. Ihr wart wohl mal miteinander unterwegs und du hast zu ihm gesagt: Zehn Euro für eine Tasse Earl Grey und ein Stück Schokolade!"

Bruder Michael...

„Er wird mir fehlen", nachdenklich nimmt Abt Lukas einen Schluck Tee. „Ja, mir auch. Sehr sogar!" Wieder schweigen die beiden Männer, jeder hängt den eigenen Gedanken nach.

„Glaubst du, er hat echt was angestellt? Also ich meine was Kriminelles?" „Nein! Aber im Moment spricht eine Menge dafür!" Abt Lukas nimmt sich ein Stück Schokolade. Still leeren sie ihre Tassen.

„Bruder Viktor, ich danke dir sehr für den Tee und die Schokolade, aber noch mehr für deine Gesellschaft. Das sollten wir vielleicht bei Gelegenheit wiederholen?"

Lächelnd steht Bruder Viktor auf.

„Ja, vielleicht!"

In diesem Moment klingelt das Telefon.

Abt Lukas wendet die Augen gen Himmel und nimmt ab.

„Abt Lukas, gerade hat ein Heiko Müller angerufen. Er wollte Bescheid geben, dass in den Lokalnachrichten um 16.00 Uhr was über Bruder Michael und die Figuren gebracht werden wird!" „Na, dann - es bleiben uns sechs Minuten, möglichst viele Brüder zu informieren. Wir treffen uns in der Bibliothek!"

Abt Lukas legt auf. Gemeinsam verlassen die beiden Mönche die Abtei.

Fünf Minuten später sind fast alle vor dem Fernseher in der Bibliothek versammelt. Bruder Mathias hat schon den Lokalsender eingeschaltet. Gespannt warten sie den Rest einer Kochsendung ab, die über den Schirm flimmert.

Bruder Hubert runzelt die Stirn. „Wie man solche Sendungen anschauen kann, ist mir schleierhaft! So ein Unsinn!"

„Na, na, ..." Bruder Coelestin bremst den Mitbruder ein, bevor dieser zu gewohnter Hochform aufläuft. Dann beginnen die Nachrichten.

Nach einem kurzen Überblick über die geplanten Berichte geht es gleich zur Sache. „Wie schon die lokale Presse in der Frühausgabe berichtet hat, ist in der Nacht von Donnerstag auf Freitag ein Mönch der Abtei St. Georg zu Tode gekommen. Trotz eingehender Untersuchungen konnte die genaue Todesursache bisher nicht geklärt werden." Während die Sprecherin ihren Text abliest, werden im Hintergrund Fotos vom Kloster eingeblendet. „Der verstorbene Mönch litt unter Pseudoachondroplasie. Bei dieser Form des angeborenen Kleinwuchses fällt erst im Kleinkindalter ein verzögertes Wachstum auf. Es kommt dann schnell zu einer zunehmenden Veränderung der Körperproportionen, wofür vor allem die stark verkürzten Arme und Beine verantwortlich zeichnen."

Ein Bild von Bruder Michael, wie er malend vor seiner Leinwand auf einer kleinen Leiter steht, wird gezeigt.

„Trotz dieser Behinderung, er maß nur knapp 130 cm, galt er als außergewöhnliches künstlerisches Talent und studierte als Vollstipendiant an der hiesigen Akademie für Bildende Kunst. Er arbeitete mit der Meisterklasse, unter Aufsicht und Leitung von Professor Dr. Georg Heindl, an der Restaurierung einer Reihe von Figuren mit, die aus einem Privatbesitz stammen. Es handelt sich um eine barocke Apostelgruppe, die erst vor wenigen Wochen aus dem Erbe eines Kunstsammlers aufgetaucht war und in der Kunstszene großes Aufsehen erregt hat."

Passend zum Text werden nun Fotos der Figuren gezeigt.

„Am Donnerstag wurden zwei der zwölf Figuren als gestohlen gemeldet. Beide tauchten heute Vormittag, nach einer Durchsuchung des Klosters, dort wieder auf. Darüber, ob der Tod des jungen Mönches mit dem Verschwinden der Figuren in Zusammenhang gebracht werden muss, will die Polizei sich nicht äußern."

Nun wird ein Video eingespielt: Es handelt sich um den Mitschnitt einer Pressekonferenz mit Heiko Müller.

„Der verstorbene Mönch, Michael Denor, war beauftragt worden, zwei der Figuren zu reinigen. Dabei entdeckte er in der vergangenen Woche ungewöhnliche Farb- und Holzstrukturen. Er informierte Professor Heindl und machte selbst eine Reihe von Untersuchungen, um herauszufinden, was das zu bedeuten habe. Leider war es uns bisher noch nicht möglich, die darauf folgenden Abläufe genauer zu rekonstruieren. Ob sein Tod mit den genannten Vorfällen zusammenhängt, können wir beim derzeitigen Ermittlungsstand noch nicht sagen. Aber es ist nicht auszuschließen. Erschwerend kommt hinzu, dass es uns bisher nicht gelungen ist, Professor Heindl zu befragen, da uns sein derzeitiger Aufenthaltsort nicht bekannt ist."

„Das heißt, er hat sich aus dem Staub gemacht?"

„Nein, das heißt, dass wir ihn bisher nicht erreichen konnten - weder telefonisch, noch persönlich."

„Könnte auch er einem Verbrechen zum Opfer gefallen sein?" Heiko Müller schüttelt ablehnend den Kopf und winkt die Frage ab.

„Können Sie etwas über die Nachforschungen sagen, die Bruder Michael gemacht hat?" „Ja, das kann ich. Wir haben natürlich inzwischen weiter recherchiert und sind sicher, dass die beiden Figuren - St. Johannes und St. Petrus, von denen wir hier sprechen - eindeutig nicht ursprünglich zu der Apostelgruppe gehören, sondern später dazugekommen sind, um die Gruppe zu vervollständigen. Weiter halten wir es für wahrscheinlich, dass dieser Fund mit einer Reihe von Diebstählen kostbarer Reliefs und Figuren im Zusammenhang steht, die in den 1970er Jahren im Großraum Deutschland, Österreich und der Schweiz wochenlang großes Aufsehen erregt hatten. Damals wurden gezielt kleine Kirchen beraubt. Die Diebstähle waren jeweils perfekt geplant, mitgenommen wurden nur sehr kostbare Kunstgegenstände. Die Diebe hinterließen keinerlei Spuren, wurden nie gesehen oder gehört. Die Täter konnten daher nicht gefasst werden. Der Spuk dauerte genau drei Monate. Und hörte abrupt und ohne ersichtlichen Grund wieder auf. Erbeutet wurden 17 kostbare Figuren und acht Reliefs. Einige der Stücke sind inzwischen wieder aufgetaucht. Sie waren in den privaten Sammlungen zahlungswilliger und zahlungsfähiger Kunstbegeisterter verschwunden. Wie es den Tätern gelungen ist, die zum Teil großen Figuren über die Grenzen zu bringen und zu vermarkten, ist bisher ungeklärt."

Damit endete die Einspielung und die Sprecherin schloss: „Mit weiteren Untersuchungsergebnissen ist im Lauf des Wochenendes zu rechnen. Wir halten Sie auf dem Laufenden! Und nun zu den anstehenden Bürgermeisterwahlen in den Gemeinden ...."

„Das ist ja ein Ding!" - Bruder Hubert bricht als erster das Schweigen und schaltet den Apparat ab.

„Da hat Bruder Michael wohl in ein Wespennest gestochen! Das heißt aber auch, dass er vielleicht wirklich ermordet worden ist." Pater Severin spricht aus, was greifbar in der Luft liegt.

„Aber wie soll denn das von statten gegangen sein?" Bruder Hubert schüttelt zweifelnd den Kopf.

„Brüder, ich glaube es macht wenig Sinn, wenn wir Vermutungen und Spekulationen hin- und her bewegen. Das führt zu nichts!" Abt Lukas ist aufgestanden und unterbricht damit Bruder Hubert, der gerade zu einer weiteren Bemerkung ansetzt.

„Wem noch etwas einfällt oder wer eine Idee hat, kann gerne zu mir kommen. Aber bitte, keine Murmelgruppen, keine unnötigen Gespräche!" Die Brüder nicken ein wenig zögernd, nur Bruder Hubert murrt leise: „Man kann doch mal seine Meinung äußern!"

Pater Martinus will gerade etwas erwidern, als er Abt Lukas Blick auffängt. Er schluckt den Tadel, der ihm auf der Zunge liegt, hinunter.

„Abt Lukas, es ist jetzt 16.15 Uhr. Können wir wie gewohnt in 15 Minuten unsere Singstunde halten?" Es ist Bruder Coelestin, der sich an den Abt wendet.

„Ja natürlich, oder spricht etwas dagegen?" Er schaut fragend in die Runde.

„Gut, dann um 16.30 Uhr wieder hier!" Bruder Coelestin winkt die beiden Jüngsten, Bruder Samuel und Bruder Nikolaus, zu sich her. „Jetzt haben wir leider nicht extra üben können. Meint ihr, wir bekommen das morgen auch so hin?"

Die Antwort der beiden jungen Brüder bekommt Abt Lukas nicht mehr mit. Er hat die Bibliothek bereits verlassen.

Pater Martinus folgt ihm. „Abt Lukas, dieser Bericht im Fernsehen hat sicher Folgen. Was machen wir, wenn die Leute in der Kirche anfangen zu knipsen?"

„Wie wäre es, wenn wir ein Schild an der Kirchentür anbringen mit der dringenden Bitte auf Film- und Fotoaufnahmen zu verzichten?"

„Ob das funktioniert. Aber ich muss gestehen, dass ich auch keine bessere Idee habe. ... Ich kümmere mich darum!"

„Danke Bruder Martinus! Übrigens ist Bruder Michaels Zelle und auch die Werkstatt wieder freigegeben. Bitte, entschuldige mich bei Bruder Coelestin. Ich komme nicht zur Singstunde, sondern versuche mal meine Gedanken für die morgige Predigt zu sortieren." „Oje, daran habe ich noch gar nicht gedacht. Morgen ist Sonntag! Ich sage es ihm!"

Abt und Prior trennen sich.

Abt Lukas macht einen Abstecher über die Pforte. Dort blinkt der Anrufbeantworter hektisch. Er ignoriert es und wählt kurzerhand die Telefonnummer des Kommissars. Es meldet sich die Mailbox - sicher ist er gerade in der großen Besprechung, die er vormittags erwähnt hatte.

„Hier Abt Lukas. Kommissar Meinrad, ich hätte eine Bitte. Wir befürchten, dass nach der Berichterstattung im Fernsehen Fotografen und Journalisten in der Kirche auftauchen und während der Gottesdienstzeiten filmen oder fotografieren. Meinen Sie, es wäre möglich, dass ein Polizist vor der Kirchentür Posten bezieht und verhindert, dass Leute mit großen technischen Geräten reingehen? Vielleicht klappt es ja! Wir hören später nochmal voneinander? Abt Lukas!"

Er legt den Hörer auf und bleibt einen Moment sinnend, den Blick auf den blinkenden Anrufbeantworter, stehen.

Anstatt sich an seinen Schreibtisch zu begeben, wendet er sich kurzentschlossen dem Schlaftrakt zu und betritt Bruder Michaels Zelle. Er schließt die Tür hinter sich und bleibt mit dem Rücken an die Tür gelehnt stehen. Abt Lukas zieht es das Herz beim Anblick der Kuhle im Kopfkissen zusammen. Langsam steigen ihm Tränen in die Augen. Er versucht erst gar nicht, sie zurückzuhalten. So steht er eine ganze Weile weinend an der Tür. Ihm wird schmerzlich bewusst, wie gerne er diesen Menschen gemocht hat. Er war so wunderbar lebendig gewesen, unorthodox und zugleich ermutigend aufgeschlossen. Trotz der kurzen Zeit, die er hier als Abt erst war, hatten sie beide doch schon eine Reihe bemerkenswerter Gespräche geführt. Ein paar Tage nach der Abtsweihe war Bruder Michael auf ihn zugekommen und hatte ihn gebeten, ob er sein Beichtvater werden könne. So hatten sie sich regelmäßig getroffen. Bruder Michael rang immer wieder mit seiner Kindheit, mit dem Gefühl, nichts wert zu sein, schuldig zu sein am Schicksal seiner Mutter, die von ihrem Mann geschlagen und missachtet wurde, weil er, der Sohn, ein Gnom, ein Krüppel, ein Zwerg war. Er kämpfte mit großer Einsamkeit und großen Glaubenszweifeln. Aber er gab nicht auf, fragte, hörte, dachte nach und suchte, sooft und solange er sie ertragen konnte, die Stille.

Trauer durchflutet den Mönch, weit und schwer lastend. Aber da ist auch noch ein anderes Gefühl, das sich mit den Tränen langsam Bahn bricht. Er ist wütend auf Bruder Michael. Was hatte der junge Mönch sich nur gedacht? Wie konnte er diese Figuren hier deponieren und damit die Klostergemeinschaft so hintergehen und vielleicht sogar in Gefahr bringen? Wie weit war es mit seinem Vertrauen und mit seinem Gehorsam, wenn er ihn, seinen Abt nicht um Rat oder Hilfe angefragt hat? Was nur war passiert? Hatte er selbst etwas übersehen? War er nicht aufmerksam genug gewesen, um zu bemerken, was mit Bruder Michael losgewesen war? Oder hatte der junge Mönch alles darangesetzt, dass keiner etwas merken konnte?

Abt Lukas lässt seinen Blick durch die Zelle schweifen. Das alte Bett mit dem wunderschönen Kopfteil, Tisch und Stuhl maßgeschreinert von Bruder Viktor, der alte Kleiderschrank, dessen Inneres ebenfalls an Bruder Michaels Körpergröße angepasst worden war.

Ein wenig schaut es aus wie in einer Puppenstube. Es herrscht peinliche Ordnung und Sauberkeit. Nicht mal die Spurensicherung hat daran etwas verändert. Abt Lukas wusste, dass Bruder Michael fast zwanghaft darauf bedacht war, nur das Notwendige in seiner Zelle zu haben.

In der Benediktusregel heißt es dazu: *„Keiner habe etwas als Eigentum, überhaupt nichts, kein Buch, keine Schreibtafel, keinen Griffel - gar nichts"* (RB 33,3).

An der Wand über dem Bett hängt ein schlichtes Holzkreuz, auf dem Schreibtisch liegt nur die aufgeschlagene Heilige Schrift. Diese Nüchternheit und Schlicht-

175

heit scheinen auf den ersten Blick in starkem Kontrast zu der schillernden Persönlichkeit des jungen Mönchs zu stehen. Für Abt Lukas aber atmet dieser Raum schier Bruder Michael; seine Sehnsucht, sein Ringen und seine Einfachheit kristallisieren sich in diesen zwölf Quadratmetern.

Beharrliches Läuten reißt ihn aus seinen Gedanken. Sein Klingelzeichen schellt mal wieder durch die Flure. Schnell wischt er sich die Tränen aus dem Gesicht, verlässt die Zelle und geht eiligen Schrittes auf die Pforte zu.

„Abt Lukas, ich konnte dich nicht finden!"

Es ist Pater Jonas, der ihn dort schon erwartet. Er klingt vorwurfsvoll. Abt Lukas schluckt einen bissigen Kommentar herunter.

„Entschuldige Pater Jonas! Was ist denn?"

„Ich habe einen Mann reingelassen, der immer wieder an die Klosterpforte geklopft hat. Wenn mich nicht alles täuscht ist es Professor Heindl!"

„Professor Heindl?" „Ja - er sitzt im Sprechzimmer. Er hat gesagt, er sei ein alter Schulkamerad von dir und wolle dich nur kurz besuchen!"

„Was - ein alter Schulkamerad? Das wird ja immer verrückter!"

„Sollen wir die Polizei rufen. Die suchen ihn doch! Vielleicht ist er gefährlich?"

„Na, das hättest du dir überlegen sollen, bevor du ihn reinlässt, oder?"

Abt Lukas klingt bissiger, als ihm lieb ist.

„Stopp! Halt!" Er atmet tief durch, fasst Pater Jonas am Arm und schaut ihm fest in die Augen. „Pater Jonas, bitte entschuldige! Ich bin eindeutig überreizt!"

Pater Jonas zögert, dann aber versucht er ein Lächeln. „Das ist auch kein Wunder. Vielleicht hast du ja recht und es war ein Fehler ihn reinzulassen?"

„Ich glaube nicht. Warten wir es ab! Sei so gut und bleib hier, ja? Sicherheitshalber!" Pater Jonas ist spürbar unruhig und verkneift sich nur mühsam einen Einwand. Zweifelnd schaut er seinem Abt nach, wie er im Sprechzimmer verschwindet.

11. Kapitel

*Sooft etwas Wichtiges im Kloster zu behandeln ist,
soll der Abt die ganze Gemeinschaft zusammenru-
fen und selbst darlegen, worum es geht. Er soll den
Rat der Brüder anhören und dann mit sich selbst zu
Rate gehen. Was er für zuträglicher hält, das tue er.
(RB 3,1.2)*

„Professor Heindl?" Abt Lukas geht zielstre-
big auf den Mann zu, der sich ein wenig
müde aus dem Stuhl erhebt. „Bleiben Sie sitzen. Entschuldigen Sie meine Offenheit, aber Sie sehen schrecklich aus!"

„Kein Problem! Ich fühle mich wohl mindestens
so mies, wie ich aussehe. Sie sind Abt Lukas?" Professor
Heindl mustert den Benediktiner kurz.

„Ja! Der bin ich! Und Sie sind Bruder Michaels
Professor in der Meisterklasse?"

„Richtig! Und ich bin vielleicht auch der, der
sein Leben verspielt hat!"

Große Verzweiflung spricht aus diesen Worten.
Abt Lukas fehlen die Worte. Eine Weile sitzen die beiden so ungleichen Männer schweigend.

„Ihr Pförtner hat gewusst, dass ich nicht ein
Schulkamerad von Ihnen bin, oder?"

Abt Lukas nickt bestätigend.

178

„Haben Sie die Polizei gerufen?"

„Nein. Ich wollte erst mal hören, warum Sie gekommen sind und dann entscheiden, was zu tun ist!" Er schaut den Professor nachdenklich an.

„Haben Sie heute schon etwas gegessen?"

„Gegessen? Nein, ich bin nur rumgeirrt, ohne einen vernünftigen Gedanken fassen zu können. Ich weiß nicht mal genau, wie ich hergekommen bin! Aber das ist ja auch ganz unwichtig."

Abt Lukas ist aufgestanden: „Nein, Sie müssen etwas essen und trinken. Dann erzählen Sie mir, was Sie herführt!" Er greift zum Telefon und wählt die Pfortennummer. „Pater Jonas. Es ist alles in Ordnung. Kannst du uns einen Teller Suppe und eine Kanne Tee bringen und sei so gut und richte in der Gästeklausur ein Zimmer. Vielleicht brauchen wir es später! ... Ja, genau. Ich danke dir!"

Professor Heindl fällt ein Stein vom Herzen.

„Bruder Michael hat nicht übertrieben, als er einmal sagte, dass Sie ein wunderbarer Mann seien, der das Herz am rechten Fleck hat! Ich danke Ihnen sehr!"

Im Sprechen legt sich erneut ein Schleier über seine Augen. Er kämpft mit den Tränen.

„Professor Heindl, was haben Sie eben mit der Andeutung gemeint, dass Sie es vielleicht gewesen sind, der sein Leben verspielt hat?" Abt Lukas Haltung ist ganz Aufmerksamkeit.

Stockend beginnt der Professor zu erzählen. „Ich weiß gar nicht, wo ich beginnen soll. Wissen Sie, ich habe Michael ja raushalten wollen. Als ich gemerkt habe, dass da etwas faul ist und zwar ganz gehörig faul ist, habe ich versucht, ihn von der Sache fernzuhalten. Aber da war es einfach schon zu spät. Er hatte Witterung aufgenommen und dann ist mir das Ganze einfach entglitten. O mein Gott, was habe ich nur getan!"

Ein Klopfen an der Tür kündigt Pater Jonas an, der das Erbetene auf einem Tablett hereinträgt.

„Essen Sie in Ruhe. Ich komme in ein paar Minuten wieder."

Abt Lukas sieht den unruhigen Blick des Mannes. „Keine Sorge. Ich rufe nicht die Polizei. Essen sie. Ich will nur ein paar Dinge absprechen und komme dann zurück. Versprochen!"

Professor Heindl entspannt sich sichtlich und beginnt langsam seine Suppe zu löffeln.

Abt Lukas verlässt das Sprechzimmer, im Gefolge von Pater Jonas, mit dem Blick auf die Uhr und beeilt sich, in die Bibliothek zu kommen. Er hört schon die Communio des morgigen Sonntags aus der Bibliothek erklingen:

Non vos relinquam orphanos,
vado et veniam (venio) ad vos,
et gaudebit cor vestrum.

Ich lasse euch nicht als Waisen zurück,
ich gehe und werde wieder zu euch kommen
und euer Herz wird sich freuen.

Der Abt atmet auf und bleibt still vor der Tür stehen, lauschend auf den uralten Gesang, aus dem ihm so viel Zusage und Hoffnung entkommt. Dann betritt er gemeinsam mit Pater Jonas die Bibliothek und findet alle Brüder dort vor, selbst Pater Simon ist zur wöchentlichen Singstunde erschienen.

„Bruder Coelestin, entschuldige, dass ich euch unterbreche. Es ist wichtig! Brüder, ich brauche euren Rat."

Er schaut prüfend in die Runde. Bruder Nikolaus macht sich auf, um den Raum leise zu verlassen. „Bruder Nikolaus, bitte bleiben Sie. Vielleicht offenbart unser Herr ja Ihnen, was das Bessere ist."

Er lächelt dem jungen Mönch zu, der die Anspielung auf das dritte Kapitel der Regula Benedicti mit einem Lächeln honoriert. Abt Lukas konzentriert sich einen Moment und legt den Brüdern die Situation kurz und gebündelt dar: „Professor Heindl ist hier. Ich habe noch kaum mit ihm gesprochen. Soviel ist aber klar: Er ist verwickelt in die Sache mit den Figuren - wie, weiß ich noch nicht. Und: Er räumt ein, dass er möglicherweise eine Mitschuld am Tod von Bruder Michael hat. Was sollen wir tun? Die Polizei benachrichtigen? Ihm Obdach gewähren und versuchen herauszufinden was passiert ist? Welche Möglichkeiten seht ihr?"

Pater Nikodemus durchbricht als erster die angespannte Atmosphäre: „Wir sollten die Polizei rufen! Sie wird rausfinden, welche Rolle er spielt und ihn entsprechend belangen. Ich bin der Meinung, wir sollten uns da raushalten! Vielleicht ist er ja auch gefährlich. Was wissen wir schon über ihn?!"

„Ich sehe es eigentlich ein bisschen ähnlich. Mir stellt sich nur die Frage, warum er gekommen ist. Sucht er Schutz oder Hilfe? Vertraut er dir, Vater Abt, und wird dir mehr sagen, als der Polizei?" Bruder Coelestin spricht langsam und mit Bedacht.

Nach und nach kommen Gedanken, Fragen und Ideen von den Brüdern.

Abt Lukas hört schweigend zu.

„Wäre es nicht möglich, dass Sie Kommissar Meinrad und Herrn Müller bitten zu kommen. Dann könnten Sie hier miteinander reden und zusammen überlegen, was dann sinnvoll ist?" Es ist Bruder Samuel, der diesen Vorschlag einbringt. Zustimmung kommt aus der Runde der Brüder.

„Gut, das scheint mir wirklich eine realistische Möglichkeit. Ich werde gleich versuchen, die beiden Beamten zu erreichen. Habe ich eurer Einverständnis, dass Professor Heindl in der Gästeklausur schlafen kann, wenn es nötig wird?"

Dankbar nimmt er das Nicken der Brüder an. Es ist ihm sehr bewusst, was er der Gemeinschaft zumutet.

„Ich danke euch!"

Pater Severin steht auf: „Wir danken dir, Vater Abt!" Für einen Moment scheint die Zeit still zu stehen.

„*Sancte pater Benedicte*" Abt Lukas beginnt dieses Gebet. „*Ora pro nobis!*" ergänzen die Brüder und verneigen sich leicht.

Abt Lukas verlässt die Bibliothek und kehrt ins Sprechzimmer zurück. Professor Heindl schaut ihm erwartungsvoll entgegen.

„Na, wie ist das Urteil ausgefallen!"

Es soll wohl ein wenig humorvoll klingen, aber seine Anspannung ist deutlich spürbar.

Abt Lukas unterbreitet ihm den Vorschlag. „Was, wenn ich das ablehne?"

„Dann bitte ich Sie zu gehen! Ich werde der Polizei erst später mitteilen, dass ich Sie hier gesprochen habe!" Abt Lukas Worte lassen keinen Disskussionsspielraum - klar und eindeutig. Es entsteht eine Pause.

„Gut. Vielleicht haben Sie recht!"

Abt Lukas greift zum Telefon. Nur wenige Augenblicke später ist er mit Kommissar Meinrad verbunden. Er schildert ihm die Situation und unterbreitet seinen Vorschlag. „Ja, ich warte auf Ihren Rückruf. Bitte wählen Sie die 15 als letzte Ziffer, dann erreichen Sie mich gleich hier auf dem Apparat."

„Und, was sagt er?" Professor Heindl wirkt sehr erschöpft. „Er spricht mit seinem Kollegen, Heiko Müller von der SOKO, die für die Kunst-Geschichte zuständig ist, und meldet sich dann wieder! Er war nicht begeistert. Hat etwas von Extratouren und Co. gemurmelt! Aber ich bin optimistisch!"

Kaum hat er ausgesprochen klingelt das Telefon.

„Nein, das ist kein Problem, im Gegenteil. ... Ja, ich garantiere dafür, dass er nicht verschwindet! ... Gut, dann um 20.30 Uhr an der Pforte hier! Dank!" Spricht 's und legt den Hörer auf.

„Sie haben es gehört, oder? Ich habe mein Wort gegeben, dass Sie um 20.30 hier sein werden!"

„Ja, ich habe es gehört! Sie sind ein durchaus erstaunlicher Mann, Abt Lukas, auch diese Aussage stammt von Michael! Ich werde hier sein. Könnte ich mich hier auf der Liege einrollen und schlafen?"

Er zeigt auf das kleine Sofa, das mehr aus Dekorationsgründen im Raum steht.

„Aber ja! Sie können, wenn Sie wollen, das Haus jederzeit durch die Pfortentür verlassen - raus geht ohne Schlüssel!"

Abt Lukas verabschiedet sich mit einem Kopfnicken.

Seine Uhr zeigt 17.35 Uhr an. Er greift im Vorübergehen sein Graduale und setzt sich für ein paar Minuten still in den kleinen Kreuzgang.

Non vos relinquam orphanos, vado et veniam
(venio) ad vos, et gaudebit cor vestrum.

Die Communio klingt in ihm.

Verwaist sein - Bruder Michael hat dieses Wort manchmal benutzt. Bald nachdem er in die Behindertenschule eingeschult worden war, beschlossen die Eltern, dass er im dort angegliederten Heim wohnen sollte. Obwohl der Junge von einem speziellen Schulbus abgeholt werden konnte, entschieden sie, dass die 30-minütige Fahrt für den schwächlichen Sohn eine zu große Belastung sei. Michaels Eltern packten seine wenigen Sachen in eine Tasche und so zog der Siebenjährige um ins Behindertenheim.

Auch wenn Michael unter der Ignoranz und Ablehnung im Elternhaus sehr gelitten hatte, erlebte er den Umzug als einen großen Verlust.

„Ich war wie die meisten der behinderten Kinder dort abgeschoben, weggegeben. Ich kam mir vor, als hätte ich keine Eltern. Meine Mutter hat mich ein- bis zweimal im Jahr besucht, meist um Weihnachten herum. Und das war schrecklich, weil sie unablässig weinte und jammerte, warum ich denn nur so entstellt wäre und wa-

185

rum ich nicht wachsen würde. Ich habe diese Besuche gehasst!"

Großer Zorn brach aus ihm heraus, wenn er von dieser Zeit sprach.

„Ich war der fitteste im Kopf dort und auch am gesündesten. Meine Beine und Arme waren kurz, aber sonst war ich total normal. Die anderen Kinder waren echt schrecklich krank und behindert. Die meisten konnten nicht sprechen, andere waren autistisch oder mehrfach geistig und körperlich behindert. Fast jeden Monat starb ein Kind aus meinem Schlafsaal. Irgendwann habe ich angefangen darauf zu warten, dass ich an der Reihe sei mit dem Sterben."

Abt Lukas Erinnerung an diese Erzählungen ist sehr intensiv und lebendig. Da Michael gesund war und keine Unterstützung brauchte, überließen ihn die Pflegerinnen sich selbst. Er kam ja alleine zurecht. Nur wenige machten sich die Mühe, sich ihm zuzuwenden.

„Wissen Sie, wenn dann mal eine da war, die sich mit mir unterhalten hat, oder sich mit mir abgab, konnte ich schon sicher sein, dass sie nicht lange bleiben würde. Die Guten haben es nur kurz ausgehalten dort. Es war einfach schrecklich, weil keine Zeit war. Die Kinder wurden halbwegs gut versorgt - waren sauber und satt. Aber darüber hinaus - Fehlanzeige. Keine Spur von Förderung oder Zuwendung." Für Michael waren deshalb die morgendlichen Stunden in der Schule wie ein

Rettungsanker. Besonders eine der Lehrerinnen hatte „einen Narren an ihm gefressen" - genau diese Formulierung hatte Bruder Michael bei seiner Erzählung benutzt. „Wann immer es ging, hat sie mich beiseite genommen und mit mir gesprochen. Sie gab mir Bücher, die ich mit ins Heim nehmen durfte. Als sie meine Begeisterung für Bilder und Gemälde entdeckt hatte, versorgte sie mich mit Bildbänden, die sie aus der Bücherei lieh und in die ich mich stundenlang versenkt habe. Ich habe mich einfach weggeträumt in die Welt dieser Bilder, mir eine Parallelwirklichkeit aufgebaut und bin so dem tristen Heimalltag entflohen. Und sie ermutigte mich zu malen. Sie war für mich wie ein Engel!"

Non vos relinquam orphanos, vado et veniam
(venio) ad vos, et gaudebit cor vestrum.

Ob Bruder Michael nun heimgekommen ist?

Bruder Nikolaus geht leise an Abt Lukas vorbei, der mit geschlossenen Augen sitzt und in sich hineinhört. Am Ende des Kreuzganges ergreift er das Glockenseil und beginnt zu läuten - Zeit zum Gebet.

Abt Lukas beobachtet Bruder Nikolaus, wie er ganz konzentriert seinen Dienst tut. Einen Augenblick erfüllt ihn eine mutige Freude bei diesem Anblick.

Dann reißt er sich los, geht hinein, tauscht das Graduale gegen das Antiphonale, zieht die Kukulle über und stellt sich zur Statio auf.

Bruder Nikolaus eilt mit den Orgelnoten an ihm vorüber - heute, zur ersten Sonntagsvesper, wird die Orgel den Gesang der Mönche begleiten.

Nach und nach kommen die Brüder und stellen sich an ihren Platz. Abt Lukas atmet tief durch.

„In deine Hände Herr ....“

„Abt Lukas!“ - Leise ist Bruder Nikolaus zu ihm hingetreten. Die Brüder schauen missbilligend auf den jungen Bruder, der die absolute Statioruhe stört.

„Was..?“

„Den Zettel hat mir draußen jemand in die Hand gedrückt. Ich soll ihn Ihnen unbedingt geben. Und, Vater Abt, der Mann ist kleinwüchsig - er sieht fast aus wie Bruder Michael!“

„Danke, Bruder Nikolaus!“

Mit einem Wink entlässt er Bruder Nikolaus, der zurück in die Kirche eilt.

Abt Lukas faltet den Zettel auseinander: „Ich muss mit Ihnen sprechen! Ich warte nach der Vesper in der Kirche! Otto.“

Unruhe macht sich unter den Brüdern bemerkbar.

„Was ist denn los, Lukas?“ Pater Martinus ist zu ihm hingetreten. „Es ist alles in Ordnung. Mach dir keine Sorgen!“

Zweifelnd schüttelt Pater Martinus den Kopf, wendet sich aber schweigend ab und tritt an seinen Platz zurück.

„In deine Hände, Herr!" Ein stilles Stoßgebet, dann schreitet der Abt beim Glockenschlag durch die Brüderreihe und führt die kleine Prozession in die Kirche.

Bruder Nikolaus spielt zum Einzug eine kleine Improvisation zu „Wer nur den lieben Gott lässt walten" - wie passend! Abt Lukas lächelt innerlich. Als alle ihren Platz im Chorgestühl eingenommen haben, leitet der junge Musiker geschickt auf den Eröffnungsruf über. *„Deus, in adiutorium meum intende."*

Pater Severins Stimme erhebt sich trotz seines Alters klar und sicher.

Die Brüder stimmen ein: *„Domine, ad adiuvandum me festina. Gloria Patri et Filio et Spiritui Sancto, sicut erat in principio et nunc et semper et in saecula saeculorum. Amen!"*

Abt Lukas hat freie Sicht auf die Gemeinde - tatsächlich: An der rechten Außenseite, nahe der Tür, steht ein kleiwüchsiger Mann und Bruder Nikolaus hat recht - er sieht, zumindest aus der Ferne, Bruder Michael zum Verwechseln ähnlich.

Otto - Abt Lukas ist gespannt, was er zu berichten hat.

Es bahnt sich wohl ein spannender Abend an.

Die Kirche ist, wie zu erwarten war, gut gefüllt. Direkt an der Tür steht ein Polizeibeamter. Er hat sich eines der Hefte gegriffen und scheint sogar mitzusingen.

„Das wird vielleicht auch den letzten Fotografen abschrecken!" hofft Abt Lukas.

Einige der Mitbrüder haben Otto und auch den Polizisten bemerkt!

Die ersten Psalmverse sind holprig.

Bruder Coelestin und Bruder Mathias finden als Schola als erste zurück in den gewohnten Rhythmus. So nimmt die Gemeinschaft langsam „Fahrt auf", schwingt sich ein und nimmt nach und nach auch die Gemeinde mit ins Boot.

Auch Abt Lukas lässt sich fallen, vergisst für eine kurze Weile die Ereignisse und stellt sich ganz in das gemeinschaftliche Beten hinein.

Beachten wir also, wie wir vor dem Angesicht Gottes und seiner Engel sein müssen, und stehen wir so beim Psalmensingen, dass Herz und Stimme in Einklang sind. (RB 19,6.7)

Nach der Vesper gibt Abt Lukas Pater Martinus Nachricht, dass er nicht zum Essen kommen wird.

„Vater Abt, wer ist dieser Mann, der aussieht wie Bruder Michael?"

„Er ist wohl ein Freund von ihm. Ich hatte heute schon telefonischen Kontakt zu ihm, weil er für Bruder Michael ein paar Nachforschungen angestellt hat!"

Pater Martinus Gesicht ist ein einziges Fragezeichen. Abt Lukas lächelt ihm zuversichtlich zu und geht zurück in die Kirche. Die letzten Beter haben das alte romanische Gotteshaus schon verlassen - nur der Polizist harrt noch an der Kirchentür.

Sein Blick ruht ein wenig zögernd auf dem kleinwüchsigen Mann, der nach wie vor auf seinem Platz sitzt.

Der Abt tritt zu dem Beamten hin: „Ich danke Ihnen für ihre Unterstützung. Sie können beruhigt gehen. Ich bin mit dem Mann verabredet!"

„Na dann. Kein Problem. Ich habe Auftrag, später zur Komplet nochmal zu kommen." Er tippt mit dem Finger grüßend an die Stirn und verlässt die Kirche.

Otto hat sich nicht bewegt. Abt Lukas geht zur Bank hin und setzt sich neben ihn. Er wartet eine Weile, hofft, dass Otto beginnt zu sprechen. Als dieser sein Gesicht dem Abt zuwendet, ist es verweint, die Augen rot umrändert.

„Ich verstehe, was Michael so fasziniert hat. Dieser Gesang ist fast himmlisch. Wissen Sie, ich halte mich von Kirche und Co. normalerweise absolut fern. Ich habe mit angeblich frommen Leuten Schlimmes erlebt. Michael war da anders. Ihn haben schon immer die Kirchenräume fasziniert. Die Statuen zogen ihn magisch an

191

und er wusste fast alles über die großen und kleinen Kirchenkünstler. Egal wo wir uns aufhielten, er musste mindestens einen Blick in die Kirche werfen."

Er schwieg, putzte sich die Nase und wendete seinen Blick wieder zum Altarraum. „Der Raum ist großartig."

„Ja, er ist wie das Herz unserer Gemeinschaft! Bruder Michael nannte ihn immer einen Quellort." Das Gespräch stockt erneut.

> *„Der Herr liebt (Zion), seine Gründung auf heiligen Bergen;*
> *mehr als all seine Stätten in Jakob liebt er die Tore Zions.*
> *Herrliches sagt man von dir, du Stadt unseres Gottes."*

Otto zitiert zum großen Erstaunen des Benediktiners den Beginn von Psalm 87.

Abt Lukas nimmt den Faden auf:

> *„Und sie werden beim Reigentanz singen:*
> *All meine Quellen entspringen in dir!"*

„Ja, das war lange Zeit sein Lieblingspsalm. Er hat immer wieder davon gesprochen, dass viele Kirchen Orte besonderer Energien seien, Kraftquellen, Kraftorte. Er war davon überzeugt, dass sie echte Orte der Gottesgegenwart seien. Ich fand das ein bisschen überspannt, aber jetzt, wo ich hier sitze und ihr Beten erlebt habe, wird mir auch da manches klarer. Ich bin heilfroh, dass

Miki hier wohl den Ort gefunden hat, den er immer gesucht hat. Ja, und jetzt ist er tot."

Er muss sich erneut fassen und spricht dann leise weiter: „Aber wissen Sie, in der Hospizbewegung gibt es so einen Spruch, der auf Mikis Lebensgeschichte durchaus passt: ‚Nicht dem Leben viele Tage, sondern den Tagen viel Leben geben.'"

Abt Lukas schweigt berührt.

„Ihr Organist hat zum Einzug sehr gut improvisiert: Wer nur den lieben Gott lässt walten - Ich habe dieses Lied lange als Hohn empfunden. Sie müssen wissen, dass ich in einer sehr frommen Familie aufgewachsen bin. Meine Großmutter bezeichnete mich, den Zwerg der Familie, immer als Prüfung Gottes und als Strafe für die Sünden der alten Generation! Meine Mutter war eine schwache frömmelnde Frau, die der Strenge meiner Großmutter nichts entgegenzusetzten hatte! So wurden wir, meine beiden normalgroßen Brüder und ich, streng katholisch erzogen. Mein Vater scheute sich nicht, im Namen Gottes den Gürtel zu ziehen und uns zu verprügeln."

Er bricht ab. „Vielleicht hatte Miki doch Recht! Er meinte immer, es sei so was wie sein Glaubensbekenntnis! Manchmal haben wir es zweistimmig gesungen - ich habe gewusst, dass es ihm viel bedeutet und habe ihm den Gefallen getan."

Nach einer kurzen Pause beginnt er zu singen. Hell und klar, wunderbar weich und voll, füllt seine Stimme den Kirchenraum, sie steht in krassem Gegensatz zu seinem körperlichen Erscheinungsbild:

Wer nur den lieben Gott lässt walten
Und hoffet auf Ihn allezeit
Der wird ihn wunderlich erhalten
In aller Not und Traurigkeit.
Wer Gott dem Allerhöchsten traut
Der hat auf keinen Sand gebaut.

Als er zur zweiten Strophe ansetzt, stimmt der Benediktiner leise mit der Bassstimme ein.

Was helfen uns die schweren Sorgen?
Was hilft uns unser Weh und Ach?
Was hilft es, dass wir alle Morgen
Beseufzen unser Ungemach?
Wir machen unser Kreuz und Leid
Nur größer durch die Traurigkeit.

Pater Simon hat leise und unbemerkt die Kirche betreten. Er lauscht schweigend dem Gesang der beiden Männer. Er hält sich zurück, doch als sie die letzte Strophe anstimmen, fällt er mit seiner Tenorstimme ein. Otto und Abt Lukas blicken erstaunt auf. Die drei Stimmen fließen ineinander und es scheint, als würde der Raum mitsingen.

Sing', bet' und geh' auf Gottes Wegen
Verricht' das Deine nur getreu
Und trau des Himmels reichem Segen

194

So wird Er bei dir werden neu.
Denn Welcher seine Zuversicht
Auf Gott setzt, den verlässt Er nicht.

Nachdem der letzte Ton verklungen ist, horchen sie alle drei noch eine Weile schweigend nach. Keiner bewegt sich, um den Zauber des Augenblicks nicht zu stören. Dann winkt Abt Lukas Pater Simon heran.

„Pater Simon, darf ich dir Otto vorstellen."

Bevor er weitersprechen kann, hat der alte schmale Mönch dem Gast die Hand hingestreckt.

„Sie sind Otto? Ich freue mich Sie kennenzulernen. Bruder Michael hat mir einiges von Ihnen erzählt!"

Abt Lukas ist sichtlich erstaunt. „Mach dir nichts draus Vater Abt." Pater Simon hat die Irritation seines Abts durchaus registriert. „Ich habe weniger geistliche Gespräche mit ihm geführt, sondern eher freundschaftliche. Bin halt Mitbruder und kein Abt." Da ist wieder sein schelmisches Lächeln.

„Ja, ja. Mach dich nur lustig über deinen alten Abt!" Abt Lukas lächelt Pater Simon an.

Er weiß, dass der alte Mönch etwas sehr Wahres gesagt hat. Der Abt ist immer in einer besonderen Situation. Manchmal machte ihn das einsam und traurig.

„Ich will euch nicht stören. Otto, ich würde mich freuen, wenn wir einmal miteinander plaudern

195

könnten - nur wenn Sie mögen und Zeit haben, einem alten Mann ein wenig mehr zu erzählen!"

Ottos Gesicht hat sich aufgehellt. „Aber ja, Pater Simon. Das würde ich sehr gerne tun!" „Nun, dann lasse ich euch beiden allein. Würde es Sinn machen, mich um ein Abendessen zu kümmern? Ihr könntet ja auch beim Essen miteinander reden!?"

Abt Lukas nimmt das Angebot mit einem Seitenblick auf Otto an.

„Bitte aber jemanden, dass er dir hilft, ja?!" Der Abt schaut Pater Simon fest in die Augen. Dieser nickt lächelnd. „Könntest du für drei Abendessen sorgen? Ich habe eine Idee! Wir könnten ins kleine Pfortenzimmer gehen, im Sprechzimmer ist Professor Heindl!" „Aber ja!" Pater Simon verlässt die Kirche durch die Seitentür.

„Kennen Sie Professor Heindl?" Abt Lukas wendet sich Otto zu. „Nein, aber er hat einen Namen in der Szene. Er hat früher wohl, bevor er solide wurde, ein bisschen mitgemischt. Er ist hier? Ich dachte er wäre verschwunden?" „Ja, er ist vor gut einer Stunde hier aufgetaucht. Um 20.30 Uhr kommen die zwei ermittelnden Beamten zu einer Befragung!"

Otto schweigt.

„Otto, warum sind Sie gekommen?"

„Ich habe nachmittags die Lokalnachrichten gesehen und da habe ich plötzlich Eins und Eins zusammenzählen können. Ich glaube jetzt zu wissen, was das für eine Masse ist, und vor allem wie, besser warum sie benutzt wurde. Es ist ein Geniestreich. Unglaublich. Es ist fast zu genial, um es preiszugeben."

„Na, vielleicht würde es ja Sinn machen, wenn Sie zu diesem Gespräch dazukommen. Was meinen Sie?" Abt Lukas ist gespannt.

In Ottos Gesicht spiegelt sich Unsicherheit, er ringt innerlich. „Das muss ich mir überlegen. Ich weiß nicht, ob das so gut ist!"

„Wollen wir beim Abendessen darüber sprechen?"

„Nein, Abt Lukas, lassen Sie mich gehen. Ich muss gut nachdenken. Wenn ich später nicht da bin, komme ich morgen nochmal vorbei und erzähle ihnen, was ich rausgefunden habe!"

Mühsam hat er sich zurück auf den Boden balanciert.

„Ich muss das wohl so akzeptieren, auch wenn es mir schwerfällt!"

Otto hält dem Blick des Abtes stand. Er verabschiedet sich mit einem Kopfnicken und geht.

Nachdenklich schaut Abt Lukas dem Mann nach.

Kurze Zeit später klopft er im Sprechzimmer, um Professor Heindl zum Abendessen einzuladen. Das Zimmer ist leer. Kopfschüttelnd geht er alleine ins kleine Pfortenzimmer, wo der Tisch für drei gedeckt ist. Er schenkt sich eine Tasse Tee ein, belegt sich ein Brot, spricht ein stilles Tischgebet und beginnt mechanisch zu essen.

Nun kann er nur abwarten. Ob die beiden zum Treffen mit Kommissar Meinrad und Heiko Müller kommen werden?

12. Kapitel

Er lasse sich vom Gespür für den rechten Augen-
blick leiten und verbinde Strenge mit gutem Zure-
den. Er zeige den entschlossenen Ernst des Meisters
und die liebevolle Güte des Vaters. (RB 2,24.24)

Die nächsten 15 Minuten gehören ihm. Keiner klopft, kein Telefon klingelt ...

Er sitzt einfach da, isst ganz in Ruhe und denkt nach. Er braucht eine Weile, bis sich seine Gedanken nicht mehr verwirren, drunter und drüber gehen. Trotzdem bleiben ihm mehr Fragen als Antworten.

Was hat es auf sich mit diesen Diebstählen vor gut vierzig Jahren? Stammen die beiden Figuren, die Bruder Michael bearbeitet und dann hier versteckt hat, aus einem dieser Raubzüge? Liegt der Schlüssel zum Verständnis dieser Geschichte in der Holzmasse, die Otto zur Untersuchung hatte? Haben Michaels Nachforschungen einige aus der alten Bande so aufgeschreckt, dass sie ihn umgebracht haben? Haben die zwei Männer, die gestern nach der Vesper geklingelt haben, damit zu tun? Ist das der Grund, warum Otto so zurückhaltend agiert und Professor Heindl erst mal von der Bildfläche verschwunden ist? Und welche Rolle spielt der Professor?

Wenn er Ottos Andeutung richtig interpretiert, war er früher mal ein wenig auf der schiefen Bahn unterwegs?! Wie ist die Meisterklasse an den ungewöhnlichen Auftrag herangekommen, diese Apostelgruppe zu restaurieren? Und wie sind die beiden falschen Figuren in diese Gruppe geraten? Und warum ist erst so spät aufgefallen, dass sie nicht dazugehören?

Was haben die drei jungen Leute Elise, Thorsten und Nina mit der Sache zu tun? Sind sie Helfershelfer von Bruder Michael gewesen? Sind sie gemeinsam untergetaucht, oder ist das gleichzeitige Verschwinden reiner Zufall? Wo sind die beiden „nackten" Figuren aus der Winterkapelle geblieben? Und was, um Himmels Willen, hat sich Bruder Michael dabei gedacht, die Figuren hier zu verstecken?

Abt Lukas räumt das Abendbrot ab - das saubere Geschirr in die kleine Anrichte, den Rest auf das bereitstehende Tablett. In der Küche trifft er Bruder Hubert an, der wie gewohnt das Nötige für den Frühkaffee und das Frühstück herrichtet. Gemeinsam räumen sie schnell die Lebensmittel in den Kühlschrank und das Geschirr in die Spülküche. Bruder Hubert ist ungewohnt still. Er wirkt bedrückt. „Bruder Hubert, ist alles in Ordnung?" Prüfend sucht er Blickkontakt mit dem gleichaltrigen Mitbruder. „Alles in Ordnung!" Es kommt zögerlich und der Abt glaubt ihm kein Wort. Verlegen weicht er dem Blick des Oberen aus. In diesem Moment kommt Bruder Mathias mit ein wenig schmutzigem Geschirr, um es zum Spülen zu stellen. „Entschuldigung, ich wollte nicht stören, bin gleich weg!"

Übereilt stellt er das Geschirr auf die Ablage, fast wäre eine der Tassen zerbrochen. Die Blicke der beiden Brüder kreuzen sich kurz, dann dreht sich Bruder Mathias um und stürzt aus der Spülküche.

„Stopp! Bruder Mathias!" Abt Lukas kann die Spannung greifen, die in der Luft liegt. "Könnt ihr mir bitte sagen, was hier los ist?" Wie zwei Schulbuben, die man beim Naschen ertappt hat, stehen die beiden Männer da. Keiner sagt ein Wort. „Ich, ich ..." Bruder Mathias versucht stockend einen Anfang und bricht wieder ab. Dies ist eine der Situationen, die Abt Lukas fürchtet. Ganz offenbar gab es hier einen Zusammenstoß. Was soll er tun? Die beiden sind erwachsene Männer. Er hört sein Klingelzeichen durchs Haus schallen. Jetzt nicht! Er beschließt es zu ignorieren.

Der Heilige Benedikt sagt im 64. Kapitel seiner Regel ganz deutlich:

Der Abt darf keine *„Fehler wuchern lassen, vielmehr schneide er sie klug und liebevoll weg, wie es seiner Ansicht nach jedem weiterhilft"*.

Nun, so steht er da und wartet. Die Zeit dehnt sich scheinbar ins Unendliche. Endlich ergreift Bruder Mathias nochmal das Wort: „Wir hatten beim Spülen einen Streit. Aber anstatt, dass ich meinen Mund halte, habe ich Bruder Hubert auch noch provoziert. Ich war einfach nur ärgerlich!"

Betreten senkt er den Blick.

Bruder Hubert grummelt etwas von wegen, dass es ihm leid tue, vor sich hin.

Die beiden geraten häufiger in Zwistigkeiten. Bruder Hubert ist die Praxis von Bruder Mathias ein Dorn im Auge. Bruder Mathias reagiert seinerseits neuralgisch auf die kleinen Seitenhiebe, die Bruder Hubert immer einmal wieder austeilt. Die genaueren Hintergründe kennt Abt Lukas nicht, aber ihm wird klar, dass er auch dieser Sache auf den Grund gehen muss.

„Bruder Hubert, kannst du etwas dazu sagen?"

Abt Lukas will dieses Gemurmel nicht hinnehmen. Bruder Hubert tritt verlegen von einem Fuß auf den anderen. „Hab doch schon gesagt, dass es mit leidtut! Ich bin halt ein alter Streithansel."

„Mir tut es auch leid, Bruder Hubert. Wenn du ein alter Streithansel bist, dann bin ich eine Mimose."

Bruder Mathias Gesicht hat sich aufgehellt. Er streckt dem älteren die Hand entgegen.

Bruder Hubert freut sich sichtlich über die Geste des Jüngeren und nimmt sie dankbar an!

Abt Lukas legt seine Hand dazu und spricht einen Segen. *„Pax benedictina"*. Die beiden Brüder stimmen erleichtert ein: „AMEN!"

„Die Chorglocke - ich muss laufen!"

202

Bruder Mathias löst sich aus der Geste und mit einer kleinen Verneigung verabschiedet er sich von den beiden älteren Mönchen.

„Ja, lauf nur!" Abt Lukas entlässt ihn. „Bruder Hubert, wirst du mir einmal erzählen, was zwischen euch beiden ist, dass ihr immer wieder aneinander geratet?"

„Ach, Vater Abt, dieses viele Reden führt doch zu nichts! Ich bin nun mal so, wie ich bin!" Bruder Hubert benutzt einen seiner Standardsätze.

„Na, ich weiß nicht. Überleg es dir bitte. Wenn es eine Möglichkeit gäbe, euch etwas stressfreier zusammenzubringen, würde das nicht nur euch guttun, sondern der ganzen Gemeinschaft!"

Wieder bekommt er als Antwort ein unbestimmtes Gemurmel. Ihm fällt spontan ein Satz aus dem 72. Kapitel der Regel ein: *Die Brüder sollen ihre körperlichen und charakterlichen Schwächen mit unerschöpflicher Geduld ertragen!*

Ja, Benedikt hat um diese menschlichen Nöte der Gemeinschaft und der Einzelnen sehr gut gewusst.

Er klopft dem Küchenbruder freundschaftlich auf die Schulter und lächelt ihm aufmunternd zu: „Und, Bruder Hubert, dass du so versöhnlich reagieren kannst, ist noch nicht so lange - vielleicht ist doch viel mehr möglich, als du dir selbst zutraust!"

Er wartet die verbale Reaktion des verdutzten Mitbruders nicht ab, sondern schlüpft aus der Spülküche und geht Richtung Kirche.

„Abt Lukas, Abt Lukas!" Es ist Bruder Thomas, der auf leisen Sohlen dem Abt nacheilt. „Bruder Thomas, ja, was ist denn?"

„Gerade eben hat Abtpäses Ferdinand angerufen und lässt fragen, was hier los ist? Er war ziemlich aufgeregt, weil er von der Presse bedrängt wurde, und „keine Ahnung von Nichts" hatte! Ich habe dich leider nicht gefunden!"

„Oje! Ich habe einfach nicht daran gedacht ihn anzurufen. Jetzt ist es zu spät! Was hast du gesagt?"

„Ich habe ihn zu Ende schimpfen lassen und gesagt, dass du dich sicher bei ihm meldest, sobald du eine Möglichkeit findest!"

„Wunderbar! Danke, Bruder Thomas! Und entschuldige, dass ich dich in diese Situation gebracht habe!"

„War nicht so schlimm. Ich konnte ja alles auf dich schieben!" Bruder Thomas stiller Humor blitzt durch.

„Na, dann!" Abt Lukas atmet auf. „Auf zum Herrn!"

Beide gehen ein Stück miteinander Richtung Kirche. Bruder Thomas Blick fällt durch das Flurfenster auf den Kirchplatz, wo es augenscheinlich eine heftige

Auseinandersetzung gibt zwischen dem dort postierten Polizisten und zwei Journalisten. Einer der beiden hat eine große Kamera dabei.

Bruder Thomas hält den Abt auf und zieht ihn zum Fenster.

Abt Lukas öffnet den Flügel einen Spalt: „Sie können uns doch nicht verbieten, hier zum Beten rein-zugehen!"

Einer der beiden Reporter hat sich mit einer Drohgebärde vor dem Polizisten aufgebaut.

„Nein. Das habe ich auch nicht vor. Zum Gebet sind alle willkommen, nicht aber zum Filmen oder Foto-grafieren. Bringen Sie ihre Ausrüstung ins Auto und kommen dann wieder!" Der Polizist bleibt ruhig.

„Das ist ja die Höhe. Ich werde über diese Zu-stände berichten. Da wird einem der Zutritt zu einer Kir-che verweigert. ..."

Sein Kollege unterbricht ihn: „Komm, hör auf. Das bringt doch nichts!" Er zieht ihn am Arm weg in Richtung eines VW-Busses mit dem Aufdruck des Lokal-senders.

„Erst war ich ein bisschen skeptisch über die Maßnahme, einen Polizisten an der Kirchentür zu ha-ben. Aber jetzt sehe ich, dass das wohl doch mehr als an-gemessen ist." Bruder Thomas spricht leise zum Abt hin.

„Ja, ich denke, es ist richtig so. Aber hoffentlich ist das Theater ganz bald vorbei und es kehrt wieder Normalität ein!"

Frau Minrich schreitet selbstbewusst auf die Kirchentür zu, am Polizisten vorbei, der höflich seine Kappe vor ihr zieht. Die Szene wirkt äußerst amüsant.

Die beiden Mönche beeilen sich nun, damit sie pünktlich in der Kirche sind.

Kaum haben sie ihren Platz eingenommen, schlägt die Turmuhr die volle Stunde und Abt Lukas klopft an. Pater Severin, der diese Woche den Dienst des Hebdomadars versieht, singt den Eröffnungsruf.

Die Kirche ist wie stets zur Komplet ohne elektrisches Licht. Nur die vier sonntäglichen Altarkerzen erhellen den Raum. So liegt auch das Kirchenschiff im Dämmerlicht. Abt Lukas sieht nur schemenhaft, dass heute Abend ein paar mehr Gäste da sind, als gewöhnlich. Ob Otto da ist oder Professor Heindl? Die Brüder und die regelmäßigen Mitbeter können die drei Psalmen und den Hymnus auswendig. Die Komplet ist eine stille und innige Tagzeit, die die Brüder Abend für Abend zurück- und zusammenführt.

Heute Abend will es Abt Lukas aber nicht gelingen, seine Überlegungen abzuschütteln, ganz hineinzufinden in den abendlichen Abschluss. Immer wieder driften seine Gedanken ab. Gleich zweimal verliert er den Faden und singt hörbar falsch. Aber auch die Culpa, die

Bitte um Vergebung bei den Brüdern, vermag ihn nicht zurückzuholen. Bruder Samuel reicht ihm am Ende wie gewohnt das Aspergill. Wie jeden Abend knien die Brüder nieder und empfangen den stillen Segen ihres Abtes. Abt Lukas trägt diesen Segen auch stets zu den Mitbetern, die ihn mit einem Kreuzzeichen empfangen. Jetzt, an der ersten Bank stehend, sieht Abt Lukas, dass nicht nur Otto und Professor Heindl gekommen sind. Auch Kommissar Meinrad und Heiko Müller haben sich eingefunden.

„Na, wenn das mal kein gutes Omen ist!" denkt Abt Lukas und kehrt an seinen Platz zurück.

Er merkt auf, als beim feierlichen Regina caeli eine wunderbare klare und helle Stimme zum Mönchsschor dazu stößt. Otto - Abt Lukas erkennt den Klang und die Wärme sofort. Es scheint ihm, als ob der Mönchschor von der Innigkeit angesteckt würde und von Zeile zu Zeile füllt sich der Gesang, greift Raum und ergreift die Betenden. Als der letzte Ton verklungen ist, lauschen alle noch still nach. Es ist, als ob die Kirche weitersingt!

Zehn Minuten später haben sich fünf Männer im Sprechzimmer versammelt. Sie finden Gläser, Saft und Wasser vor. Abt Lukas übernimmt die Vorstellung.

„Tja, und jetzt?" Kommissar Meinrad blickt ein wenig ratlos in die Runde. „Ich muss gestehen, dieses Beten und vor allem der letzte Gesang in der Kirche haben mich richtig ergriffen. Bitte verstehen Sie mich nicht falsch. Ich habe da nicht so die Erfahrung und ich verstehe ja auch gar kein Wort, aber das war ja umwerfend!"

Heiko Müller grinst den älteren Kollegen an. „Na, dann wirst du uns auf deine alten Tage noch fromm!" Einen Moment zögert Kommissar Meinrad, dann aber gewinnt der Humor die Überhand.

„Mach dir mal keine Hoffnungen!"

Abt Lukas beobachtet die kleine Szene fast amüsiert. „Wie wäre es, wenn wir von Ihnen beiden eine kurze Zusammenfassung der Situation bekommen und dann Professor Heindl und Otto sagen, was sie wissen?" Abt Lukas nimmt den Faden wieder auf. Die beiden Beamten zögern deutlich: „Also eigentlich ist das so nicht üblich. Wir können doch hier nicht Ermittlungsergebnisse preisgeben, ohne Gewissheit, wen wir vor uns haben - bitte nehmen Sie das jetzt nicht persönlich. Aber Sie, Professor Heindl, haben sich einer Befragung entzogen und Sie, Otto, sehen wir jetzt zum ersten Mal!"

Heiko sucht Blickkontakt mit dem älteren Meinrad.

Otto erhebt sich: „Okay, ich verstehe das. Klar, wir sind verdächtig. Logisch. Wie konnte ich nur annehmen, dass es anders laufen würde. Die Polizei, dein Freund und Helfer! Nichts für ungut, Abt Lukas. Sie haben es gut gemeint. Aber so läuft es immer! Man ist immer verdächtig, bis man seine Unschuld bewiesen hat! Hören Sie, ich gehe jetzt. Falls Sie Interesse an einer Aus-

208

sage haben, laden Sie mich bitte vor! Hier ist meine Visitenkarte!"

Er wendet sich zur Tür hin. „Bleiben Sie doch bitte!" Kommissar Meinrad ist seinerseits aufgestanden und zu dem Gehenden getreten. „Geben Sie uns doch einen Augenblick Zeit zum Überlegen. Wir sind nicht vorbereitet auf dieses Setting. Um eines klar zu stellen: Sie sind beide nicht verdächtig, mit dem Tod von Bruder Michael etwas zu tun zu haben. Sie sind als Erstes wichtige Zeugen und es liegt uns wohl allen sehr daran, den Tod von Bruder Michael aufzuklären und auch rauszufinden, was es mit dieser ominösen Figuren-Charade auf sich hat."

„Na dann lassen Sie uns doch anfangen und unsere Zeit nicht mit diesen unsinnigen Diskussionen vertun!" Professor Heindl schaltet sich ein.

„Ja, bitte, nehmt doch wieder Platz. Möchte jemand etwas trinken?"

Abt Lukas verteilt Gläser und schenkt ein.

Otto setzt sich wieder, ebenso Kommissar Meinrad. Heiko Müller nimmt die Visitenkarte in die Hand und liest: „Otfried Krämer, Logopädie, Atemtherapie, Stimmbildung ..." „Wow!" Heiko äußert sich spontan erstaunt!

„Was - trauen Sie mir das nicht zu?"

„Nein, nein - ich glaube, ich habe schon von Ihnen gehört. Der jüngste Sohn meiner Schwester, Benjamin, dürfte bei Ihnen in Behandlung sein! Was ein Zufall! Da sie ja mehr als 45 Minuten Anfahrt in Kauf nehmen, müssen Sie gut in Ihrem Fach sein! Ich freue mich Sie kennenzulernen!"

Otto entspannt sich.

„Wie kommen Sie zu dem Namen Otto?" Abt Lukas fragt interessiert nach.

„Ach, damals als wir mehr oder weniger auf der Straße lebten, da haben wir uns alle einen Spitznamen zugelegt. Otfried ist halt auch nicht wirklich repräsentabel, oder?" „Nein, zugegeben, das ist er nicht!" Die anderen lächeln verständnisvoll. Für einen Moment entsteht ein Vakuum. Wie anfangen?

„Also, zu Michaels Tod gibt es noch immer keine abschließenden Ergebnisse. Aber wir haben jetzt die Substanzen ermittelt, an denen er gestorben ist. Zurzeit untersuchen Spezialisten noch, wie sie entstanden sind. Ob er mit zu vielen verschieden Sachen hantiert hat und ob sich dadurch eine unheilvolle Mischung gebildet hat?" Sein Schulterzucken signalisiert Ungewissheit.

„Sicher ist auch, dass die Gifte sowohl über die Haut, als auch über die Atemwege eingedrungen sind. Es bleibt die Frage, ob jemand nachgeholfen hat, also z. B. Substanzen ausgetauscht hat."

Kommissar Meinrad schaut in die Runde.

„Ich denke, dass wir die Antwort auf diese Frage erst dann haben, wenn wir wissen, was es mit den Figuren bzw. dieser Masse auf sich hat!"

Heiko Müller nickt bestätigend.

„Dazu kann ich vielleicht etwas sagen!" Otto zieht erwartungsvolle Blicke auf sich. „Ich bin mir inzwischen sicher, wie die Leute damals die Figuren über die Grenzen gebracht haben. Sie hatten einen echten Könner und Tüftler in ihren Reihen. Er hat ein Gemisch hergestellt aus Holz, Knochenleim, Glaswolle, Seife und Holzleim, die genaue Zusammensetzung konnte ich nicht herausfinden - leider. Er hat das Ganze langsam erhitzt, bis es von der Konsistenz her wie eine ebenmäßige Paste war. Die gestohlene Figur wurde dann mit der Paste sozusagen übermodelliert. Aus einem Heiligen Nepomuk wurde z. B. ein Petrus. Aus einem Heiligen Rochus ein Magnus. Nach ein paar Stunden war die Masse ausgehärtet und wurde kunstvoll übermalt. Die entsprechenden Attribute ergänzten die Verwandlung. Dann bekamen die „neuen Figuren" ein gefälschtes Zertifikat und konnten jede Grenze passieren!"

„Und dann? Was dann? Echte Kenner konnte das doch nicht interessieren? Wer kaufte denn so eine Figur? Sie müssen sich irren. Ich halte das für unsinnig!"

Kommissar Meinrad ist mehr als skeptisch.

„Nein, warten sie. So könnte es durchaus gewesen sein. Das würde einiges erklären! Das ist ja unglaublich!" Professor Heindl starrt ins Leere. „Was meinen Sie!" Heiko Müller hakt nach.

„Ich habe die Figurengruppe im Vorfeld unserer Arbeiten nicht gesehen. Das Ganze kam über hundert Ecken zustande. Sie kennen das ... Bei einem geselligen Abend in illustrer Runde erzählt der neue Herzog von xy seinen Freunden, im Ferienhaus des kürzlich verstorbenen Vaters seien auf dem Speicher einige Figuren gefunden worden. Einer meinte, er solle doch mal den Cousin von Graf soundso anrufen, der kenne sich mit so was aus. Der Cousin vermittelt weiter an einen alten Schulkollegen, der einen Händler an der Hand hat, der sich für so etwas interessiert usw. usw. Natürlich ist es auch schon bis zur Presse durchgesickert und macht Schlagzeilen. Irgendwann dann landete die Anfrage bei einem unserer Vorstände in der Akademie. Der gab mir zu verstehen, dass wir uns der Sache annehmen sollten. Er musste mich gar nicht groß überzeugen - das war ein Lottogewinn. Es ist sehr schwer, mit den Studenten an echter Kunst zu lernen. Ich schaffe es bei Weitem nicht jedes Jahr, einen Auftrag für die Meisterklasse an Land zu ziehen. Meistens müssen wir dann für einige Wochen vor Ort arbeiten - das ist mit hohen Kosten und aufwendiger Logistik verbunden. Ich habe also nur einige Fotos gesehen. Die Figuren waren in teilweise schlechtem Zustand. Schimmel, Holzwürmer, Feuchtigkeitsschäden, abgebrochene Teile ... die ganze Palette. Als wir sie hier angeliefert bekommen hatten und auspackten, fielen zwei der

212

Figuren ein bisschen aus der Reihe. Jetzt wird mir klar, was mich stutzig gemacht hat. Sie waren ein bisschen schlechter beieinander als die anderen. Am auffälligsten war aber, dass sie unangenehm rochen und auch von den Proportionen ein bisschen abwichen. Da es sich aber bei diesen Gruppen oft nicht um Arbeiten eines einzigen Meisters handelt, sondern sie in den Werkstätten von Gesellen und Mitarbeitern gefertigt wurden, gab es solche Abweichungen durchaus hier und da."

Das Klingeln eines Handys unterbricht seine Ausführungen. Kommissar Meinrad kramt hektisch in seiner Westentasche. „Entschuldigen Sie bitte. Das Diensthandy." Endlich bringt er den anschwellenden Ton zum Schweigen: „Meinrad. Ja.... Warten sie, ich schalte mal den Lautsprecher an. Der Kollege Müller ist hier bei mir!"

Er legt den Finger auf die Lippen und signalisiert so seine Bitte um Stillschweigen. „Hallo Heiko. Ich bin's, Gerd. Ich hoffe ich störe euch nicht bei einem geselligen Glas Bier auf." „Nein, nein - wir sind noch bei der Arbeit!" Heiko schaut lächelnd in die Runde.

„Ja dann - willkommen im Club! Hört zu: Eben bekomme ich die Meldung rein, dass es auf der B1434 eine Karambolage gegeben hat. Die Kollegen von der Streife berichten, dass in dem einen Auto unsere drei gesuchten Leute drin waren: Thorsten Degenweg, Elise Tscheknovik und Nina Verne."

„Wie schlimm sind sie verletzt?" Kommissar Meinrad hakt nach.

„Also, den Mann hat es wohl ziemlich erwischt, die Feuerwehr hat ihn rausschneiden müssen. Er ist mit dem Hubschrauber in die Unfallklinik geflogen worden. Die beiden Frauen sind im Kreiskrankenhaus - das sah nicht ganz so übel aus, aber weiß man's?"

„Na, hoffentlich...!"

„Ja, aber damit ist die Sensation noch nicht zu Ende. Stellt euch vor, was die Kollegen im Kofferraum gefunden haben. Zwei Holzfiguren. Ordentlich verpackt in Knisterfolie!"

„Na da schau mal einer kuck!" Heiko Müller ist aufgestanden. „Danke Gerd. Hör mal, wir machen uns gleich auf den Weg. Ich denke, dass Meinrad ins Krankenhaus fährt und ich komme und werfe zumindest einen Blick auf die Heiligen aus dem Kofferraum, bevor ich Feierabend mache!"

„Na denn... Schönen Abend noch!"

„Servus, Gerd, und danke für deine schnelle Meldung!"

Auch Kommissar Meinrad ist aufgestanden. Mit einem Zug leert er sein Wasserglas! „Wir müssen los. Können wir das hier morgen fortsetzen?" „Ja!" Zustimmung von allen Beteiligten. Sie verabreden sich für 14.00 Uhr des folgenden Tages.

Abt Lukas begleitet die beiden Beamten noch hinaus. „Geben Sie mir Nachricht, wie es den dreien geht? Und ob sie Besuch bekommen dürfen?" Er hält Kommissar Meinrad zurück.

„Ja, natürlich! Gerne!"

Im Laufschritt eilt er dem jüngeren Kollegen nach, der schon das Auto gestartet hat.

Als Abt Lukas zurück ins Sprechzimmer kommt, sind die beiden anderen auch im Aufbruch begriffen.

„Abt Lukas, ich verabschiede mich auch. Ich rufe mir ein Taxi und fahre nach Hause. Eine Dusche und noch eine Mütze Schlaf werden gut tun. Wir sehen uns morgen! Gute Nacht! Lassen Sie nur, ich kenne den Weg!"

Professor Heindl hebt grüßend die Hand und geht hinaus. Abt Lukas und Otto bleiben zurück. „Wollen Sie heute Nacht hier bei uns schlafen? Pater Jonas hat schon ein Zimmer vorbereitet." Otto zögert nur kurz und nickt dann erleichtert. „Gerne. Ich merke jetzt erst, wie fertig ich bin!"

Abt Lukas bringt ihn in den kleinen Gästetrakt, wo Pater Jonas ein Zimmer vorbereitet hat. „Schauen Sie, auf dem Tisch liegen die nötigen Informationen und auch ein Schlüssel. Außerdem ist da ein kleiner Plan, damit Sie sich im Haus orientieren können. Im Schrank finden Sie das Nötigste für eine Nacht - Zahnbürste, Rasierer, Schlafanzug! Gute Nacht!" Mit einem Kopfnicken verabschiedet er sich.

„Abt Lukas!" Otto hält ihn zurück. „Ich danke Ihnen. Mir fällt ein Wort aus dem Galaterbrief ein, dass ich einmal auswendig lernen musste: *Einer trage des anderen Last und so erfüllt ihr das Gesetz Christi.* Das erlebe ich hier durch Sie. Keine hohlen Sprüche, sondern gelebte Überzeugung! Auch Ihnen eine gute Nacht."

Nachdenklich geht Abt Lukas in Richtung Kirche. Er will noch eine Weile dort still sitzen, bevor er sich schlafen legt.

13. Kapitel

Auch wenn sonst einer still für sich beten will, trete
er einfach ein und bete. (RB 52,4)

Mit einem Seufzen entschließt er sich, noch schnell in seine Mails zu schauen. Dazu ist er den ganzen Tag nicht gekommen.

Für gewöhnlich geht er nach der Komplet nicht mehr an seinen Computer. Das nächtliche Schweigen ist ihm sehr wertvoll, auch wenn er es erst im Laufe seiner klösterlichen Jahre zu schätzen gelernt hat.

Er kommt aus einer großen Familie, wo sich abends alle zuhause einfanden, miteinander aßen, redeten, spielten und fernsahen. Im Kloster war das ein für ihn unerwarteter Moment, als er sich allein in seiner kleinen Zelle wiederfand. Zum Schlafen war es ungewohnt früh, kein Radio, kein Fernsehen, kein Mitbruder zum Reden, kein spannender Krimi, kein Ausgehen ... - einfach Nichts! Die Einsamkeit hatte ihn fast zermürbt.

Er wusste von dem alten Mönchswort: „Bleib in deiner Zelle, sie wird dich alles lehren!" Aber es war schwer, lastend schwer, diese Einsamkeit nicht nur auszuhalten, sondern anzunehmen und darauf zu vertrauen, dass in ihr Perspektive sein würde! Pater Simon hatte ihm immer wieder Mut zugesprochen, ihn getröstet, und

so war nach und nach mit vielen Auf- und Abs eine innige Liebe zu dieser Stille gewachsen.

Abt Lukas findet sich vor seinem Computer sitzend - seine Gedanken waren abgeschweift. Verrückt,
jetzt über die nächtliche Stille nachzudenken - oder doch
nicht?

Als er sein Mailprogramm öffnet, traut er seinen
Augen nicht: 142 neue Mails werden ihm angezeigt. Er
schaut in die ersten hinein. Alle haben den gleichen Te-
nor. Was ist los? Kann ich helfen? Melde dich doch! ...

Zumeist sind es besorgte Brüder und Schwestern
aus anderen Gemeinschaften, einige Leute auch aus dem
eigenen Umfeld. Er überlegt einen Moment, dann setzt
er ein kleines Schreiben auf:

> Liebe Mitbrüder,
> liebe Mitschwestern,
> liebe Freunde!
> Ich bedanke mich sehr herzlich für die Anteil-
> nahme und die zugewandten Nachfragen. Seit ges-
> tern haben sich die Ereignisse überschlagen und
> ich muss gestehen, dass ich nicht einmal dazu ge-
> kommen bin, die Mails zu lesen.
> Sicher verfolgen alle die Nachrichten aufmerksam.
> Viel mehr an Informationen gibt es zurzeit tat-
> sächlich nicht zu vermelden.
> Der Tod von Bruder Michael hat uns sehr getrof-
> fen. Er war ein wunderbarer Mitbruder, den wir
> schon jetzt schmerzlich vermissen.

Zurzeit haben wir alle Hände voll zu tun, die Ermittlungsarbeiten der Polizei zu unterstützen. Aber wir sind hoffnungsvoll, dass sich eine Klärung anbahnt.

Wir empfehlen Bruder Michael dem Gebet aller.

Im Beten verbunden

Abt Lukas

im Namen des Konventes

Per Knopfdruck schickt er die Zeilen als Rundmail ab und atmet erleichtert auf. Er lehnt sich erschöpft im Stuhl zurück. Obwohl er im Sitzen einschlafen könnte, rafft er sich auf, um doch noch zumindest für einen Augenblick in die Kirche zu gehen.

Im Haus ist es still. Gerade schlägt die Turmuhr die volle Stunde. Leise tritt er in das Oratorium ein.

Ein Satz aus dem 52. Kapitel der Benediktusregel schießt ihm durch den Kopf: *„Auch wenn sonst einer still für sich beten will, trete er einfach ein und bete."*

Dieser Einladung ist heute Abend auch Pater Simon gefolgt. Er sitzt still versunken auf seinem Platz im Chorgestühl. Was mag in ihm vorgehen? Abt Lukas wird mit Erschrecken bewusst, wie eingefallen und klein der Mitbruder geworden ist. Fast verloren wirkt er. Dabei geht eine große Ruhe und Kraft von ihm aus. Dieser Anblick und die Einsicht, dass die Tage des Mitbruders sichtbar gezählt sind, erfüllen den Abt mit Traurigkeit. Leise setzt er sich am Rand des Mönchschors nieder.

Meistens, wenn er den Weg in die Stille sucht, braucht seine Seele Zeit, um aus der Geschäftigkeit in die Ruhe zu kommen. Heute geht es unerwartet schnell. Sein Kopf ist müde und sein Gehirn schaltet fast umgehend und dankbar auf das „Nichtdenken" um. Atemzug um Atemzug wird tiefer und gleichmäßiger. Das Herzensgebet steigt in ihm auf: „Herr, Jesus Christus, Sohn Gottes, erbarme dich meiner!"

Es nimmt ihn mit. Er verliert die Zeit. Ist ganz im Sein. Seine Seele atmet auf und sein Leib atmet durch.

Als die Turmuhr „halb" schlägt, dringt ein leises Geräusch in sein Bewusstsein. Pater Simon ist aufgestanden und schickt sich an die Kirche zu verlassen. Er hat bemerkt, dass Abt Lukas aufschaut.

„Gute Nacht, mein Freund. Auch für dich ist es Zeit." Der Ältere legt seine Hand stärkend und mahnend auf die Schulter des Abtes. Die Geste dauert nur einen Augenblick, doch Abt Lukas fühlt sich mit einem Mal geborgen und aufgehoben in der Fürsorge des anderen.

Still verweilt er noch und denkt an die drei jungen Leute, die verunglückt sind. Hoffentlich geht das gut! Herr in deine Hände...

Ein paar Minuten später löst er sich und folgt seinem Mitbruder in den Schlaftrakt. Kaum hat sein Kopf das Kissen erreicht, ist er auch schon eingeschlafen.

„O mein Gott, ich habe verschlafen!"

Mit diesem Gedanken schreckt er aus dem Schlaf hoch. Der Blick auf die Uhr verrät ihm, dass es 6.30 Uhr ist. In aller Eile stürzt er aus dem Bett. Schwindel zwingt ihn zurück auf die Bettkante. Langsam kommt er zu sich. Nein, er hat nicht verschlafen. Es ist Sonntag und damit läutet die Glocke zum Wecken erst um 6.50 Uhr.

Er rollt sich nochmal zurück ins Bett und schließt die Augen. Thorsten, Elise, Nina - wie mag es ihnen gehen? Steh ihnen bei...

Sonntag - also Laudes um 7.30 Uhr, gleich anschließend gemeinsames Frühstück mit Gespräch und dann um 9.45 Uhr Feierliches Hochamt.

Trotz des guten Vorsatzes gestern Nachmittag hat er noch keinen Gedanken auf eine Predigt verwendet. Nun, es ist was es ist. Es wird ihm etwas einfallen!

Dann, gegen 11.15 Uhr, finden sich die Brüder zu einem Schriftgespräch zusammen, abwechselnd bestreiten zwei den Küchendienst, damit Bruder Hubert einmal in der Woche „küchenfrei" hat.

Und nachmittags kommen dann Heiko, Otto, Professor Heindl und Kommissar Meinrad zum Sprechen zusammen. Außerdem wird Abt Leo mit seinem Prior anreisen. Ob es noch heute gelingt, weitere Klarheit in die Wirren der Situation zu bringen?

Hoffentlich geht es den jungen Leuten besser. Ob Kommissar Meinrad sich bald meldet? Fast gewaltsam muss er sich, als die Glocke zum Wecken läutet, von den Gedanken losreißen um aufzustehen.

Als er auf dem Weg ins Bad sein Zimmer verlässt, findet er einen gefalteten Zettel vor der Tür. „Lieber Vater Abt, falls du nicht Zeit hattest, eine Predigt vorzubereiten, könnte ich dir aushelfen! Ein Wort genügt! Ich tue es gerne für dich! Pater Nikodemus!"

„*Deo gratias*" - Abt Lukas schließt kurz die Augen. *Einer trage des anderen Last...*

Pater Nikodemus ist ein leidenschaftlicher und begabter Prediger. Als er mit 22 Jahren hier eintrat, hatte er sein Theologiestudium fast abgeschlossen und galt als sehr begabt. An der Universität sagte man ihm eine große wissenschaftliche Karriere voraus. Er hatte mit Leichtigkeit und großer Gewandtheit neben Latein und Griechisch auch Hebräisch gelernt und sich mit großem Interesse der Patristik zugewandt.

Der damalige Magister, Pater Kilian, aber war ein strenger und unnachgiebiger Mann gewesen. Der junge Student durfte nur sehr wenige Zeit mit seinen Studien verbringen, sondern schrubbte und putzte, wusch und bügelte, versah den Küchendienst und kehrte.

Als er dann, nach seiner zeitlichen Profess, zurück an die Hochschule gehen sollte, um sein Studium zu beenden, tat der junge Mönch das nur ungern. Er hatte Geschmack gefunden an den Handarbeiten, gelernt, in ihnen die Ruhe und Einkehr zu lieben. Er wurde zum Priester geweiht, schrieb sogar auf Wunsch seines Abtes eine Doktorarbeit, aber es zog ihn immer wieder zurück in das einfache häusliche Klosterleben.

Nach einigen beherzten Versuchen, ihn doch zu weiterem wissenschaftlichen Arbeiten zu bewegen, gab der damalige Abt Gregor nach und erlaubte ihm, als „Hausmann" seiner klösterlichen Gemeinschaft zu dienen. Ja, und so war er: Hilfsbereit und fleißig, treu und einfach. Er versah seine Dienste mit Engagement und Treue, fehlte bei keiner Chorzeit, verfolgte interessiert die neuen theologischen und philosophischen Bewegungen und Erkenntnisse, studierte die Regel und liebt Kriminalromane, was ihm den Spitznamen „Dr. Watson" bei den Brüdern eingebracht hatte.

„Ein Laster muss der Mensch doch haben!" bemerkt er manchmal lächelnd, wenn wieder ein Carepaket von seiner Schwester kommt, die ihn regelmäßig mit neuem Lesestoff versorgt. So, wie es die Regel vorschreibt, bringt er die Bücher seinem Abt und bittet ihn, sie lesen zu dürfen. Abt Lukas berührt diese Schlichtheit immer wieder neu. Nun, dieser Bruder erstaunt und erfreut seine Mitbrüder und auch die Sonntagsgäste immer wieder mit feinsinnigen Gedanken zu den Texten des Tages.

Abt Lukas spürt Erleichterung und Dankbarkeit. Er hat großes Vertrauen in die Sensibilität seines Mitbruders.

Noch eine schnelle Tasse Kaffee, dann eilt Abt Lukas in den Statiogang. Pater Nikodemus steht schon an seinem Platz. Ihre Blicke treffen sich. Abt Lukas neigt lächelnd und dankbar sein Haupt vor dem Mitbruder, das Nicken des anderen signalisiert Verstehen.

Die Morgenhore vergeht wie im Flug. Soweit Abt Lukas es überblicken kann, sind keine unbekannten Gäste gekommen. Unter den Reportern hat sich vielleicht sehr schnell herumgesprochen, dass es keine Chance gibt, in Kirche oder Kloster zu filmen oder einen der Mönche zum Interview zu treffen.

Gleich nach der Gebetszeit versammeln sich die Brüder im Refektorium, um miteinander zu frühstücken. Am Abend hat das Noviziat sonntäglich gedeckt. Pater Severin steuert, solange es das Gartenjahr erlaubt, einen schönen Blumenstrauß bei. Bruder Hubert kocht für alle ein Frühstücksei und es gibt frischgebackene Brötchen.

Abt Lukas hat diese sehr gesellige Sonntagsfrühstücksvariante erst hier kennen und schätzen gelernt. Es tut allen gut, einmal ganz informell und in schöner feierlicher Atmosphäre zusammenzusitzen.

Es gibt keine Sitzordnung und auch keinen Tischdienst. Es wird nicht gelesen und so besteht die Möglichkeit, einfach ins Gespräch zu kommen.

Das ist auch eine sehr gute Gelegenheit, Männer, die für eine Zeit in der Gästeklausur mitleben, kennenzulernen. Persönlichere Kontakte gibt es sonst fast nur, wenn die Gäste in einem Arbeitsbereich mithelfen, aber selbst da sind die verantwortlichen Brüder angehalten, auf unnötige Plaudereien zu verzichten.

Die jungen Brüder entscheiden am Abend, wie sie die Tische stellen wollen - als eine große quadratische Tafel oder in kleine Gruppentische, wo sich vier Brüder zusammentun können.

„Abt Lukas, ich habe eben im Zimmer in der Gästeklausur Licht gesehen. Weiß der Gast, dass er zum Frühstücken herkommen kann?" Pater Jonas ist zu Abt Lukas hingetreten, der sich gerade ein Ei vom Frühstücksbuffet holt.

„Ich habe es nicht explizit gesagt, weil es doch in den Infos zu lesen ist! Ich wollte ihn nicht bedrängen!" Abt Lukas schaut ein wenig unsicher.

„So eine persönliche Einladung ist schon gastfreundlicher. Nachher traut er sich nicht her. Professor Heindl kennt das Haus doch gar nicht!"

„Professor Heindl - oh nein, es ist Bruder Michaels Freund - Otto. Professor Heindl ist noch nach Hause gefahren!"

„Ist das der kleinwüchsige Mann, der gestern am Abend in Vesper und Komplet war?" Pater Benno hat natürlich das Randgespräch registriert und meldet sich interessiert zu Wort. Abt Lukas nickt zustimmend.

"Willst du nicht bei ihm klopfen und fragen ob er kommen mag?" Pater Jonas bleibt hartnäckig.

„Gut, sonst gibst du keine Ruhe, oder?" Abt Lukas weiß nicht so recht, ob er ärgerlich sein soll.

„Richtig erkannt, Vater Abt!" Pater Jonas lächelt ihn entwaffnend an.

Ein paar Minuten später betritt der Abt gemeinsam mit Otto das Refektorium. Wie auf Kommando verstummen die Gespräche und die Brüder starren auf den Gast.

„Brüder, darf ich vorstellen: Otfried Krämer, ein Freund von Bruder Michael!"

Otto scheint keineswegs überrascht oder verunsichert ob der verblüfften Reaktion der Mönche. „Sie können gerne Otto zu mir sagen. Ich sehe, Sie sind erstaunt, weil ich Bruder Michael ein bisschen ähnlich sehe. Früher haben wir uns manchmal gleich angezogen und behauptet, dass wir Zwillinge seien. Die Menschen haben sehr irritiert darauf reagiert!"

Er strahlt in die Runde. Sofort entspannt sich die Situation. Glücklicherweise stehen die Tische zu einem Quadrat zusammen, so dass alle um den einen Tisch herum Platz finden. Bruder Viktor bringt Bruder Michaels Stuhl.

„Wow, das ist ja ein tolles Stück!" Bruder Viktor strahlt über die Anerkennung. Erst jetzt bemerkte Abt Lukas, wie genial die Konstruktion tatsächlich ist. Er hatte sich nie die Mühe gemacht, genauer zu schauen.

„Wer hat den denn gemacht? Darauf würde ich ja glatt ein Patent anmelden!"

Er hat den Stuhl mit Leichtigkeit erklommen und sitzt auf völlig normaler Sitzhöhe.

„Den hat Bruder Viktor geschreinert. Genauso wie die Umbauten in Bruder Michaels Zimmer und im Chorgestühl. Wenn Abt Lukas es erlaubt, kann er Ihnen die Dinge ja mal zeigen? Was meinst du Vater Abt?" Bruder Thomas, der neben Otto sitzt, spricht den Abt an.

„Aber ja, sehr gerne! Würde Sie das interessieren?"

„Aber ja - ich wüsste gleich ein paar Leute, die sich so was bauen lassen würden!" Otto ist in seinem Element. Inzwischen haben sich alle hingesetzt und begonnen zu frühstücken. „Herr Krämer, darf ich Sie fragen, woher Sie unseren Bruder Michael kennen?" Pater Benno ergreift die Initiative. Er ist vor Neugierde schon ganz unruhig. „Aber ja! Sie wissen ja sicher, dass Michael, bis er achtzehn Jahre alt war, in verschiedenen Wohngruppen gelebt hat. Nirgends hat er es lange ausgehalten. Die einzige Motivation nicht abzuhauen war, dass er unbedingt sein Abitur machen wollte. Er hat mir das später mal erzählt. Er hat gepaukt was ging - anstatt in der

Wohngruppe zu sein, hat er, bis die Bibliothek geschlossen hat, dort gesessen und gelernt. Er muss besessen gewesen sein. Und dann, an seinem 18. Geburtstag, bekam er sein Abiturzeugnis überreicht, packte seine paar Klamotten und verschwand. Er stand an der Autobahnraststätte als Anhalter, als wir dort mit unserem Zirkus auf der Durchreise Halt machten. Ich traute meinen Augen nicht. Wir luden ihn ein, mit uns zu kommen. Ja, und aus ein paar Wochen sind dann ein paar Jahre geworden. Wir waren eine kleine Truppe: zwischen vier und sechs Liliputaner - so wurden wir damals genannt -, und haben als Clowns, Pausenfüller, Kartenverkäufer etc. gearbeitet."

Bruder Michael als Clown? Schwer vorstellbar! Die Brüder sind ein wenig fassungslos.

„Nein, nein. Miki hat nie als Clown gearbeitet. Er hat geschminkt, Bühnenbilder entworfen, gemalt und Kostüme kreiert. Er mochte nicht angestarrt werden und hielt sich meist im Hintergrund!" Otto hat die Irritation der Mönche sehr wohl registriert. „So sind wir weit rum gekommen. Miki hat jede Kirche und jedes Museum angeschaut, was auf der Strecke lag. Wir hatten kein leichtes Leben, aber ein lebendiges, farbiges Leben. Zwischendrin haben wir uns auch mal von der Truppe abgesetzt, haben uns in Venedig oder in Rom als Straßenmaler, Restaurationsgehilfe oder Straßensänger verdingt. Wir haben von der Hand in den Mund gelebt und eine Men-

ge Leute kennengelernt. Wir beide waren unzertrenn-
lich!" Sinnend schaut Otto vor sich hin.

„Und dann?" Pater Benno drängelt fast.

„Ja, dann habe ich mich verliebt, in eine Touris-
tin. Es war gleich etwas Ernsthaftes. Miki hat es früher
gemerkt als ich. Ich habe im Traum nicht daran gedacht,
zu heiraten und sesshaft zu werden. Er aber hat es ge-
spürt. Eines Tages, wir waren gerade in der Toskana mit
unserem Zirkus unterwegs, war er einfach verschwunden.
Ich fand einen Zettel: ‚Mach's gut, mein Freund! Fahr zu
ihr! Sie wartet auf dich!' Erst war ich stocksauer auf ihn.
Kiki, die damals mit auf Tour war, hat mir dann mal die
Leviten gelesen und gemeint, ob mir klar sei, was ich da
für einen tollen Freund hätte. Das brachte mich ganz
schön ins Nachdenken. Dann ging es rasch. Er hatte
Platz gemacht. Ich habe das echt erst im Nachhinein realisiert. Ja, inzwischen sind wir verheiratet und haben eine
kleine Tochter!" „Und sind Sie mit Bruder Michael in
Kontakt geblieben?" „Nein, er hat sich nicht mehr gemeldet und ich hatte keine Ahnung, wo er steckte! Erst
letzte Woche bekam ich ein Mail von ihm und ein paar
Stunden später per Eilbote ein bisschen von der Holzpaste! In meinem Leben vor dem Zirkus habe ich Chemie
studiert und deshalb hat er mir das Zeug geschickt. Na,
den Rest kennen Sie ja?!"

Er kramt in seiner Hosentasche und zieht einen
Umschlag hervor.

„Aber schauen Sie. Ich habe ein paar Fotos aus unserer gemeinsamen Zeit mitgebracht!"

Obenauf ist die Aufnahme eines Babys im Arm der Mutter. „Oh, das ist meine Frau Walli mit unserer kleinen Tochter Mara!" Er gibt das Bild an Abt Lukas, der es schmunzelnd weiterreicht.

„Ja, meine Frau ist normalgroß. Das erstaunt viele Leute. Und unsere Tochter wird hoffentlich auch wachsen und so schön werden wie ihre Mutter!" Stolz leuchtet in seinen Augen.

Abt Lukas schämt sich ein wenig, denn tatsächlich war er neugierig gewesen, ob seine Frau auch kleinwüchsig sei. Wie gefangen sind wir doch in unseren Vorurteilen, denkt er. Es sind fünf Fotos, die Otto mitgebracht hat. Es gibt auch ein Gruppenbild, wo fünf Liliputaner zusammenstehen - sie schauen heiter und lebendig in die Kamera. Die Bilder rühren die Brüder an. Sie sprühen vor Lebendigkeit und Dynamik. Bruder Michael am Meer, beim Kulissenmalen. Die Freunde in ihrem Wohnwagen. Die Bilder machen die Runde. Die Zeit ist wie im Flug vergangen. Pater Martinus mahnt vorsichtig zum Aufbruch.

„Abt Leo würde Sie sicher ebenso gerne kennenlernen wie wir." Abt Lukas nimmt Otto zur Seite, als die Brüder beginnen das Frühstück abzuräumen.

„Wer ist Abt Leo?"

Abt Lukas wird klar, dass Otto davon ausgeht, dass Bruder Michael Mönch dieser Gemeinschaft hier ist. Und wenn er ganz ehrlich ist, empfindet er es selbst auch so. Die Vorstellung, Bruder Michael nicht hier begraben zu können, ist ihm fremd, und bisher hat er sich jeden Gedanken daran untersagt. Er erklärt Otto, wie es sich verhält.

„Das mutet mich komisch an, wenn ich ehrlich bin - aber wenn das so ist - es war seine Entscheidung, oder?" „Ja, das war es!" Abt Lukas spürt dieser Aussage selbst nach. Ja, es war seine Entscheidung. Bruder Michael war immer mit leuchtenden Augen heim gefahren! „Otto, wollen Sie nicht zumindest noch heute unser Gast sein? Nachmittags haben wir uns ja eh verabredet und danach wird auch Abt Leo da sein!"

Abt Lukas spürt das Zögern beim Gegenüber. „Keine Sorge, er ist ein guter Mann. Sie werden ihn mögen und er Sie! Und ich muss gestehen, dass es uns allen gut tut, dass Sie hier sind. Ich verstehe noch nicht so ganz, warum das so ist, aber mit Ihnen ist Bruder Michael noch ein wenig lebendig hier bei uns!"

Otto schaut dem Abt lächelnd in die Augen: „Na, wer kann da schon nein sagen? Ihre Argumente sind sehr überzeugend!"

„Sie können sich ganz frei in Haus und Garten bewegen. Wir feiern in 15 Minuten das Hochamt und dann trifft sich eine Gruppe zum Bibellesen in der Bibliothek. Die Mittagshore ist um 12.00 Uhr und dann essen wir um 12.30 Uhr zu Mittag."

„Könnte ich vielleicht einen Blick in die Werkstatt von Miki werfen? Das würde ich wirklich später gerne tun!"

Abt Lukas winkt Bruder Viktor zu sich. „Bruder Viktor, hättest du nachher Zeit, mit Herrn Krämer in die Werkstatt zu gehen, und wenn du magst, kannst ihm auch die Umbauten in der Zelle und im Bad gerne zeigen!"

Bruder Viktors Augen leuchten auf: „Das tue ich sehr gerne, Herr Krämer!"

„Bitte sagen Sie Otto zu mir. Dann fühle ich mich nicht so fremd!" Sie verabreden sich für bald nach dem Hochamt.

Die Chorglocke zeigt an, dass es Zeit ist! „Bis später", Abt Lukas verabschiedet sich, ebenso wie die anderen Brüder mit einem freundschaftlichen Blick von Otto, der ein wenig verloren im Refektorium zurückbleibt.

Draußen hält Abt Lukas Bruder Nikolaus noch auf. „Hören sie, können wir als Abschluss-Lied ‚Wer nur den lieben Gott lässt walten' singen?" Bruder Nikolaus denkt einen Augenblick nach: „Das hat Bruder Michael sehr geliebt!" Abt Lukas schaut ihn zugewandt an und schweigt zustimmend.

14. Kapitel

Die Brüder sollen einander dienen. (RB 35,1)

Pater Martinus kommt in der Sakristei auf seinen Abt zu. „Vater Abt, Kommissar Meinrad hat mir diesen Zettel für dich gegeben. Er meinte, du wüsstest, worum es geht!"

Abt Lukas liest: „Sie sind mit einem blauen Auge davongekommen! Machen Sie sich keine Sorgen!"

In diesem Moment betritt Herr Degenweg die Sakristei. Er sieht völlig übernächtigt aus - das Haar ist zerzaust, dunkle Ringe liegen unter den Augen.

„Abt Lukas, bitte entschuldigen Sie, dass ich störe, aber unser Thorsten hatte am späten Abend einen Autounfall. Sie haben ihn mit dem Hubschrauber in die Unfallklinik gebracht. Vor eine Stunde bekamen wir endlich die Nachricht, dass er das Schlimmste überstanden hat."

Tränen steigen in seine Augen. „Ja und..." Er tritt flüsternd näher zum Abt: „Die Polizei hat nach ihm gesucht - wir waren ja nachmittags bei meiner Mutter im Pflegeheim und haben erst am Abend von den Nachbarn gehört, dass die Beamten bei uns geklingelt haben. Hat er etwas mit Bruder Michaels Tod zu tun? Wissen Sie etwas Genaueres? Sie müssen es mir sagen, bitte!" Fast flehend bedrängt er den Abt.

„Herr Degenweg, Gott sei Dank hatte Thorsten wohl Glück im Unglück bei dem Unfall! Und wegen dem anderen - lassen Sie uns doch nach der Messe in Ruhe sprechen, ja? Kommen Sie dann wieder in die Sakristei? Und machen Sie sich nicht allzu große Sorgen! Es wird alles in Ordnung kommen!"

Herr Degenweg stehen deutliche Zweifel im Gesicht.

„Entschuldigen Sie, Herr Degenweg, Abt Lukas muss sich jetzt anziehen!" Pater Martinus ist hinzugetreten. „Ja, natürlich, verzeihen Sie! Und vielen Dank, Abt Lukas!"

Inzwischen haben sich die Priestermönche das Messgewand angelegt.

„Unsere Hilfe ist im Namen des Herrn..." Abt Lukas leitet den Vers ein.

„...der Himmel und Erde erschaffen hat", vollenden die Mönche.

Sie bekreuzigen sich und der kleine Prozessionszug kommt in Bewegung.

Bruder Nikolaus begleitet den Einzug an der Orgel und die Menschen in der voll besetzten Kirche erheben sich.

Die Mönche stimmen den Introitus des Tages an: „*Vocem iucunditatis annuntiate...(Verkündet es jauchzend, damit man es hört!*). Manche Gottesdienstbesucher kom-

234

men von weit her um des gregorianischen Chorals willen. Abt Lukas hat nie in einer Gemeinschaft gelebt, die so musikalisch war, wie diese hier. Ohne Zaudern oder Murren treffen sich die Brüder dreimal in der Woche zu einer Singstunde. Mit großem Selbstverständnis lernen die jungen Brüder Latein und besuchen verschiedene Choralkurse. Der gemeinsam gesungene Choral ist ein sehr stärkendes und verbindendes Moment für die Brüdergemeinschaft.

Die Texte dieses nachösterlichen Sonntages sind voll des Jubels und der Zuversicht. Abt Lukas selbst fühlt sich aber alles andere als freudig oder zuversichtlich. Er ist müde, erschöpft und spürt in diesem Augenblick eine unendliche Dankbarkeit dafür, dass Pater Nikodemus ihm heute die Predigt abnimmt.

Als dieser zum Ambo hintritt, beherrscht eine besondere Erwartungsspannung den Raum.

„Liebe Schwestern und Brüder im Herrn! Sie alle wissen, dass unsere Mönchsgemeinschaft und auch die Brüder in Kloster Berg um Bruder Michael trauern. Und viele von Ihnen werden die Nachrichten verfolgt haben und gehört haben, dass sein Tod und die Umstände seines Todes eine Menge Fragen aufwerfen.

Bruder Michael - viele von Ihnen haben ihn gekannt - war jung, gesund und er sprühte vor Lebensfreude und Lebensenergie. Uns alle bewegt sicher je Unterschiedliches, aber der Jubel und die Freude, von denen der Introitus heute kündet, gehören sicher nicht dazu. Da sind Trauer und Unverständnis, Ratlosigkeit und Zorn. Vielleicht ist manchem von uns die Stimmung des Karsamstages heute näher als der Jubel des Ostertages.

Wie kann da Ostern und Auferstehung sein, wenn unser Bruder Michael plötzlich und unerwartet stirbt, und das auch noch unter solchen Umständen? Und wenn wir einmal über unseren kleinen Horizont hinaussehen, dann wissen wir, dass es zur Zeit so viele grausame Kriegsschauplätze gibt wie lange nicht mehr, dass unglaubliche Verbrechen an Menschen tagtäglich verübt werden, dass viele leiden und sterben an der Volksseuche Krebs, dass irgendwo in Afrika Ebola um sich greift... Können wir da ehrlichen Herzens mit der Botschaft von Ostern kommen? Mit Jubel und Freude?"

Pater Nikodemus lässt den Blick über die Gemeinde schweifen. Es ist so still, dass man eine Stecknadel fallen hören würde. Kein Husten, kein Räuspern. Er hat die Aufmerksamkeit aller völlig ungeteilt. Auch Abt Lukas ist mehr als gespannt, was jetzt kommen wird? Wird er die alte Theodizee-Frage aufwerfen?

„Die uralte Frage, wie Gott all das Leid zulassen kann, warum er nicht eingreift, warum er nicht hilft und heilt ...." Er macht eine dramaturgische Pause.

„'So hoch der Himmel über der Erde ist, so hoch erhaben sind meine Wege über eure Wege und meine Gedanken über eure Gedanken' - so drückt es der Prophet Jesaja aus. Was heißt das anderes, als das Gott Gott ist und der Mensch Mensch bleibt. Ich gebe ehrlich zu, dass ich keine andere Antwort habe, und dass ich schon lange aufgehört habe, eine Antwort auf diese Frage zu suchen, denn ich bin überzeugt, dass es keine Antwort gibt, die der Realität auch nur annähernd nahe kommt. Vielleicht werden Sie sich jetzt enttäuscht abwenden und denken, dass ich zu denen gehöre, die es sich einfach machen, die für alle Fälle einen frommen Spruch zur Hand haben. Nein, da haben Sie sich getäuscht.

Ich bin nur realistisch geworden. Der Heilige Benedikt nennt es demütig. Ein altes Sprichwort sagt: Schuster bleib bei deinen Leisten.

Die Fragen nach dem WARUM führen nicht weiter, führen nicht in die Weite, sondern in die Enge, in die Aussichtslosigkeit. Nur wer im Glauben fortschreitet, so sagt es die Benediktusregel, dem wird das Herz weit.

Und was anderes ist Glauben als Vertrauen. Alles Wissen, alle Logik zerrinnen wie Sand zwischen den Fingern angesichts des Elends unserer menschlichen Existenz. Im Grunde können wir doch nichts tun, gar nichts! Stehen wir nicht alle mehr oder weniger hilflos, ratlos und fassungslos vor den Realitäten unseres Lebens? Am Ende bleiben doch in der Tat nur Glaube, Hoffnung und Liebe. Was sonst hat denn Bestand? Vertrauen wir der Verheißung, die unser Herr Jesus Christus uns ins

Herz gelegt hat: Der Weg ins Licht geht durch Leid und Tod, hinein in die Auferstehung - die schweren Zeiten haben nicht das letzte Wort. Gottes Hilfe ist uns versprochen und mit ihr werden wir durchkommen, durch Leid und Tod, durch Verzweiflung und Ratlosigkeit, durch Schmerz und Entsetzen - durchkommen zum ewigen Leben, das schon hier ab und an durchbricht ...!"

An dieser Stelle bricht er ab. Die Stille ist greifbar. Alle halten den Atem an. Es ist, als ob er noch etwas sagen will, er verharrt, setzt an, dann aber wendet er sich ab und geht zurück auf seinen Platz.

Abt Lukas atmet auf. Ungewöhnlich offen bleiben die Worte von Pater Nikodemus im Raum stehen. Es kommt keine Unruhe auf. Im Gegenteil - jeder scheint seinen Gedanken nachzugehen. Abt Lukas wartet lange, bevor er aufsteht und damit das Zeichen für Bruder Nikolaus gibt, das Credo einzuleiten.

„Erbarme dich unseres Bruders Michael, den du aus dieser Welt zu dir gerufen hast. Durch die Taufe gehört er Christus an, ihm ist er gleich geworden im Tod. Gib ihm auch Anteil an der Auferstehung!"

Die Messe nimmt ihren gewohnten Lauf. Dankbar überlassen sich Abt Lukas und die Brüder der Kraft der Liturgie. Und mit ihnen finden die Mitfeiernden hinein in das uralte Spiel des Glaubens - Weihrauch, Choral, Gesten, Symbole und Worte verbinden sich zu einer fast betörenden Innigkeit.

Als Bruder Nikolaus das Schlusslied einspielt und die Gemeinde einstimmt, erreicht die Dramaturgie ihren Höhepunkt. In wundervoller Mehrstimmigkeit singen sie ihrem Gott entgegen, machen sich so Mut und bestärken die Predigtworte von Pater Nikodemus!

„Wer nur den lieben Gott lässt walten und auf ihn hoffet allezeit...".

Bruder Nikolaus lässt es sich nicht nehmen, voluminös und ausladend registriert das Stück mit einer Improvisation ausklingen zu lassen, weit über den Auszug der Brüder hinaus.

In der Sakristei ist es stiller als gewöhnlich nach der Sonntagsmesse. Alle scheinen aufgewühlt und ziehen es vor, sich still zurückzuziehen.

Herr Degenweg ist leise eingetreten. Abt Lukas bedeutet ihm, ihm zu folgen. Zu zweit treten sie in den Kreuzgang, der still und verlassen daliegt.

„Kommen Sie, setzen wir uns hierher." Er deutet auf eine der alten Bänke, die seit jeher hier Betenden und Nachdenkenden Rast gewähren.

„Wie geht es Thorsten?"

„Wie gesagt. Offenbar geht es ihm besser. Er hat eine heftige Gehirnerschütterung und eine Menge Prellungen und Schürfwunden. Aber wir können ihn am Nachmittag besuchen und der Arzt meinte, es bestünde keine Lebensgefahr mehr. Er sei wach und ansprechbar und habe großes Glück gehabt!"

Abt Lukas schließt erleichtert die Augen und schickt ein Stoßgebet zum Himmel: *„Deo gratias!"*

„Abt Lukas, was hat Thorsten angestellt. Warum ist er so überstürzt weggefahren? Wer ist diese Elise, die mit im Auto war? Was hat es mit den Figuren auf sich, die die Polizei im Auto gefunden hat? Hat er etwas mit Bruder Michaels Tod zu tun?"

Die Fragen sprudeln hastig und ohne Punkt und Komma aus ihm heraus. „Langsam, langsam!" Abt Lukas bremst sein Gegenüber vorsichtig ein. „Es gibt im Moment viel mehr offene Fragen als Antworten, Herr Degenweg. Ich vermute, dass die drei jungen Leute Bruder Michael geholfen haben, zwei Figuren aus der Akademie herzubringen und zu tarnen. Wie genau das passiert ist, und was sich unser Bruder Michael dabei gedacht hat, ist mir schleierhaft. Ich denke, dass Thorsten, Nina und Elise zumindest diesen Teil der Geschichte aufklären können."

„Kunstraub - Thorsten war an einem Kunstraub beteiligt. Hat er denn völlig den Verstand verloren? Das bringt ihn doch hinter Schloss und Riegel. Er kann sein Studium vergessen. Oh mein Gott...!" Herr Degenweg stöhnt entsetzt auf.

„Nun, es wird nichts so heiß gegessen, wie es gekocht wird. Kunstraub ist tatsächlich eine beängstigende

Dimension. Ich bin aber sicher, das war nicht intendiert, in keinster Weise. Wenn ich nur wüsste, was Bruder Michael vorhatte. Ich werde alles daransetzten, den Ball flach zu halten, und ich bin recht sicher, dass auch Professor Heindl die jungen Leute nicht reinreiten will. Jetzt müssen wir einfach abwarten, was sie uns für eine Geschichte erzählen, dann sehen wir weiter!"

„Sie haben gut reden - es ist ja nicht ihr Sohn, der in der Patsche steckt!"

Herr Degenwegs Ton ist verletzend und vorwurfsvoll.

In Abt Lukas regt sich eine heftige Gegenreaktion. Mühsam hält er sich zurück und schweigt betroffen.

„Mein Gott, was rede ich denn da?" Herr Degenweg wendet das müde und gezeichnete Gesicht Abt Lukas zu. „Vater Abt, bitte entschuldigen Sie. Ich weiß, wie sehr Sie Bruder Michael geschätzt haben, und kann nur ahnen, wie sehr Sie die Situation quält. Ich bin nur einfach mürbe und erschöpft. Im Grunde sind wir beide Väter, die vor einem Scherbenhaufen stehen."

Die Blicke der Männer treffen sich. Abt Lukas legt freundschaftlich die Hand auf den Arm seines Gesprächspartners. „Herr Degenweg, es ist gut. Die Nerven liegen bloß, das ist doch mehr als verständlich! Würden Sie mich jetzt entschuldigen?" „Aber ja, Abt Lukas. Ich muss eh nach Hause. Meine Frau wartet sicher schon. Sie hat sich ein bisschen hingelegt. Ich hoffe, sie hat schlafen

können. Heute Nacht haben wir beide kein Auge zuge-
tan."

Die Männer verabschieden sich.

„Lassen Sie nur. Ich gehe durch die Sakristei
hinaus."

Herr Degenwegs Schritt ist müde, die Schultern
gebeugt. Abt Lukas schmerzt dieser Anblick.

„Was hat sich Bruder Michael nur gedacht? Wie
konnte er diese jungen Leute mit reinziehen? Es ist zum
Haare raufen!"

Er macht sich auf den Weg in sein Büro. Ob er
versuchen kann, Kommissar Meinrad zu erreichen - trotz
Sonntag? Er zögert kurz und greift dann zum Hörer.
„Kommissar Meinrad, entschuldigen Sie, dass ich Sie störe!" Er lauscht und antwortet dann: „Bitte grüßen Sie
Elise und Thorsten von mir! Ich bin heilfroh, dass sie so
glimpflich davon gekommen sind! ... Ja, dann bis nachmittags!"

Er legt auf und schließt für einen Augenblick die
Augen.

Er muss eingenickt sein, denn das Läuten des
Telefons schreckt ihn hoch.

„Ja. ... Was? ... Natürlich ich komme, Pater Jonas!
Vielen Dank!"

Kopfschüttelnd verlässt er sein Büro und eilt an
die Pforte.

„Hat er etwas Genaueres gesagt, was er will?" Abt Lukas schaut Pater Jonas fragend an. „Nein. Er wollte mit Bruder Michael reden. Es sei sehr wichtig. Ich wusste nicht, was ich sagen soll und habe ihm gesagt, dass ich mich kümmere und habe dich angerufen!"

„Das war geistesgegenwärtig! Ich bin einfach sehr erstaunt, weil ich keine Idee habe, wer das sein könnte. Nun, ich werde es wohl herausfinden müssen!"

Entschlossen betritt er das Sprechzimmer.

„Guten Tag, Professor Geringsen. Ich bin Abt Lukas!"

Er geht auf den Gast zu, der am Fenster stehen geblieben ist.

„Geringsen, Wolfram Geringsen!"

Abt Lukas denkt fieberhaft nach. Der Name sagt ihm etwas, aber er kann sich nicht erinnern. Auch das Gesicht kommt ihm bekannt vor, aber er hat keinerlei Idee, woher.

„Bitte nehmen Sie doch Platz, Professor Geringsen!" Abt Lukas rückt einen Stuhl einladend vom Tisch ab.

„Möchten Sie etwas trinken?" „Ja, sehr gerne ein Glas Wasser. Und lassen Sie den Professor bitte weg, das ist schon eine ganze Weile her!"

Abt Lukas merkt erstaunt auf. Sein Gegenüber ist höchstens 50 Jahre alt, keinesfalls schon im Rentenalter. Sollte er sich so täuschen? Professor Geringsen leert das Glas in einem Zug und Abt Lukas schenkt gleich nochmal nach.

„Vielen Dank! Ich bin ganz ausgetrocknet! Habe mir am Flughafen ein Auto gemietet und bin gleich weitergefahren!" Er greift nochmal zum Glas und nimmt einen großen Schluck. „Wo ist Michael? Es ist Sonntag und wo sollte er sein, wenn nicht im Haus des Herrn?"

Trotz spürbarer Erschöpfung lächelt er Abt Lukas sympathisch und humorvoll zu. „Herr Geringsen - ich weiß nicht, wie ich es sagen soll …" Abt Lukas zögert einen Moment. Wenn ihm doch einfiele, woher er diesen Mann kennt und in welchen Verhältnis er zu Bruder Michael steht.

Professor Geringsen spürt plötzlich den Ernst der Situation und das Lächeln weicht aus dem Gesicht. „Was ist passiert. Nun reden Sie doch!"

„Bruder Michael ist gestorben - in der Nacht von Donnerstag auf Freitag. Als er morgens nicht zum Gebet kam, hat einer der Brüder nach ihm geschaut und ihn tot in seinem Bett gefunden!"

„Tot - aber das kann doch nicht sein!" Fassungslosigkeit durchflutet den Gast.

Er sinkt in sich zusammen. „Tot - ich bin zu spät gekommen!" Stumm sitzen die beiden Männer am Tisch.

244

„Wie meinen Sie das?" Abt Lukas durchbricht die Stille. Professor Geringsen schaut auf. Sein Blick wirkt abwesend und wie betäubt.

„Ich hatte am Mittwoch eine Mail von ihm. Ich solle so schnell wie möglich herkommen. Er habe etwas Unglaubliches entdeckt."

Er bricht ab und fällt wieder in Schweigen.

„Ja und dann? Professor Geringsen, hat er Ihnen sonst noch was geschrieben?"

„Nein! Es hörte sich spannend an und eilig. Ich habe erst gar nicht versucht ihn zu erreichen, sondern habe meine Tiere versorgt und dann einen Flug gebucht. ... Aber ich bin zu spät gekommen! Mein Gott!"

Er steht abrupt auf und dreht Abt Lukas den Rücken zu. Abt Lukas wartet. Obwohl er nur den Rücken des Mannes sieht, ist deutlich, wie getroffen dieser ist. Er ringt um Fassung. Wie aus weiter Ferne hört Abt Lukas die Stimme von Bruder Michael. „Gerettet aus all dem Morast und Schlamm hat mich Wolf. Zuerst dachte ich, er sei so ein Gut-Mensch. Sie wissen schon, so einer, der sich mit armen behinderten gestörten Kindern abgibt, um sein soziales Gewissen zu beruhigen." Wolf - sollte dieser Mann hier Bruder Michaels damaliger Betreuer bzw. Vormund sein? Als Michael, nachdem das Behindertenheim geschlossen worden war, wieder zuhause bei den Eltern leben musste, ging es ihm sehr schlecht. Die Mutter war inzwischen Alkoholikerin, völlig unfähig sich um den Jungen zu kümmern. Der Vater unterdrückte nur mühsam seinen unbändigen Zorn. Aber wenn er getrunken hatte, schlug er um sich. Michael ging den Eltern aus dem Weg, so gut es ging. Auch in der Schule erlebte er nichts anderes als Hänseleien und Mobbing. Bald begann er zu schwänzen, verbrachte seine Zeit in der Bibliothek, las alles was ihn interessierte und studierte dort seine Schulbücher. Natürlich blieb nicht verborgen, dass er nur ein seltener Gast in der Schule war. Als die Eltern zu einem Gespräch geladen wurden, erschienen sie nicht. Das Jugendamt wurde aufmerksam, handelte aber nicht. Eines Nachts wurde der 14-jährige vom Geschrei seiner Mutter geweckt. Ihm war gleich klar, dass er verschwinden musste, zog sich in Windeseile an und schlich die Treppe runter. Sein Vater entdeckte ihn, bevor er die Haustür öffnen konnte und griff sich seinen Sohn. Details über das, was dann geschehen ist, hatte Bruder Michael nie erzählt. Überhaupt hatte er nur ein einziges Mal von dieser Nacht gesprochen. Jedenfalls hatten die Nachbarn, alarmiert durch das Geschrei, die Polizei angerufen. Als die Beamten kamen, riefen sie als erstes einen Notarzt, der den schwerverletzten Jungen ins Krankenhaus brachte und verhafteten den stark alkoholisierten Vater. Nun endlich wurde das Jugendamt aktiv. Ein Betreuer wurde bestellt und das war Wolf. Er nahm sich des Jungen an, besuchte ihn und begleitete ihn durch die kommenden Jahre. Besonders als Michael gegen seine Eltern klagte und verlangte, dass ihnen das Sorgerecht entzogen würde, wich er dem Jugendlichen nicht von der Seite.

„Abt Lukas, ich … Würden Sie mich ein paar Minuten alleine lassen, bitte!"

Professor Geringsen hat sich bei seinen Worten nicht umgedreht.

„Aber ja, natürlich! Ich gehe und hole uns etwas Warmes zu trinken und eine Kleinigkeit zu essen!"

Leise verlässt der Abt das Sprechzimmer. Zögernd bleibt er einen Moment vor der Tür stehen. Drinnen hört er Schluchzen. „Mein Gott, erbarm dich!" Mit diesem Stoßgebet wendet er sich ab und geht Richtung Küche. Vor der Bibliothek trifft er auf Bruder Mathias. „Bruder Mathias, ich werde heute nicht zum Schriftgespräch kommen. Bitte entschuldige mich bei den anderen, ja?!"

„Gibt es etwas Neues, Vater Abt?" Bruder Mathias schaut ihn aufmerksam an.

„Nein. Wenn ich ehrlich bin, gibt es immer mehr Fragen und keine Antworten." „Na, so geht es mir auch!" Abt Lukas merkt fragend auf.

„Na ja, immer wenn ich denke, dass ich etwas vom Wesentlichen unseres Lebens verstanden habe, dann passiert etwas, was mir das Gegenteil davon beweist! Ich suche Antworten und finde Fragen! Es ist zum Verrücktwerden!"

Abt Lukas muss unwillkürlich lächeln. „Ja, mein junger Freund - da bewegst du dich in guter Gesellschaft!" Er klopft dem erstaunt schauenden Mitbruder freundschaftlich auf die Schulter und lässt ihn dort ein wenig verblüfft stehen.

In der Küche findet er Bruder Thomas vor, der gerade den Salat fürs Mittagessen wäscht. „Ich koche nur schnell Kaffee für einen Gast. Haben wir eine Kleinigkeit, die ich ihm zum Essen anbieten könnte?" „Ja, Frau Degenweg hat eben eine Platte mit Pasteten gebracht, die für eine kleine Feier heute Abend gedacht waren, die aber ausfällt, weil Thorsten im Krankenhaus liegt!"

„Das ist ganz wunderbar - also nicht, dass Thorsten im Krankenhaus liegt, sondern, dass wir diese Pasteten haben!"

Bruder Thomas runzelt die Stirn. „Lukas, was hat Thorsten mit all dem zu tun? Die Gerüchteküche kocht. Stimmt es, dass unsere zwei Figuren in dem Unfallauto waren und auch unser nächtlicher Gast und noch ein Mädchen? Und wer ist dieser Mann, der jetzt da ist?"

„Bruder Thomas, das sind eine ganze Menge Fragen!" Abt Lukas gießt das kochende Wasser in den Porzellanfilter mit Kaffee. „Mmmmm, ich habe keine Ahnung, was genau Thorsten und die beiden Mädels mit all dem zu tun haben. Und Ja, unsere beiden Figuren waren im Auto. Der Gast ist Professor Wolf Geringsen, Bruder Michaels Betreuer bzw. Vormund aus seinen Jugendtagen! ...."

Er macht eine Pause und gießt achtsam Wasser nach.

Bruder Thomas ist keineswegs zufrieden mit den Antworten seines Abtes. „Ich merke schon, dass du eigentlich etwas anderes hören willst. Bitte, Bruder Thomas, glaub mir, dass ich auch nicht wirklich mehr weiß! Es gibt Vermutungen, Spekulationen, Ideen, was passiert sein könnte. Aber es bringt doch rein gar nichts, mit solchen Aussagen die Gerüchteküche zu nähren!"

Der letzte Satz kam ein bisschen lauter und schneidender, als Abt Lukas es beabsichtigt hatte. Bruder Thomas dreht sich wortlos weg, wendet sich der Salatschleuder zu und bedient sie mit solcher Energie, dass Abt Lukas fürchten muss, dass sich der Salat zu Matsch verwandeln wird.

Ein wenig ratlos verharrt er und schaut der Unmutshandlung seines Mitbruders zu.

„Bruder Thomas ..." Abt Lukas legt dem Mönch die Hand auf die Schulter. Dieser schüttelt die Geste ab und verlässt wortlos die Küche.

Ärger steigt im Abt auf. Er füllt den Kaffee in eine Thermoskanne und legt ein paar der appetitlichen Pasteten auf einen Teller.

Er schätzt Bruder Thomas sehr, doch gestaltet sich ihr Miteinander nicht immer leicht. Er und Bruder Thomas hatten sich vor vielen Jahren auf einer Reise nach Montecassino und Subiaco, damals noch als Novizen, kennen und mögen gelernt. Über all die Jahre verband sie eine herzliche Freundschaft.

Bruder Thomas hatte seine Wahl als Abt in die Gemeinschaft sehr befürwortet. Nun aber tun sich beide schwer mit der veränderten Situation. Gehen Abt sein und Freund sein zusammen? Abt Lukas muss gestehen, dass er selbst mehr als unsicher ist. Er kann und will Bruder Thomas nicht mehr ins Vertrauen ziehen als die anderen. Einerseits bedauert er das sehr, weil er den Rat und die Einschätzung des Freundes stets sehr geschätzt hat, andererseits fürchtet er Neid und Eifersucht von den Mitbrüdern her.

Vielleicht ist es an der Zeit, wenn all das hier vorbei ist, einmal in Ruhe miteinander zu sprechen...

Abt Lukas klopft an die Sprechzimmertür. Auf das „Ja, bitte" hin tritt er leise ein. „Ist es Ihnen recht, wenn ich wieder hereinkomme?" fragt er Professor Geringsen, der noch immer mit dem Rücken zur Tür steht. Er wendet sich um.

Abt Lukas erschrickt - sein Gegenüber sieht aus, als wäre er um Jahre gealtert.

„Ja, bitte. Vielen Dank für ihr Verständnis, Abt Lukas!"

Beide setzen sich. Professor Geringsen rührt Zucker und Milch in seinen Kaffee.

Abt Lukas wartet, bis der andere das Schweigen bricht.

„Abt Lukas, ich habe Michael geliebt wie meinen Sohn!" Er sagt es ohne Pathos - ganz schlicht und einfach. „Sie müssen wissen, mein leiblicher Sohn und meine Frau starben bei einem Autounfall! Leon war sieben Jahre alt! Daran bin ich im Grunde zerbrochen. Ich habe mich jahrelang verkrochen und mich in meine Arbeit verbissen. Ein Freund hat mich dann, er hat monatelang auf mich eingeredet, dazu gebracht, mich als ehrenamtlicher Betreuer zur Verfügung zu stellen. Und so lernte ich Michael kennen. Als ich ihn damals im Krankenhaus besuchte, war ich völlig verstört. Wie konnte ein Vater das seinem Sohn antun? Und dieser Junge war unglaublich wach und er war voller Lebensmut. Er brauchte Hilfe und Unterstützung - ich Lebensmut und eine Aufgabe. Ja, so sind wir zusammengewachsen. Für ihn war ich wohl immer mehr Freund als Vater - für mich war er immer mehr Sohn als Freund!"

Sinnend schaut er in die Ferne und trinkt ein paar Schluck Kaffee. „Abt Lukas, was ist passiert?"

Plötzlich ist er ganz präsent und wendet seine ganze Aufmerksamkeit dem Mönch zu.

„Das ist eine ziemlich lange und verworrene Geschichte!" Abt Lukas atmet durch. „Nur zu - ich höre!"

251

Professor Geringsen hält Wort. Mit keinem Ton und mit keiner Geste unterbricht er die Ausführungen von Abt Lukas.

„Ja und jetzt stehen wir vor einer Menge Fragen, auf die wir noch immer keine Antworten haben! Ich hoffe, wenn wir uns nachmittags treffen, dass sich durch die Befragung von Thorsten, Nina und Elise ein bisschen Klarheit reinbringen lässt. Wenn wir wissen, warum Bruder Michael die Figuren hier versteckt hat und wie er es bewerkstelligt hat, ergibt sich auch das eine oder andere. Vielleicht kommt ja auch noch das Ergebnis der toxikologischen Untersuchung, damit wir genauer wissen, wie Bruder Michael gestorben ist."

Der Schluss seiner Zusammenfassung klingt alles andere als überzeugt.

Professor Geringsen sieht den Abt sehr nachdenklich an.

„Ich glaube, dass ich da zumindest ein bisschen Licht ins Dunkel bringen kann."

Anstatt weiterzureden, schenkt er sich noch eine Tasse Kaffee ein und nimmt sich eine der Pasteten.

Abt Lukas schiebt seine Kaffeetasse weg - er spürt, dass sein Koffeinlimit schon lange überschritten ist. Er ist mehr als gespannt.

„Ich bin fast sicher, dass Michael nicht ermordet wurde. Wenn er mit den üblichen Chemikalien an der

Figur rumgewerkelt hat, dann waren die Gase und auch die Absonderungen so giftig, dass er durchaus daran gestorben sein könnte."

Professor Geringsen hält inne.

„Woher können Sie das so mit Bestimmtheit sagen?"

Abt Lukas Herz schlägt aufgeregt. Endlich zeigt sich ein Licht am Ende des Tunnels.

„Ich werde Ihnen jetzt eine Geschichte erzählen, die ebenso unglaublich wie wahr ist:
Mein Vater war ein Verlierer. Alles was er begonnen hat, ging schief. Er war ein mäßiger Schreiner und hatte ein bisschen Talent zum Schnitzen. Aber alles reichte nicht wirklich, um den Lebensunterhalt für ihn, meine Mutter und uns drei Geschwister zu verdienen. Die kleine Schreinerei, die er vom Vater übernommen hatte, wirtschaftete er in Kürze herunter, überall, wo er sich verdingte, flog er nach kurzer Zeit raus, weil er cholerisch und rechthaberisch war. Bei uns ging es teilweise sehr knapp zu. Unsere Mutter ging putzen und buk für die Nachbarn das Brot mit, um sich das Haushaltsgeld dazuzuverdienen, um uns zu versorgen. Mit einem Mal, ich war so zehn Jahre alt, veränderte sich das alles schlagartig. Vater hatte Arbeit - die alte verstaubte Werkstatt wurde gefegt und hergerichtet. Er begann, Figuren zu schnitzen, die er, ich weiß nicht an wen, tatsächlich verkaufen konnte, und ab und zu bekam er alte Figuren zum Her-

richten. Zuhause ging es schnell bergauf. Wir bekamen neue Schuhe und die Speisekarte wurde erweitert. Vater war gut gelaunt und ich durfte häufig mit in der kleinen Werkstatt sein. Einziger Wermutstropfen war, dass sich unsere Eltern begonnen hatten zu streiten. Meine ältere Schwester und ich belauschten einen Streit, wo Mutter meinte, dass sie lieber arm und ehrlich sei, als reich und kriminell. Ich verstand nicht, was da gesagt wurde, und vergaß die Szene. Eine von Vaters Spezialitäten war, dass er eine modellierbare Masse zusammenmischen konnte, mit der er Bruchstellen und ganze rausgebrochene Stücke an den Figuren ersetzen konnte. Der Kit trocknete holzartig aus, und so wurde manche der Figuren wie neu. Ich habe das mit großer Faszination verfolgt. Eine ganze Weile dauerte es, da hatte er rausgefunden, dass er, wenn er die Masse vorsichtig warm machte, sie nachmodelliert werden konnte."

Abt Lukas bleibt die Spucke weg. „Sie meinen ...?"

„Ja, genau. Er hatte etwas Unglaubliches entwickelt und damit machte er Geld. Er war ziemlich gut im Geschäft. Ich habe erst viel später gemerkt, dass da manches nicht so ganz koscher war, das meiste eigentlich! Ja und dann ..."

Professor Geringsen hält inne!

„Und dann...", Abt Lukas will den Erzählfluss in Gang halten.

„Dass sich wieder etwas deutlich veränderte, merkte ich daran, dass meine Eltern immer mehr stritten und die Streitereien immer offener ausgetragen wurden. Um was es ging, verstand ich damals nicht. Heute weiß ich, dass meine Mutter die kriminellen Machenschaften meines Vaters kritisierte und verlangte, dass er aufhörte. Aber mein Vater hatte endlich Erfolg. Zum ersten Mal in seinem Leben hatte er Erfolg und er verdiente gut. Wie gut, haben wir erst nach seinem Tod erfahren. Ein weiterer Streitpunkt war, dass meine Mutter nicht wollte, dass ich weiter meinem Vater in der Werkstatt half. Sie versuchte, mich davon abzuhalten, was ihr aber nicht gelang, weil ich jede freie Minute dort verbrachte und meinem Vater zur Hand ging. Ich war geschickt und auch talentiert. Nach und nach lernte ich auch ein paar der Lieferanten kennen, die Figuren abholten und neue brachten. Oft tauchten sie nach Einbruch der Dunkelheit auf, manchmal auch nachts. Hier und da übernahm Vater auch selbst solche Fahrten. Bei einer dieser Touren durfte ich ihn begleiten, weil meine Mutter mit den Geschwistern bei den Großeltern war. Wir hatten zwei Figuren zur Spezialbehandlung bekommen - so nannte es mein Vater. Zuerst wurden sie sehr gründlich gereinigt und fotografiert. Dann bepinselten wir sie mit einem Honig-Öl-Gemisch und strichen dann die Holzpaste darüber. Vater modellierte inzwischen richtig gut und es machte mir immer die größte Freude zu sehen, wie er die Figuren „verkleidete" - so nannte er diese Spezialbehandlung: Verkleidung. Ich hätte gerne gewusst, warum er das tat. Aber ich traute mich nicht, ihn zu fragen. Er war ein wortkarger und recht harter Mann. Es war besser, es sich nicht mit ihm zu verderben. In der besagten Nacht packten wir die beiden spezialbehandelten Figuren sorgfältig ins Auto, dazu die Fotos von vorher und nachher. Dann fuhren wir ziemlich lange über Land, bis wir an einer kleinen Villa anhielten. Ich war eingeschlafen und ganz verstört, als ich vom Beifahrersitz aus beobachtete wie Vater mit einem Mann verhandelte: ein Geldscheinbündel wechselte den Besitzer, dafür bekam mein Vater zwei Umschläge überreicht. Dann stieg er wieder ein und die Fahrt ging weiter. Irgendwo an einer Autobahnraststätte, ich war natürlich wieder eingeschlafen, wurde ich davon geweckt, dass der Kofferraum aufgemacht wurde. Mein Vater lud die Figuren in ein anderes Auto um und gab einer jungen Frau die Umschläge. Diesmal war er es, der ein Geldbündel bekam, das er nachlässig in die Hosentasche schob. Es ist mir, als ob ich heute noch seine eindringliche leise Stimme höre, wie er der Frau erklärte, was sie mit den Figuren machen sollte. Er beschwor sie, es nicht aufzuschreiben, sondern haargenau zuzuhören und die Infos nur mündlich weiterzugeben. Mir war ganz klar, was er ihr erklärte, nämlich, wie man die Figuren wieder entkleidete - das hatten wir zuhause an einfachen Holzstücken ganz oft probiert. Man musste die Figur langsam erwärmen, ganz langsam und dann die weiche Masse wieder wegnehmen. Das Honig-Ölgemisch verhinderte, dass Reste an der Figur hängen blieben, und konnte dann mit einer leichten Spülmittellösung vorsichtig weggewaschen werden. Auch wenn es verrückt klingt, es funktionierte wunderbar! Man durfte nur nicht mit irgendwelchen Chemikalien versuchen, an der Paste oder der aufgetragenen Farbe zu arbeiten. Die Dämpfe, die dabei entstanden, waren scheußlich, und Vater hat sich bei seinem Experimentieren einmal fast vergiftet. Tagelang musste er sich immer wieder erbrechen."

Erschrocken hält er inne.

„Um Himmels Willen..." Abt Lukas stockt der Atem. „Genau so war es mit Bruder Michael. Ihm muss zeitweise hundeelend gewesen sein. Einer der Mitbrüder hat nachts bemerkt, dass er sich heftig übergeben musste!"

In Abt Lukas beginnen sich die ersten Puzzleteile zusammenzufügen.

15. Kapitel

Der Abt sehe es als eine Hauptsorge an, dass die
Kranken weder vom Cellerar noch von den Pflegern
vernachlässigt werden. Auf ihn fällt zurück, was
immer die Jünger verschulden. (RB 36,10)

„**B**itte sprechen Sie weiter, Herr Geringsen. Ich fasse es einfach nicht!"

Professor Geringsen atmet tief durch. Er besinnt sich einen Augenblick und schließt die Augen, bevor er weiterspricht:

"Nun ja, so war das. Auf dem Rückweg von unserer Tour frühstückten wir noch in einem Fastfood-Restaurant, und das war für mich wie der Himmel auf Erden. Als Mutter später von diesem Ausflug hörte, bekam ich eine Ohrfeige und es gab einen handfesten Streit zwischen den Eltern. Daraufhin nahm mich mein Vater nie wieder mit. Von einer dieser Fahrten kehrte er nicht mehr zurück. Er war mit einem Geisterfahrer zusammengestoßen und auf der Stelle tot. Wir waren alle wie gelähmt. Der Polizist, der meiner Mutter die Nachricht überbrachte, war sehr sachlich. Ich erinnere mich noch sehr gut daran, wie er sagte: Frau Geringsen ich muss Ihnen leider mitteilen, dass ihr Mann bei einem Verkehrsunfall ums Leben gekommen ist. Er hat nicht gelitten und war sofort tot. Als meine Mutter ihn stumm und er-

258

starrt anblickte, fügte er hinzu, dass das Auto ein Total-schaden sei, aber die zwei Figuren wären unbeschadet."

Sein Blick kommt wie aus weiter Ferne.

Abt Lukas spürt, wie lebendig die Szene in seinem Gegenüber ist.

„Meine Mutter blieb stumm. Der Polizist, ein junger Mann, wusste offenbar nicht, wie er reagieren sollte. Er stammelte noch etwas von Beileid und Schicksal. Meine Mutter schaute ihn wie ungerührt an und sagte nur absolut monoton, dass er gehen solle. Fast fluchtartig und spürbar erleichtert verließ der Beamte das Haus. Meine Schwester ergriff die Initiative und rief unsere Großeltern an. Das alles ist wie ein Alptraum gewesen."

Abt Lukas' Gedanken schlagen Purzelbäume, eins fügt sich zum anderen.

„Was waren das für Figuren? Erinnern Sie sich?"

Professor Geringsen schaut erstaunt auf. Er überlegt nur einen Moment. „Petrus und Johannes - ich bin ganz sicher. Zu beiden Aposteln hatte Vater einen starken Bezug. Sie waren sozusagen seine Lieblingsheiligen! Warum wollen Sie das wissen?"

„Glauben Sie an Zufälle?" Abt Lukas schaut seinem Gegenüber fragend ins Gesicht. Das alles kommt ihm regelrecht surreal vor. Konnte das die Motivation von Bruder Michael gewesen sein, die Figuren hier zu verstecken? Wollte er auf seinen väterlichen Freund Wolf warten, damit er helfen konnte, die Sache aufzuklären?

Aber warum hatte er nicht mit Professor Heindl darüber gesprochen oder notfalls die Polizei informiert?

„Zufall - nein, Abt Lukas, Zufälle gibt es nicht. Irgendwie hat in unserem System Erde alles seinen Platz und seinen Sinn! Bitte verzeihen Sie, wenn ich ganz ehrlich bin - ich glaube nicht an einen personalen Gott, wie Sie. Aber, dass hinter diesem grandiosen Universum eine höhere Kraft steht, glaube ich sehr wohl! Aber warum fragen Sie das?"

Professor Geringsen ist sichtlich irritiert.

„Die beiden Figuren, um die es sich hier dreht, also die, die Bruder Michael in der Akademie aufgefallen sind und die er hier im Haus versteckt hat, sind ein Petrus und ein Johannes!"

Eine Mischung von ungläubigem Staunen und raumgreifender Faszination machen sich im Gesicht von Professor Geringsen breit.

„Das ist nicht ihr Ernst!" bringt er mehr stammelnd als sprechend heraus. „Das würde heißen, dass er tatsächlich auf diese letzten verkleideten Figuren meines Vaters gestoßen ist. Sie müssen wissen, dass das damals alles sehr undurchsichtig war. Angeblich waren die Figuren in der Asservatenkammer gelandet. Meine Mutter wollte nichts damit zu tun haben. Ich hörte sie mal am Telefon sagen, dass sie keinen Wert auf die Figuren legen

260

würde und keine Ahnung hätte, woher sie mein Vater gehabt hätte. Als Vaters Auftraggeber bei uns auftauchte, warf sie ihn kurzerhand raus und empfahl ihm, selbst zur Polizei zu gehen, wenn er Wert auf die Heiligen legen würde! Später, als ich schon erwachsen war und begonnen hatte, Kunstgeschichte zu studieren, da habe ich versucht herauszufinden, wo die beiden gelandet sind. Es war äußerst mysteriös, denn sie waren bei der Polizei nirgends verzeichnet - so als hätte es sie nie gegeben. Ich stieß auf eine dichte Mauer des Schweigens und da ich kein Geld für einen Anwalt hatte und meine Mutter auf keinen Fall mit hineinziehen wollte, musste ich mich zähneknirschend damit abfinden, dass sie auf irgendwelchen dunklen Kanälen den Besitzer gewechselt hatten. Jetzt ist es bewiesen! Unglaublich!"

„Hat Bruder Michael diese Geschichte gekannt?"

„Ja, das hat er!"

„Dann könnte es sein, dass er fürchtete, dass die Polizei wieder versuchen würde, die Sache zu verschleiern, damit das, was damals passiert ist, nicht auffliegen würde! Deshalb hat er die Figuren in Sicherheit gebracht!"

Das Klingeln des Telefons reißt die beiden Männer aus dem Gespräch.

„Bitte entschuldigen Sie!"

Abt Lukas steht auf und hebt den Hörer ab.

„Ja, Pater Jonas. Das ist gut. Bitte stell das Gespräch durch!"

Er legt die Hand über den Hörer und schaut zu Professor Geringsen.

„Es ist Kommissar Meinrad!"

„Ja, danke, dass Sie anrufen, Herr Meinrad. Warten Sie einen Moment, bevor Sie weitersprechen. Ich sitze mit Professor Geringsen zusammen, dem väterlichen Freund von Bruder Michael. Ich habe ihn über alles informiert und er hat einige erstaunliche Dinge zu erzählen. Wäre es Ihnen recht, wenn ich ihn mithören lasse. Ich bürge für seine Vertrauenswürdigkeit."

Offenbar gibt es eine kleine Nachdenkpause am anderen Ende der Leitung. Dann schaltet Abt Lukas den Lautsprecher an und Kommissar Meinrads Stimme erklingt im Sprechzimmer.

„Guten Tag, Professor Geringsen."

„Ja, guten Tag, Kommissar Meinrad!"

„Ungewöhnliche Umstände erfordern ungewöhnliche Maßnahmen. Nun denn... Hören Sie. Inzwischen sind die drei jungen Leute vernommen worden. Ihre Aussagen decken sich, sodass wir inzwischen wissen, wie sie es fertiggebracht haben, die Figuren zu entwenden und in ihrer Kapelle zu verstecken. Die Details dann am Nachmittag. Ich bringe Nina zu unserem Treffen mit. Sie ist gleich nach der Befragung aus der Klinik entlassen worden. Elise muss noch ein paar Tage zur Beobachtung bleiben. Genauso wie Thorsten. Aber den beiden geht es soweit ganz gut. Und jetzt sind Sie dran. Was sind das für interessante Dinge, die Professor Geringsen berichten kann?"

Professor Geringsen und Abt Lukas schauen einander fragend an. Abt Lukas denkt kurz nach. Professor Geringsen nickt ihm aufmunternd zu. „Es alles am Telefon zu erzählen scheint mir eindeutig zu komplex. Aber vielleicht so viel: Es sieht so aus, als ob Professor Geringsens Vater derjenige war, durch dessen Hände zumindest ein Teil der gestohlenen Figuren gegangen sind. Er hat eine Holzpaste benutzt, um den gestohlenen Heiligen einen neue Identität zu verschaffen. Als Kind hat er davon eine Menge mitbekommen, auch, dass sein Vater sich einmal mit dem Zeug fast vergiftet hätte."

„Das ist nicht Ihr Ernst!"

Kommissar Meinrad unterbricht die wohlüberlegten Ausführungen von Abt Lukas: „Oh doch und damit noch nicht genug. Es sieht so aus, als wären genau unsere beiden Figuren, Petrus und Johannes, die letzten beiden seiner Umarbeitungen gewesen, die nach einem Unfall, bei dem er ums Leben gekommen ist, auf mysteriöse Weise verschwunden sind."

Fragend lauscht er in den Hörer.

„Das ist ja wie in einem Kriminalroman. Solche Geschichten denken sich normalerweise Schriftsteller an ihren Schreibtischen aus. Unglaublich!" Es entsteht eine Pause. „Gut, Professor Geringsen, wäre es möglich, dass Sie heute Nachmittag an unserem Treffen teilnehmen? Es sieht nun wirklich so aus, als ob es uns da gelingen könnte, die vielen Einzelteile zu einem Ganzen zusammenzufügen."

„Ja natürlich. Ich komme gerne! Kommissar Meinrad, noch eine ganz andere Frage!"

„Ja, fragen Sie nur!"

„Ist es möglich, Michael zu sehen? Ich möchte mich gerne von ihm verabschieden."

„Ja, aber natürlich. Ich melde Sie gleich im gerichtsmedizinischen Institut an, dann kann Sie der Beamte reinlassen und das Nötige veranlassen!"

„Vielen Dank! Ich mache mich dann gleich auf den Weg!"

Es werden noch ein paar Abschiedsworte ausgetauscht, dann legt der Abt den Hörer auf.

„Professor Geringsen, ist das eine gute Idee, Michael dort zu sehen?"

Ganz vorsichtig meldet Abt Lukas seine Zweifel an.

„Lassen Sie nur, Abt Lukas. Es ist mir wichtig, es jetzt zu tun. Wo, spielt im Grunde keine Rolle. Und ich will es gerne alleine tun - bitte verzeihen Sie meine Offenheit!"

„Aber nein, Herr Geringsen. Sie müssen sich nicht entschuldigen. Ich wollte Ihnen nicht zu nahe treten. Wissen Sie, manchmal ist es schwer, das rechte Maß zu treffen!"

„Keine Sorge, ich bin sehr dankbar für unser Gespräch und noch dankbarer, dass Sie Michaels Abt waren - Sie waren ihm sicherlich, so wie ich, ein väterlicher Freund. Ich danke Ihnen dafür!"

Sie reichen einander die Hand. Beide müssen die aufsteigende Rührung runterschlucken.

Beim Schließen der Pfortentür erschallt die Chorglocke!

Abt Lukas lehnt sich einen Moment an die Tür und schließt die Augen. Eine Welle von Traurigkeit durchflutet ihn. Das alles kommt ihm wie ein schlechter Traum vor, aus dem man schweißgebadet aufwacht.

„Abt Lukas, ist alles in Ordnung?" Bruder Nikolaus ist leise an den Abt herangetreten. „Bruder Nikolaus, ja. Machen Sie sich keine Sorgen. Es geht schon. Es ist nur alles ein wenig viel!"

Er versucht den jungen Bruder mit einem Lächeln zu beruhigen. Aber der junge Mönch lässt sich nicht täuschen. Anstatt noch etwas zu sagen, senkt er bescheiden den Blick.

„Was für eine feiner junger Bursche!" schießt es Abt Lukas durch den Kopf. Gemeinsam machen sie sich auf den Weg zur Kirche, wo schon fast alle Brüder versammelt sind. Ihre Wege trennen sich gleich nach der Statiotür, wo sich Bruder Nikolaus zur Orgelempore wendet. Abt Lukas verneigt sich und setzt sich auf seinen Platz.

Es ist ihm inzwischen in Fleisch und Blut übergegangen, seinen Blick über seine kleine Mönchsgemeinschaft schweifen zu lassen.

Waren alle da? Wer fehlte? War alles in Ordnung? Die Art und Weise wie die Brüder dasitzen, verrät ihm viel. Pater Martinus reicht ihm einen Zettel.

„Pater Simon kommt nicht. Er hat sich zurückgezogen!" steht darauf. Die Blicke der beiden begegnen sich. Abt Lukas nimmt sich vor, gleich nach dem Mittagessen nach Pater Simon zu schauen!

„O Gott, komm mir zu Hilfe, Herr, eile mir zu helfen ...."

Abt Lukas' Gedanken kehren immer wieder zur Begegnung mit Professor Geringsen zurück. Es gelingt ihm nicht, sich davon loszureißen. Nach einigen erfolglosen Versuchen, dem Gebet zu folgen, überlässt er sich seinen Gedanken. Lässt sie kommen und gehen, ohne sie bewusst zu steuern. Wie ein Film laufen die letzten zweieinhalb Tage vor seinem inneren Auge ab.

Der tote Bruder in seinem Bett und wie der Sarg aus dem Haus getragen wird... Das Telefonat mit Abt Leo ... Das Gespräch mit Elise ... Pater Severin, wie er betend auf dem Stein im Garten sitzt ... Bruder Mathias und die Stellenanzeige ... Die berührenden Fotos von Bruder Michael ... Die zwei unheimlichen Männer, die angeblich Bruder Michael Werkzeug geliehen haben ... Die nächtliche „Einbruchsaktion" ... Die Journalisten an der Klosterpforte ... Die Hausdurchsuchung und das Finden der beiden verkleideten Figuren in der Winterkapelle ... Der Wunsch von Bruder Samuel, das Theologiestudium aufgeben zu dürfen ... Das gemeinsame Mittagessen mit dem kranken Pater Simon ... Das brüderliche Verpacken der Tees ... Die kleine Teestunde mit Bruder Viktor ... Der Fernsehbericht ... Die leere Zelle von Bruder Michael ... Das Gespräch mit Professor Heindl ... Die Communio *„non vos relinquam orphanos"* ... Otto und ihr gemeinsames Singen in der dunklen Kirche ... Der Streit zwischen Bruder Hubert und Bruder Mathias ... Die abendliche Runde mit Kommissar Meinrad, Heiko Müller, Prof Heindl und Otto ... Die Nachricht vom Unfall der drei jungen Leute ... Das Frühstück mit Otto in der Brüdergemeinschaft ... Die Predigt von Pater Nikodemus ... Das Gespräch im Kreuzgang mit Herrn Degenweg ... Professor Geringsen und seine Geschichte...

„Der Herr segne uns und unsere abwesenden Brüder - Amen."

Das Chorgebet endet wie stets mit dieser Bitte, die Benedikt ausdrücklich in der Regel benennt: ‚*Beim letzten Gebet des Gottesdienstes wird immer aller Abwesender gedacht*' (RB 67,2).

Abt Lukas liest noch den Regelabschnitt des Tages vor. Ein Satz fällt tief ins Herz: "*Was kein Auge gesehen und kein Ohr gehört hat, hat Gott denen bereitet, die ihn lieben.*" (RB 4,77)

Bruder Michael hat Gott gesucht, sich danach gesehnt, in seiner Nähe zu sein - ja, Abt Lukas ist sich sicher, dass das alles zutiefst motiviert war aus einer tiefen und echten Liebe heraus.

„Nun, Herr, ist es an dir, ihm seine Treue zu vergelten! Nimm ihn auf, Herr, so wie du es verheißen hast!"

Still spricht er seine Gedanken zu Gott hin. Pater Martinus räuspert sich laut und vernehmlich - die Brüder sind unruhig geworden, weil der Abt nicht abklopft und so die Chorzeit beendet. Abt Lukas neigt den Kopf leicht und bittet so die Brüder um Vergebung wegen seiner Unachtsamkeit. Dann gibt er das Zeichen. Sofort erheben sich die Mönche und formieren sich für den Auszug.

Sonntags gehört es zu den Aufgaben des Abtes, gleich nach der Mittaghore in die Küche zu gehen und gemeinsam mit dem diensttuenden Küchenbruder das Mittagessen ins Refektorium zu tragen. Als alles vorbereitet ist, läutet er die Essensglocke, die die Brüder zu Tisch ruft. Bruder Samuel, der in dieser Woche den Dienst des Tischlesers versieht, hat, wie immer zum Mittagstisch am Sonntag, eine Musik ausgesucht.

Es erklingen Naturklänge - für Abt Lukas' Geschmack ein wenig zu esoterisch, aber vielleicht für heute Mittag eine gute Lösung.

Er hätte nicht gewusst, was er auswählen soll. Die Mahlzeit verläuft still und ohne Besonderheiten. Keiner scheint sehr hungrig.

„Brüder, ich bitte euch alle kurz in den Kapitelsaal - lasst für einen Moment einfach alles stehen. Es dauert nicht lange!"

Gewohnt schweigend folgen die Mönche der Bitte des Abtes.

„Brüder, es gibt eine Reihe von Neuigkeiten!" Kurz und sachlich informiert er die Gemeinschaft.

„Um 14.00 Uhr gibt es hier bei uns ein Treffen - Kommissar Meinrad, Heiko Müller, Professor Heindl, Otto, Professor Geringsen und Nina werden dabei sein. Gemeinsam wollen wir versuchen, aus all den Details ein möglichst lückenloses Bild zu machen!"

„Vater Abt, werden wir auch die Möglichkeit haben, uns von Bruder Michael zu verabschieden?"

„Das ist eine der Fragen, die wir auch noch klären müssen, Bruder Viktor. Ich bin sicher, dass es dazu eine Möglichkeit geben wird. Abt Leo wird ja am späten Nachmittag kommen - mit ihm müssen wir da auch sprechen!"

Als die Runde sich auflöst, greift sich Abt Lukas das Essenstablett, das für Pater Simon bereitsteht.

„Bruder Thomas, ich hoffe es ist dir Recht, dass ich Pater Simon das Essen bringe?" „Aber ja. Bitte grüß' ihn und sag' ihm, dass ich ihn nachher auf eine Tasse Tee besuchen werde!"

Leise klopft Abt Lukas an der Zellentür des kranken Bruders.

„Komm nur herein, Abt Lukas. Ich dachte mir doch, dass du es dir nicht nehmen lässt, bei mir reinzuschauen!"

Ein strahlendes Lächeln steht ihm im Gesicht. Blass und durchscheinend liegt er im Bett. Langsam und bedächtig isst er ein paar Löffel der Hühnersuppe, die Bruder Hubert für ihn gekocht hat.

Schweigend sitzt Abt Lukas bei ihm.

„Nun erzähl mal, was es Neues gibt!"

In Abt Lukas klingt der Beginn des 36. Kapitels an: *„Die Sorge für die Kranken muss vor und über allem stehen: man soll ihnen so dienen, als wären sie wirklich Christus."*

Er ist froh, hier sitzen zu dürfen, Zeit mit diesem Mann verbringen zu dürfen.

„Nun, Abt Lukas, wenn du nicht bald anfängst zu reden, werde ich eingeschlafen sein!" Abt Lukas nimmt die Rüge schmunzelnd zur Kenntnis und umreißt in groben Zügen die letzten Ereignisse.

„Dann hat sich Bruder Michael wahrscheinlich tatsächlich selbst vergiftet, als er versucht hat, das Rätsel um diese Holzpaste zu lösen, oder?"

„Ja, so sieht es aus."

„Werden die drei jungen Leute vor Gericht müssen?"

„Ich weiß von diesem Teil der Geschichte bisher zu wenig - ich hoffe einfach, dass wir das verhindern können. Ich bin sicher, dass sie Bruder Michael nur einen Gefallen tun wollten und gar nicht wirklich realisiert haben, was sie da lostreten! Und, wenn Bruder Michael nicht gestorben wäre, dann hätte sich die ganze Sache durch Professor Geringsens Kommen ja sicher auch völlig anders entwickelt!"

Pater Simon reicht Abt Lukas den leeren Teller. „Danke, Vater Abt!"

„Du bist müde, Pater Simon! Ich gehe jetzt besser und lasse dich schlafen, ja? Bruder Thomas schaut nachher mit einer Tasse Tee bei dir vorbei!"

Von Pater Simon kommt schon keine Antwort mehr. Halbsitzend ist er einfach eingeschlafen. Abt Lukas richtet ihm das Kissen ein wenig her und deckt ihn sorgsam zu. Dann zeichnet er ihm ein Kreuz auf die Stirn und verlässt leise die Zelle. Er ist sich sehr bewusst, dass sein Mitbruder nun eindeutig auf dem letzten Wegstück angekommen ist.

Sein Klingelzeichen schallt durchs Haus und er eilt zur Pforte.

„Abt Lukas, es ist Heiko Müller in der Leitung. Er will dich sprechen."

„Ja, danke. Ich nehme das Gespräch gleich hier entgegen!"

Pater Benno reicht ihm den Hörer!

„Ja, Heiko. Hier Pater Lukas. Was kann ich für Sie tun!"

Pater Benno zögert, ob er nicht den Raum verlassen soll.

Abt Lukas legt die Hand über den Hörer und flüstert: „Nein, du kannst ruhig bleiben. Gib mir mal schnell Papier und Stift!"

„Ja, natürlich - das haben wir alles da! Kein Problem, Heiko. Wir können in das kleine Schulungszimmer in der Praxis gehen. Ich kümmere mich darum! Ja dann bis später!"

Abt Lukas schaut auf seine Notizen.

„Pater Benno, meinst du, du könntest mit helfen, das kleine Schulungszimmer vorzubereiten?" Er zeigt ihm die Liste, auf der neben Flipchart und Stellwand auch Beamer und Medienkoffer stehen.

„Aber ja. Ich rufe Bruder Mathias an. Das mit der Technik kann er am besten, oder?" „Ja, das ist sinnvoll. Ich gehe schon mal los. Treffen wir uns gleich vor Ort?"

Pater Benno nickt zustimmend und greift zum Hörer. Draußen kommt Pater Jonas dem Abt entgegen.

„Vater Abt, wo willst du dich mit den Leuten treffen? Das Sprechzimmer ist fast ein bisschen zu eng, oder?"

„Ja, wir werden ins kleine Schulungszimmer ausweichen - da können wir auch ein bisschen Technik unterbringen. Heiko Müller hat gerade angerufen und darum gebeten."

„Gut, das ist eine prima Idee. Ich werde für Kaffee, Tee und kalte Getränke sorgen. Meinst du, ein Teller mit Gebäck ist ausreichend, oder soll ich einen Kuchen ausfrieren?"

„Mein lieber Bruder, du beschämst mich. An all das habe ich keinen Augenblick gedacht bisher."

„Na, dafür gibt es ja eine Aufgabenverteilung im Kloster. Für was gäbe es denn sonst einen Gastbruder?"

Pater Jonas spürt die Anerkennung, die Abt Lukas ihm da entgegenbringt, und nimmt sie dankbar an.

„Zu deiner Frage - ich denke Gebäck ist ausreichend und vielleicht ein bisschen Obst!"

„Ja, gut." Pater Jonas macht sich ohne weiteren Kommentar auf in Richtung Küche. Abt Lukas schaut ihm sinnend nach. Dann reißt er sich los und geht in Richtung Praxis. Dort findet er schon Bruder Mathias und Pater Benno. Gemeinsam richten sie den Raum her. Als dann kurz vor 14 Uhr Kommissar Meinrad mit Nina als erster eintrifft, steht alles bereit.

16. Kapitel

Der Mönch spricht, wenn er redet, ruhig und ohne Gelächter, demütig und mit Würde wenige und vernünftige Worte und macht kein Geschrei, da geschrieben steht: "Den Weisen erkennt man an den wenigen Worten." (RB 7,60.61)

Abt Lukas begrüßt Kommissar Meinrad mit einem herzlichen Handschlag. Er spürt ein wenig Bewunderung für diesen Mann, der ihm in diesen knapp drei Tagen erstaunlich vertraut geworden ist.

Dann wendet er sich Nina zu. „Kommen Sie nur herein. Ich bin Abt Lukas."

Ihr Gesicht ist arg mitgenommen, ein dunkelblauer Bluterguss ziert das rechte Auge und ein großes Pflaster prangt auf ihrer Stirn. Sie geht an zwei roten Krücken und bewegt sich vorsichtig.

„Ich bin Nina, Abt Lukas. Die Freundin von Thorsten!"

„Ja, und vor allem haben Sie diese unglaublich schönen Aufnahmen von Bruder Michael gemacht, nicht wahr?"

Abt Lukas schaut die junge Frau freundlich an. Sie ist ihm auf den ersten Blick sympathisch, und er kann sich durchaus vorstellen, dass sie, ohne Hämatom und Pflaster im Gesicht, sehr hübsch ist.

„Ja! Das war ein tolles Erlebnis. Michael ist ein faszinierender Mensch...!"

Sie bricht mitten im Satz ab. „Entschuldigen Sie...!" Sie ringt um Fassung.

Abt Lukas schiebt ihr einen Stuhl zum Sitzen hin und einen, um den Fuß darauf zu legen, der in einer großen Orthese steckt.

„Ist schon in Ordnung - ja, das war er - ein faszinierender Mann!"

In diesem Moment betritt Professor Heindl den Raum. Er ist sichtlich überrascht. „Nina, was machen denn Sie hier und was ist Ihnen zugestoßen? Das sieht ja schlimm aus!" „Professor Heindl ..." Nina versucht sich mühsam aufzurappeln.

„Nein, nein, bleiben Sie nur sitzen, Nina!" Abt Lukas drückt sie sanft zurück auf den Stuhl. „Sie ist eine wichtige Zeugin, Professor Heindl. Deshalb ist sie hier!"

Bevor Professor Heindl etwas erwidern kann, betreten nacheinander Otto und Heiko Müller den Raum. Beim Anblick von Otto verstummen die Gespräche und es tritt betretene Stille ein.

„Nun kommen Sie. Nehmen Sie Platz."

Abt Lukas dirigiert alle an den Tisch und bietet etwas zu trinken an.

276

Heiko Müller stellt sein Notebook auf den Tisch und schließt schweigend den Beamer an sein Gerät.

„Sind alle da?" Fragend schaut er in die Runde. „Nein, Professor Geringsen fehlt noch!"

Abt Lukas wirft einen Blick auf seine Uhr. „Es sind noch ein paar Minuten Zeit. Er kommt sicher gleich!"

Heiko und Kommissar Meinrad sprechen leise miteinander. Professor Heindl hat sich zu Nina gesetzt, die immer noch ein wenig irritiert und verstohlen zu Otto hinschaut, der auf Bruder Michaels Spezialstuhl Platz genommen hat, den Pater Jonas aus dem Refektorium gebracht hat. Als Pater Jonas kurz hereinschaut und Professor Geringsen ins Zimmer schiebt, atmet Abt Lukas erleichtert auf.

„Pater Jonas, bitte, wenn möglich, keine Störungen, ja?"

„Ja, Vater Abt. Wenn Ihr etwas braucht - ich bin an der Pforte zu erreichen!" Leise zieht sich der Bruder zurück.

„So, ich denke, wir sind jetzt vollständig und können anfangen!"

Kommissar Meinrad übernimmt die Regie.

Abt Lukas und Professor Geringsen setzen sich.

„Ich muss gestehen, dass ich Ähnliches noch nicht erlebt habe in meiner nun doch schon längeren Berufstätigkeit als Kommissar - das ist wirklich gegen jedes Lehrbuch. Aber inzwischen glaube ich tatsächlich, dass wir alle miteinander das Rätsel um Bruder Michaels Tod und auch das um die Figuren lösen können!" Heiko Müller stellt ein kleines digitales Aufnahmegerät auf den Tisch. „Wir werden unser Gespräch aufzeichnen, damit niemand mitprotokollieren muss und wir im Nachhinein wirklich sicher sein können, was gesagt wurde. Ich hoffe, damit sind alle einverstanden?!" Nachdem alle nicken, ergänzt er: „Dann bitte ich Sie, dass Sie Namen, Geburtstag, Wohnort, Beruf und ihren Beziehungsstatus zu Michael Denor der Reihe nach nennen. Dann sehen wir weiter!"

Es tritt Stille ein. „Ach ja und noch etwas: Alles was hier im Raum gesagt wird, bleibt in der Runde. Sehr wahrscheinlich wird die Presse versuchen, an Informationen heranzukommen, und es ist möglich, dass sie sogar Geld anbieten!"

Heikos Ton ist mahnend und sein Blick ruht auf Nina.

„Hey, warum schauen Sie mich dabei an? Nur weil ich Studentin bin, verkaufe ich nicht meine Seele und schon gar nicht meine Freunde für ein paar Euro!"

Kommissar Meinrad legt Nina beruhigend die Hand auf den Arm.

„Kommen Sie, Nina, der Kollege hat das nicht auf Sie allein gemünzt. Vielleicht fangen Sie einfach an mit den Personalia. Ich denke, wir wollen alle so schnell wie möglich die Formalitäten hinter uns bringen!"

Sein Blick fixiert den jungen Kollegen warnend. Heiko Müller überspielt seinen Ärger, indem er nochmal das Aufnahmegerät überprüft.

„Na gut. Also ich bin Nina Verne, geboren am 24.11.1982 in Düsseldorf. Ich habe ein Stipendium an der hiesigen Kunst-Akademie, so wie Michael, und studiere im fünften Semester im Hauptfach Fotographie. Die Akademie ist klein, und jemand wie Michael fällt auf. Wir haben uns bei einem gemeinsamen Projekt der Meisterklasse angefreundet - über ihn habe ich auch Thorsten kennengelernt. Thorsten hat Michaels Arbeiten dokumentiert, also fotografiert, damit Michael die Bilder seinen Berichten anfügen kann." „Und Elise?" Kommissar Meinrad setzt nach. „Elise gehört auch zur Meisterklasse und hat viel mit Michael zusammengearbeitet. Ich kenne sie aber schon länger - sie hat mal in unsere WG einziehen wollen, was ihre Eltern dann aber nicht erlaubt haben. Seiher sind wir befreundet!"

„Okay, danke Nina - fürs Erste soll das genügen!" Kommissar Meinrad trinkt einen Schluck Wasser und wartet. „Ich mache weiter, ja?" Otto schaut fragend in die Runde. Nachdem kein Einwand kommt, erzählt auch er seine Geschichte mit Michael. Nach und nach stellen sich alle vor. „Vielen Dank Ihnen allen!" Heiko Müller schaut prüfend auf das Aufnahmegerät. „Ich bin ein wenig unsicher, wie wir jetzt weitermachen sollen?"

In diesem Moment dudelt ein Handy mit zunehmender Lautstärke aus Heiko Müllers Hosentasche.

„Verflixt, bitte entschuldigen Sie!"

Prüfend fixiert er das Display seines Smartphones. „Oh, die Gerichtsmedizin -..." Kommissar Meinrad nickt ihm auffordernd zu.

„Ja, - Nein, - Was?" Heiko blickt nachdenklich auf Professor Geringsen.

„Ja, danke. Das ist auf jeden Fall eine gute Nachricht! Danke, dass du dich gleich darum gekümmert hast - trotz Sonntag. Machst du jetzt Schluss! Okay, bis dann!"

Er legt auf und schaltet das Handy aus.

„Es war der Gerichtsmediziner - nachdem er mittags mit Professor Geringsen gesprochen hat, wurde ihm schlagartig einiges klar, was er und seine Kollegen bisher nicht zuordnen konnten. Er hat sich nochmal die Leber- und Nierenwerte von Bruder Michael angeschaut und die toxikologischen Parameter mit den verwendeten Substanzen und deren Reaktionspotential ins Verhältnis gesetzt - dann hat er einen Kollegen in Köln angerufen, der spezialisiert ist auf Vergiftungen, und der hat seine Einschätzung bestätigt: Nach den Informationen von Professor Geringsen und den nun daraus resultierenden neu vorliegenden Untersuchungsergebnissen kann davon ausgegangen werden, dass ein Fremdverschulden beim Tod von Michael Denor ausgeschlossen werden kann!"

„Hey, können Sie das auch für einen normalen Mensch verständlich ausdrücken?" Nina stößt vor Aufregung ihr Wasserglas um. Niemand scheint davon Notiz zu nehmen. „Bruder Michael ist nicht ermordet worden, sondern es war so eine Art Arbeitsunfall ...?" Fragend schaut Abt Lukas von Heiko Müller zu Kommissar Meinrad.

„Ja, genau das habe ich sagen wollen."

Abt Lukas reicht Kommissar Meinrad ein paar Servietten, um das verschüttete Wasser aufzuwischen.

„*Deo gratias*" - Es ist das erleichterte Stoßgebet von Abt Lukas, das die gespannte Stille auflöst.

„Mein Gott, dieser verrückte Kerl. So war er schon immer. Wenn er sich etwas vorgenommen hatte, dann ließ er sich nicht aufhalten. Weder von seiner Behinderung, noch von der Meinung anderer oder sonst irgendwelchen Hindernissen. Diesmal ist er zu weit gegangen. Verflixt, er könnte noch leben, wenn er nicht so stur und leidensfähig gewesen wäre!" Professor Geringsen spricht nachdenklich und traurig.

„Nein, ich denke, dass das nicht der richtige Blick ist!" Otto formuliert vorsichtig. „Es war genau diese Dynamik, die ihn so weit gebracht hat - nur so konnte er überleben, nur so konnte er sich frei machen, nur so konnte er seinen Weg gehen und nur so konnte er dieses Leben hier finden. Ich denke, er ist gestorben, wie er gelebt hat. Ganz und absolut präsent, echt und wahrhaftig!"

Stille macht sich breit. Alle hängen dem Gesagten nach.

„Professor Heindl - ist alles in Ordnung?" Aus dem Augenwinkel hat Abt Lukas bemerkt, wie blass, ja regelrecht aschfahl, sein Tischnachbar geworden ist. „Kommen Sie, trinken Sie ein paar Schlucke!"

Fürsorglich gibt er dem Mann das Wasser in die Hand. Gehorsam leert Professor Heindl das Glas und stellt es stumm wieder ab. „Ich kann Ihnen nicht sagen, wie froh ich bin, dass er nicht umgebracht worden ist."

Alle Blicke richten sich auf ihn. „Erzählen Sie, was passiert ist!" Kommissar Meinrad schenkt sich Kaffee ein.

„Ich war einfach so dumm und so feige. Wissen Sie, es gibt nicht viele Lehrstühle in meinem Fach. Und dazu kommt, dass ich früher ein bisschen in schlechte Kreise geraten war und, ehrlich gesagt, alles andere als fachlich überragend bin - ich hatte einfach Glück und bin bei meiner Doktorarbeit auf die Füße gefallen, kannte ein paar Leute, die mich dann mehr oder weniger hier untergebracht haben. Seit Jahren habe ich nichts mehr veröffentlicht und mir war klar, dass ich so wohl nicht mehr lange durchkommen würde. Na, und dann kam diese Figurengruppe. Ich dachte, dass es mal wieder Fortuna ist, die mir da winkt. Es hätte mir gleich auffallen müssen, dass etwas nicht stimmen kann. Wer gibt so eine Kostbarkeit an eine so entlegene Akademie und lässt Studenten daran arbeiten? Als ich darum bat, den Auftrag im Vorfeld prüfen zu dürfen, wurde das einfach für überflüssig erklärt. Ich wolle doch nicht diese Chance aufs Spiel setzen? Für die Akademie und auch für die Studenten sei das ein Glücksfall - innerlich ergänzte ich: Für mich auch! Also sagte ich zu. In der Hand hatte ich ein paar Fotos und den Auftrag, die Figuren zu reinigen und, wenn nötig, vorsichtig neu zu fassen. Die Figuren waren alle in recht ramponiertem Zustand, und ich freute mich tatsächlich für unsere jungen Leute. So eine Chance gibt es selten. Da Michael mit Abstand der begabteste meiner Studenten war, vertraute ich ihm den Johannes an, der stark beschädigt war. Ja, und dann brach ihm beim Reinigen ein Stück heraus, und er begann zu forschen und zu fragen. Als mir klar wurde, dass etwas faul war, ging ich zum Dekan und sprach mit ihm darüber. Er geriet völlig außer sich. Ich solle Michael sofort eine andere Aufgabe geben und die Figur selbst herrichten. Es dürfe auf keinen Fall ein Zweifel an der Echtheit und der Vollständigkeit der Gruppe aufkommen. Ich sei verantwortlich für den reibungslosen Ablauf. Und wenn ich meine Karriere nicht aufs Spiel setzen und die Existenz der Akademie nicht gefährden wolle, so müsse ich jetzt diskret und umsichtig handeln. Mein Gewissen schrie in mir und mein Menschenverstand wehrte sich, aber ich war zu feige. Also habe ich versucht zu retten, was zu retten war. Als ich merkte, dass Michael nicht lockerlassen würde, habe ich die Werkstatt geschlossen, um in Ruhe überlegen zu können, was zu tun sei. Ja und dann, plötzlich, war der Johannes verschwunden und mit ihm der Petrus. Ich wollte sie als gestohlen melden, aber unser Dekan hat gemeint, dass sei Chefsache und er würde sich selbst darum kümmern. Ich solle die Werkstatt wieder öffnen und tun, als sei alles in Ordnung. Ich bekomme jetzt noch eine Gänsehaut, wenn ich daran denke. Als Michael dann tot aufgefunden wurde, habe ich mich an seine Kaltblütigkeit erinnert und mir kroch die Angst in alle Glieder, dass da eine ganz, ganz miese Sache abgelaufen sein könnte." Erschöpft stützt er den Kopf in die Hände. „Wissen Sie, ich fühle mich unglaublich egoistisch und schuldig. Wie konnte ich nur so unredlich handeln?"

„Nur zu ihrer Information - der Dekan wird zurzeit vernommen und die Figurengruppe ist sichergestellt! Was meinen Sie mit ‚kaltblütig'?" Heiko Müller schaut von seinem Bildschirm auf!

„Ja, es war eher so ein Gefühl, als ob er über irgendwelche dunklen Kanäle etwas organisieren würde!"

„Ich glaub das nicht. Sie haben befürchtet, dass er professionelle Leute beauftragen würde, um Michael aus dem Verkehr zu ziehen und haben nichts unternommen?" Ninas Stimme überschlägt sich fast.

„Sie hätten Michael für ihre kleine billige Karriere einfach über die Klinge springen lassen?"

„Langsam, Nina, wir sind hier nicht vor Gericht ..." Kommissar Meinrad unterbricht Ninas Ausbruch.

„Nein lassen Sie nur - sie hat ja Recht!" Professor Heindl kämpft mit den Tränen.

„Wie gesagt - die Kollegen vernehmen ihren Dekan gerade - vielleicht bekommen sie heraus, wer da im Hintergrund mitgemischt hat! Vielleicht erfahren wir ja auch etwas über die beiden Männer, die versucht haben, sich Zutritt zur Werkstatt zu verschaffen."

„Welche zwei Männer...?" die Frage kommt von Otto, der bisher still zugehört hat.

Schnell ist die kleine Episode erzählt. Abt Lukas beginnt in den Taschen seines Habits zu kramen. Fasziniert beobachtet die Runde, was er alles zutage befördert: zwei Bleistifte, zwei Stofftaschentücher, ein Salbei-Bonbon, einen Schlüsselbund, eine kleine Briefwaage, einen Rosenkranz, einen Flyer, einen angebissenen Keks - „Oh bitte entschuldigen sie!" Ganz verlegen legt er Stück für Stück vor sich auf den Tisch. Kaum einer kann sich ein Lächeln verkneifen.

„Da!" Abt Lukas hat einen recht verknickten Zettel gefunden, den er glattstreicht und dann vorliest.

„Das müssen die Dummen Brüder sein!" Alle merken erstaunt auf. „Sie kennen die beiden?" Kommissar Meinrad ist wie elektrisiert.

„Nein, ich kenne sie nicht persönlich, aber in der Szene haben sie durchaus einen Namen. Sie sind so etwas wie die „Müllmänner" - sie werden losgeschickt, wenn etwas aufzuräumen oder aus dem Weg zu räumen ist."

„Otto, wie können wir das verstehen? Von welchen Szene sprechen Sie? Und deuten Sie hier an, dass das bezahlte Killer sind?" Heiko Müller schaltet sich jetzt drängend ein.

„Ich spreche vom schwarzen Kunstmarkt - da, wo Gestohlenes gehandelt und auch in Auftrag gegeben wird. Und: nein, sie sind keine Killer. Ich denke, sie wurden geschickt um zu schauen, ob sie die Figuren hier finden können."

Er macht eine kleine Pause.

„Hören Sie, ich bin absolut erleichtert!" Abt Lukas sieht, wie Kommissar Meinrad die Stirn in Falten legt. „Ja, echt erleichtert, denn ich hatte genau wie Professor Heindl befürchtet, dass ich Miki durch meine Nachforschungen in Gefahr gebracht habe!"

286

„Geht es vielleicht ein wenig genauer?" Heiko Müller greift nach einem Apfel und beißt herzhaft hinein. Otto berichtet, dass er die Probe und sein vorläufiges Ergebnis einem alten Bekannten geschickt habe, weil er hoffte, dass dieser ihm weiterhelfen könnte. Er bekam recht schnell ein Mail mit der Nachricht, er solle die Finger davon lassen. „Meine Antwortmail kam als unzustellbar zurück - auch meine Kontaktperson war unerreichbar. Mir wurde schnell klar, dass ich in ein Wespennest gestochen hatte und habe gleich versucht, Miki zu warnen. Aber da war es schon zu spät!"

Heiko Müller zögert einen Moment, dann wendet er sich entschlossen an Professor Geringsen, der ihm gegenüber sitzt. „Entschuldigen Sie, Professor Geringsen. Wenn ich Abt Lukas richtig verstanden habe, können Sie etwas über die Herkunft der beiden Figuren sagen? Ja, und vielleicht auch dazu, was unser Gerichtsmediziner angedeutet hat?"

„Ja, natürlich. Ich habe keinerlei Beweise für das, was ich Ihnen jetzt erzähle, aber ich muss gestehen, dass ich mir sehr sicher bin, auch wenn die Ereignisse über 40 Jahre zurückliegen!" Gespannt lauschen alle seinen Ausführungen. Als er davon berichtet, dass die Figuren aus der Asservatenkammer spurlos verschwunden sind, besser gesagt, offiziell nie dort gelandet waren, pfeift Heiko Müller durch die Zähne.

„Oh je - das wird intern eine Menge Staub aufwirbeln! Jetzt wird mir einiges klar!" Fragende Augenpaare sind auf ihn gerichtet.

„Es war äußerst mühsam, an die alten Akten zu kommen. Die sind natürlich noch nicht digitalisiert, und ich dachte schon, sie kommen nie aus dem Archiv. Vielleicht ..." Hier bricht er ab.

„Vielen Dank - wie dem auch sei. Das sind wirklich sehr erstaunliche Informationen, die uns sicher weiterbringen. Und ich würde Sie gerne mit unserem Chemikerteam zusammenbringen. Vielleicht können Sie aus dem Gedächtnis doch noch einige der Zutaten für diese „Wunderpaste" gemeinsam mit den Fachleuten rekonstruieren. Das wäre für die weitere Ermittlung sicher hilfreich!" Fragend schaut Heiko Professor Geringsen an.

„Ja, gerne. Viel Hoffnung kann ich da aber nicht machen - ich war noch ein Schulbub...!" „Trotzdem - es wäre einen Versuch wert! Kann ich da später noch auf Sie zukommen?!" Nickend verständigen sich die beiden.

Abt Lukas schaut in die Runde - alle sehen recht erschöpft aus.

„Ich hätte einen Vorschlag. Vielleicht fasst jemand kurz zusammen, was wir jetzt wissen, dann machen wir eine Pause zum Durchlüften?"

Zustimmendes Gemurmel ist zu hören.

„Übernehmen Sie das Zusammenfassen, Abt Lukas? Es könnte aufschlussreich sein, wenn das ein Nichtkriminaler macht..."

Kommissar Meinrad lächelt Abt Lukas aufmunternd zu.

Wieder staunt der Kommissar über diesen Mann, der nach kurzem Zögern souverän und doch schlicht und ohne jede Überheblichkeit beginnt, das Gehörte zusammenzufassen.

„Vor gut 40 Jahren gab es eine Reihe von sehr gut organisierten Diebeszügen durch Kirchen und Kapellen. Die erbeuteten Figuren landeten vermutlich zum großen Teil bei einem in seinem Beruf wenig erfolgreichen Schreiner. Ihm gelang allerdings die Erfindung einer Holzpaste, die sich wunderbar verarbeiten ließ, aber in Kombination mit üblichen Lösungsmitteln und anderen Chemikalien hochgiftig reagierte. Die gestohlenen Figuren wurden mit der Holzpaste derart verändert, dass sie nicht wiederzuerkennen waren. Sie bekamen eine neue Identität und konnten so gefahrlos mit einem gut gefälschten Zertifikat über die Grenze gebracht werden. Dort wechselten sie den Besitzer. Mit Hilfe einer genauen mündlichen Gebrauchsanweisung konnte die aufgetragene Holzpaste wieder entfernt werden, sodass die ursprüngliche Figur wieder zum Vorschein kam.

Zwei dieser Figuren mit neuer Identität, ein Petrus und ein Johannes, wurden von der Polizei 1973 in einem Unfallwagen entdeckt und beschlagnahmt. Der Fahrer war der eben erwähnte Schreiner. Er starb noch am Unfallort. Ganz offenbar war er zu einer Übergabe unterwegs gewesen. Die Ehefrau, die die Aktivitäten ihres Mannes in keinster Weise billigte, erhob keinen Anspruch auf die Figuren. Als der Sohn des Schreiners sich Jahre später erinnerte und begann, bei der Polizei nachzuforschen, waren sie ohne Nachweis verschwunden - so spurlos, als wären sie nie dagewesen."

Abt Lukas schaut forschend in die Runde. Nach einem großen Schluck Wasser fährt er fort:

„Dann verliert sich die Spur der Figuren für Jahrzehnte. Vor wenigen Monaten kommt eine Figurengruppe zu Tage, die Aufsehen erregt. Der hiesigen Akademie wird angeboten, die Restaurierung zu übernehmen. Sowohl für die Akademie, als auch für Professor Heindl und die Studenten ist das eine wunderbare Gelegenheit. Eine fundierte Prüfung im Vorfeld gilt vom Vorstand der Akademie aus als unnötig und wird abgelehnt." Professor Heindl senkt beschämt den Blick.

„Geschickt, wie er das macht", denkt Kommissar Meinrad. „Keine Namen....!"

„Einer der Studenten entdeckt beim Säubern der Figuren einen Befund, der für ihn nicht einzuordnen ist - er beginnt zu forschen. Das macht den Vorstand mehr als nervös. Dann, bevor die Situation gelöst werden kann, verschwindet die betroffene Figur und dazu eine weitere. Der Dekan verhindert, dass der Diebstahl der Polizei gemeldet wird, und sagt zu, sich selbst darum zu kümmern. Der Student hat seine Kontakte aktiviert, um mehr über das herauszubekommen, was er entdeckt hat. Auch hier werden wohl einige Leute aufgeschreckt, und es ergeht die Botschaft, besser die Finger von der Sache zu lassen. Währenddessen entwendet der Student auf noch ungeklärte Art und Weise die Figuren, versteckt sie gut und benachrichtig seinen väterlichen Freund, den eben genannten Sohn des Schreiners, der inzwischen in Kanada lebt. Seine Versuche, mit allen möglichen chemischen Methoden das Geheimnis um die Figuren zu lüften, enden tödlich, weil die entstehenden Substanzen stark giftig sind. Er selbst verkennt die Gefahr, ignoriert die ernsten Symptome und stirbt schließlich."

An dieser Stelle wird seine Stimme brüchig.

Heiko Müller tippt auf der Tastatur seines Notebooks und an der Wand erscheint:

Fragen:

1. Wie und von wem wurden die Figuren in der Akademie entwendet und hier ins Kloster gebracht?
2. Was bezweckte Bruder Michael mit dieser Aktion?
3. Waren die zwei Männer tatsächlich die sogenannten „Dummen Brüder"? Und wer hat sie geschickt?
4. Wo sind die Figuren nach dem Unfall gelandet?

Heiko Müller blickt auf und schaut auffordernd in die Runde. „Hat noch jemand eine Frage?" Alle schauen müde und erschöpft aus.

„Vielleicht fällt uns ja auch noch etwas in der Pause ein! Machen wir hier doch einfach einen Cut - 15 Minuten Durchlüften und dann geht's weiter, ja!"

Kommissar Meinrad steht auf und gleich kommt Bewegung in die Runde.

17. Kapitel

Wer also den Namen "Abt" annimmt, muss seinen
Jüngern in zweifacher Weise als Lehrer vorstehen:
Er mache alles Gute und Heilige mehr durch sein
Leben als durch sein Reden sichtbar. (RB 2,11.12)

Heiko Müller und Kommissar Meinrad haben den Raum verlassen. „Ich rufe gleich die Kollegen an. Mal hören, ob sie etwas aus dem Dekan rausbekommen haben!" Diesen kleinen Gesprächsfetzen fängt Abt Lukas noch auf, bevor er sich Professor Heindl zuwendet, der allein ans offene Fenster getreten ist.

„Ein wundervoller Garten!"

„Ja, das ist er."

Still verweilen die beiden Männer einen Moment nebeneinander.

Professor Geringsen, Otto und Nina stehen am anderen Ende des Raumes und unterhalten sich leise. Nina scheint zu weinen - fürsorglich reicht ihr Otto eine Packung Papiertaschentücher und sie putzt sich geräuschvoll die Nase.

Abt Lukas legt Professor Heindl kurz die Hand auf die Schulter und wendet sich den dreien zu.

„Abt Lukas, wie geht es jetzt mit Bruder Michael weiter? Also ich meine mit der Beerdigung und so...! Sicher wollen die Leute aus der Akademie kommen! Hatte er eigentlich noch Familie?"

Nina sprudelt eine Frage nach der anderen heraus.

„Langsam, eins nach dem anderen!"

Abt Lukas muss innerlich umschalten - er ist noch ganz bei den Fragen, die im Raum stehen.

„Bitte korrigieren Sie mich, wenn ich falsch liege ..." dabei schaut er auf Otto und Professor Geringsen. „Ich glaube, Sie beiden, Otto und Wolf, sind seine Familie, oder?"

Bevor die Angesprochenen etwas erwidern können, spricht er weiter: „In der nächsten Stunde wird Abt Leo kommen, er ist Bruder Michaels Abt - mit ihm werde ich die Details besprechen! Dann sehen wir weiter! Aber ich denke sicher, dass es eine Möglichkeit geben wird, sich zu verabschieden!"

Bruder Nikolaus ist leise eingetreten. „Vater Abt, darf ich kurz stören? Abt Leo hat angerufen. Er kommt frühestens zur Vesper. Ihr Navi hat sie wohl ein wenig fehlgeleitet, und jetzt stehen sie auch noch im Stau! Und ich soll fragen, ob Sie hier noch etwas brauchen?" „Vielen Dank, Bruder Nikolaus. Es ist alles bestens!" Mit einer leichten Verneigung verabschiedet sich der junge Mönch bescheiden.

„Der ist aber hübsch!" entfährt es Nina, die sofort verlegen abbricht.

„Tut mir leid. Es gehört sich wohl nicht so etwas über einen Mönch zu sagen, oder?"

Abt Lukas lächelt ihr herzlich zu, enthält sich aber eines Kommentares. Auch Professor Geringsen und Otto können sich ein amüsiertes Lächeln nicht verkneifen.

Kommissar Meinrad und Heiko Müller sind gemeinsam eingetreten.

„Können wir weitermachen? Es gibt zwei interessante Neuigkeit aus dem Kommissariat, die ich Ihnen gerne mitteilen möchte!"

In Windeseile haben alle wieder ihre Plätze eingenommen.

Heiko schaltet das Aufnahmegerät ein, dann nickt er Kommissar Meinrad bestätigend zu.

„Die Information mit den „Dummen Brüdern" hat den Kollegen von Interpol sehr geholfen. Der Kollege meinte, dass damit die Verbindung zu einem europaweit agierenden Syndikat hergestellt werden kann, das sich nicht nur, aber auch mit dem Handel von Kunstwerken beschäftigt. Sie werden uns Fotos schicken, und ich werde Sie, Abt Lukas, bitten, die beiden zu identifizieren, um, wenn möglich, jeden Zweifel auszuräumen. Der Besitzer der Figuren, der die Apostelgruppe auf dem Speicher eines geerbten Ferienhauses entdeckt haben will, gehört wohl zum Dunstkreis dieses Ringes dazu. Ebenso der Verstorbene, dem er das Erbe zu verdanken hat. Es wird schwer bis unmöglich sein, hier genaueres herauszufinden oder gar jemanden zu belangen.

Auch hat die Befragung des Dekans Interessantes ergeben!"

Professor Heindl richtet sich aufmerksam auf.

„Es sind wohl erhebliche Gelder in die leere Kasse des Kuratoriums geflossen, damit die Figuren ohne Prüfung ein bisschen repräsentabel hergerichtet werden. Nach eigenen Angaben ging es dem Dekan ein wenig ähnlich wie Ihnen, Professor Heindl. Auch er hat an seine Karriere gedacht und an das Ansehen der Akademie, anstatt seinem Ehrgefühl zu folgen und die Finger davon zu lassen. Und damit stehen wir auch hier im Grunde genommen vor dem Nichts! Außer unredlichem und unprofessionellem Vorgehen ist ihm, wenn sich seine Aussage bestätigt, nicht vorzuwerfen."

„Typisch, oder? Aber wir werden sicher vor den Richter gezerrt, oder?" Ninas Einwurf bleibt unbeantwortet.

„Tja, selbst die Frage, wie die Figuren bei der Polizei „verloren gehen konnten", wird wohl eher ungeklärt bleiben. Inzwischen haben die Kollegen die Akte von dem Unfall damals bekommen - da ist eindeutig manipuliert worden: Sie war an einem falschen Ort abgelegt, weshalb der Archivar ziemlich lange suchen musste. Außerdem sehen die Unterlagen aus, als ob jemand sie zu Kaffee aufwischen benutzt hat - unlesbar und teilweise eingerissen. Einer der Streifenkollegen, der damals den Unfall aufgenommen hat, ist sehr bald danach in Rente gegangen und ist inzwischen schon ein paar Jahre tot. Der andere lebt in einem Heim für Demenzkranke ... Auch da sieht es mit aussichtsreichen Ermittlungen eher dürftig aus."

Kommissar Meinrad hält mit seinen Ausführungen inne.

Nina pfeift zischend durch die Zähne und presst ärgerlich hervor: „Na damit wären ja zumindest die beiden letzten Fragen von unserer Liste halbwegs geklärt, soweit man das überhaupt so nennen kann!"

„Und jetzt Nina sind Sie an der Reihe!" Heiko schenkt sich eine Tasse Kaffee nach, nimmt einen Schluck und verzieht angewidert das Gesicht. Dann schaufelt er zwei Löffel Zucker hinein und beginnt zu rühren.

„Ja, ich weiß nicht so recht, wo ich anfangen soll, …" Zögernd setzt Nina an. Von ihrer vorlauten Art ist plötzlich nicht mehr viel übrig.

„Egal, legen Sie los. Wir werden Sie schon nicht fressen!" Abt Lukas spürt sehr deutlich, dass Ninas Unsicherheit zunimmt. Alle schauen sie fragend, ja auffordernd an. „Nina, ich verspreche ihnen, dass ich alles versuchen werde, dass Sie drei möglichst sauber aus der Sache herauskommen. Und ich bin sicher, dass auch der Polizei nicht daran gelegen ist, Thorsten, Elise und Sie in größere Schwierigkeiten zu bringen!"

Abt Lukas sucht Blickkontakt mit Heiko Müller.

Der tut sich sichtlich schwer, ringt sich dann aber doch zu einer Aussage durch: „Ja, Nina. Abt Lukas hat Recht. Erzählen Sie möglichst genau, wie es gewesen ist und dann sehen wir, wie es weitergehen kann!"

Nina atmet tief durch. „Na gut, ich bin echt sehr aufgeregt. Uns war gar nicht klar, also zumindest mir nicht, was wir da anrichten. Also es war so …"

Bruder Michael hatte am Dienstag, nachdem er den ganzen Tag in der Bibliothek geforscht hatte, die Freunde zusammengerufen und ihnen erzählt, was er herausgefunden hatte. Er berichtete auch, dass er einem Freund Proben von der Holzpaste geschickt und Wolf in Kanada benachrichtigt hatte. Nun fürchtete er, dass Professor Heindl in die Sache verstrickt sei und versuchen würde, das Ganze zu vertuschen. Als einzige Lösung sähe er, die Figuren verschwinden zu lassen, bis Wolf da sei, der sie sicher einwandfrei identifizieren und der Polizei übergeben könnte.

„Thorsten hat gemeint, dass Michael doch lieber selbst zur Polizei gehen sollte, aber das wollte er auf keinen Fall. Er erzählte uns davon, dass die Heiligen bei der Polizei schon mal auf dubiose Weise verschwunden waren, und befürchtete, dass man die Sache dort ebenso verschleiern würde, wie in der Akademie." Nina schaute unsicher in die Runde.

„Na, damit ist er ja grundsätzlich nicht falsch gelegen!" Kommissar Meinrad und Heiko Müller nicken sich zu.

Professor Heindl senkt beschämt den Kopf.

„Außerdem meinte er, dass das für uns ungefährlich sei, weil niemand ihn in Verdacht haben könnte, weil er ja körperlich gar nicht in der Lage sei, die Figuren zu transportieren. Zusätzlich habe er ein geniales Versteck und es könnte sich nur um ein paar Tage handeln, bis Wolf kommen würde. Er war sehr überzeugend und sein Plan war so einfach wie genial!"

Nina berichtete, wie sie und Thorsten mit zwei Sackkarren die Figuren über den Lastenaufzug aus der Akademie gebracht hatten, eingepackt in die klassische Noppenfolie. Diese Transporte waren völlig normal und erweckten keinerlei Aufmerksamkeit, denn viele Studenten arbeiten an eigenen Skulpturen, die sie herein und heraus schafften - sie mussten nicht einmal um einen Schlüssel fragen, weil Bruder Michael einen eigenen Aufzugschlüssel und auch die Passwörter für den Hintereingang und den hinteren Ateliereingang hatte, damit er seine Taschen und Mappen nicht übers Treppenhaus schleppen musste, was für ihn schier unmöglich war.

Unbemerkt waren Thorsten und sie so ins Haus, ins verschlossene Atelier und wieder hinaus gekommen.

Im Kloster hatten derweil Bruder Michael und Elise die Figuren in der Winterkapelle entkleidet, alles vorbereitet und die hintere kleine Gartenpforte geöffnet. Thorsten und Nina hatten die Figuren einfach durch den Garteneingang ins Kloster gebracht. Da er sich im Haus problemlos orientieren konnte, waren sie ohne Umwege in die Winterkapelle gelangt. Dort warteten Michael und Elise schon auf sie. Gemeinsam verkleideten sie Johannes und Petrus, packten die anderen beiden Figuren in das Verpackungsmaterial und verließen das Kloster wieder. Das Ganze dauerte nicht länger als 20 Minuten.

„Aber wie ist das möglich? Sie können doch hier nicht durch Garten und Haus rollen und in der Winterkapelle arbeiten, ohne, dass das jemandem auffällt?!"

Kommissar Meinrad schüttelt ungläubig den Kopf.

„Doch, das geht schon!" Abt Lukas zieht die Aufmerksamkeit der Runde auf sich. „Das muss dann am Mittwochabend gewesen sein?" Fragend schaut er zu Nina.

„Ja, genau!"

„Sehen Sie," Abt Lukas sucht Blickkontakt zu Kommissar Meinrad.

„Mittwochabend hatte Bruder Michael eine Dispens für Vesper und Messe, weil er zur Krankengymnastik und zum Schwimmen ging. Keiner vermisste ihn also. Von 18.00 bis 19.15 Uhr sind alle Brüder zur Liturgie in der Kirche, und Angestellte sind zu dieser Zeit nicht mehr in der Klausur. Da konnten sie ganz ungestört arbeiten!"

Nina nickte bestätigend. „Genau, pünktlich um 18.20 Uhr sind wir rein. Thorsten kennt sich total gut aus und so waren wir schnell in der Winterkapelle, wo Elise und Michael ja schon alles vorbereitet hatten. Es ging reibungslos und ich hatte keinen Moment das Gefühl, dass es schief gehen könnte. Ich habe dann auch noch ein bisschen fotografiert. Michael konnte kaum die Finger von den entkleideten Figuren lassen und meinte, dass er sie, wenn der Spuk hier vorbei sei, unbedingt genauer untersuchen wolle. Wir verpackten sie vorsichtig und sorgfältig und deponierten sie sicherheitshalber in Thorstens altem Auto, denn Michael meinte, dass das ein gutes Versteck sei. Überhaupt hätten wir sie dann schnell bei der Hand, wenn wir zurücktauschen würden! Tja, und als wir von Michaels Tod erfahren hatten, da bekamen wir ganz schön Muffensausen und sind Hals über Kopf zusammen weggefahren, um zu überlegen, was wir machen sollten! Wir beschlossen dann zurückzufahren, in der Hoffnung, dass Wolf inzwischen aufgetaucht sei! Na ja, den Rest kennen Sie ja! "

Die Runde schweigt eine Weile.

„Okay - ich versuche es mal mit einer Zusammenfassung. Ich lasse die alte Geschichte mit dem Kunstraub mal außen vor - ich denke, das können wir hier nicht weiter beleuchten!"

Heiko Müller wählt seine Worte sorgfältig.

„Jemand findet eine vielversprechende Figurengruppe auf seinem ererbten Dachgeschoss. Er scheint entweder Geld sparen zu wollen oder hofft, dass nicht entdeckt wird, dass zwei der Figuren ursprünglich nicht dazugehören. Deshalb gibt er den Auftrag für die Restauration an die hiesige Akademie. Diese ist heilfroh über die Gelegenheit und streicht die großzügige Spende ein. Michael Denor entdeckt unerklärliche Auffälligkeiten. Als er bei Professor Heindl auf keinerlei Unterstützung, sondern eher auf harten Widerstand mit seinen Fragen stößt, beginnt er zu forschen. Er schickt die Holzmasse an seinen alten Freund Otto, untersucht sie mit allen ihm bekannten Methoden und leiht sich in der Bibliothek der Akademie diverse Literatur aus. Die Ergebnisse, die er zusammenträgt, unterstützten ihn wohl mehr und mehr in seinem Verdacht, dass diese Figuren in Zusammenhang stehen mit seinem väterlichen Freund Wolf, der ihm vor einigen Jahren von seinem Vater und dessen Wunderpaste erzählt hat. Auch weiß er, dass die Polizei damals keine sehr rühmliche Rolle gespielt hat, und befürchtet, dass er weder bei der Akademie noch bei der Polizei mit seiner Theorie eine Chance hat. So benachrichtigt er Professor Geringsen, entwendet mit Hilfe seiner Freunde die Figuren, versteckt sie und versucht fieberhaft, seine These anhand von weiteren chemischen Untersuchungen der Holzmasse zu bestätigen.

Zu dieser Zeit zeigen sich erste Symptome von Übelkeit und Schwäche, die, davon können wir ausgehen, erste Zeichen der Vergiftung waren, an der er dann in der Nacht von Donnerstag auf Freitag verstirbt."

Epilog

Dann wirst du schließlich unter dem Schutz Gottes
... ankommen. Amen. (RB 73,9)

Am Dienstag darauf fand das Requiem in der Klosterkirche statt. Das kleine Gotteshaus war überfüllt mit Studenten und Freunden. Bruder Michaels Sarg, handgefertigt von Bruder Viktor, stand mit Blumen übersät vor dem Altar. Ein wundervoll lebendiges Foto von Bruder Michael stand daneben.

Anstatt die klassischen Trauergesänge anzustimmen, sangen sie das Osterhalleluja und auch noch einmal Bruder Michaels Lieblingslied. Abt Leo stand der Feier vor.

Bruder Nikolaus, Bruder Samuel, Bruder Mathias und Bruder Viktor trugen den Sarg anschließend auf den Kirchplatz hinaus, wo der Leichenwagen stand. Hier gab es für alle die Möglichkeit, noch einmal heranzutreten und sich still zu verabschieden.

Otto war mit seiner kleinen Familie gekommen. Bei ihnen war Professor Geringsen und es schien, als würden sie einander sehr nahe stehen.

Abt Lukas verfolgte mit großer innerer Anteilnahme, was sich hier abspielte.

Es dauerte eine gute Weile, bis er das Zeichen geben konnte und die vier Mitbrüder den Sarg in den Leichenwagen schoben und die Tür schlossen.

Abt Leo und sein Prior verabschiedeten sich dann mit einem Kopfnicken, stiegen in ihr bereitstehendes Auto und folgten dem Leichenwagen, der Bruder Michael in sein Heimatkloster brachte, wo er im Kreis seiner Mitbrüder beerdigt wurde.

Die Akademie hatte zu Ehren von Bruder Michael die geplante Ausstellung in Windeseile aufgebaut, und so konnten sich alle nach dem Requiem dort treffen. Ninas Fotos standen im Mittelpunkt, aber auch ein paar der Seminararbeiten von Bruder Michael selbst.

Auch Abt Lukas war da - die Mitbrüder hatten es vorgezogen, sich nicht in das Gewühl zu stürzen und blieben zuhause.

Abt Lukas verabschiedete sich bald und war pünktlich zur Lektiozeit zurück im Kloster, und die Brüder fanden ihn, wie gewohnt, mit der Heiligen Schrift im Kreuzgang sitzend und lesend.

Am Abend traf sich die Gemeinschaft in der Bibliothek. Gedanken und Erinnerungen wurden ausgetauscht. Bruder Michael wird als einer der Ihren einen Platz in ihrer aller Herzen behalten.

Was weiter geschah ...

Bruder Mathias nahm mit Unterstützung der Kommunität die Stelle als Dozent an und reduzierte im Gegenzug dazu während des Semesters seine Praxisstunden.

Bruder Samuel brach das Theologiestudium ab, begann eine Ausbildung zum Gärtner und stieg zur Freude von Bruder Hubert in die Tee- und Honigproduktion ein.

Bruder Nikolaus übernahm einen Teil der Haustechnik, um Bruder Mathias zu entlasten. Nach seiner zeitlichen Profess begann er, Theologie zu studieren.

Bruder Viktor spezialisierte sich auf den Möbelbau für Menschen mit Behinderung und hatte großen Zulauf.

Pater Simon starb wenige Wochen nach Bruder Michael in seiner Zelle in Anwesenheit seiner Mitbrüder.

Otto wurde mit seiner Familie ein regelmäßiger Gast im Kloster. Als er und seine Frau einen Sohn bekamen, nannten sie ihn nach Bruder Michael und ließen ihn in der kleinen Klosterkirche taufen.

Wolfram Geringsen kehrte nach Kanada zurück, blieb aber Otto und Abt Lukas freundschaftlich verbunden.

Dem Besitzer (Erben) der Figurengruppe konnte selbstverständlich nichts nachgewiesen werden. Auch blieb im Dunkeln, wann und unter welchen Umständen die beiden Heiligen, Johannes und Petrus, in die Gruppe aufgenommen worden waren.

Abt Lukas konnte die beiden „Dummen Brüder" nicht zweifelsfrei identifizieren. Außerdem waren sie angeblich zur betreffenden Zeit auf einer Hochzeitsfeier in Italien gewesen, was auch eine Reihe der Hochzeitsgäste „hoch und heilig" beschwören konnten.

Professor Geringsen erkannte die beiden Figuren auf den ersten Blick.

Mithilfe der detaillierten Anleitung, die Professor Geringsen seit seiner Kindheit im Kopf hatte, konnte die Holzmasse vollständig entfernt werden, ohne Schäden bei den Grundfiguren zu verursachen.

Es handelte sich bei der Johannesstatue um einen heiligen Rochus, und unter dem Petrus kam der Evangelist Lukas hervor.

Beide Figuren wurden in der Akademie hervorragend restauriert und fanden dann zurück in die kleinen Kirchen, in denen sie vor gut 40 Jahren gestohlen worden waren.

Es gelang aber trotz ambitionierter Untersuchungen nicht, die Rezeptur der „Wunder"-Holzpaste herauszubekommen.

Das eingeleitete interne Untersuchungsverfahren bei der Polizei wegen der nicht registrierten Figuren musste ergebnislos eingestellt werde.

Der Dekan der Akademie nahm seinen Hut, ebenso Professor Heindl. Letzterer veröffentlichte ein paar Monate später einen Roman, dem die Ereignisse um Bruder Michael zugrunde lagen und der sich zum Bestseller entwickelte.

Thorsten, Elise und Nina kamen mit ein paar Sozialstunden davon.

Glossar

Abtpräses: Leiter und Vertreter einer Vereinigung von monastischen Klöstern (Kongregation)

Antiphon: Einprägsamer Satz, der einen Psalm einrahmt

Cellerar: Verwalter des Klosters

Celleratur: Verwaltung des Klosters

Chorglocke: Glocke die die Mönche zum Gebet ruft

Chorordnung: Reihe der Mönche nach dem Datum ihres Klostereintritts, bzw. einer besonderen Aufgabe

Chorstallen: Einzelne Plätze im Chorgestühl

Commendatio animae: Kirchliche Sterbegebete; wörtliche Bedeutung: Empfehlung, Übergabe der Seele

Culpa: Entschuldigungsgeste während des Gebetes, wenn der Mönch einen Fehler macht (Verneigung, Hinknien, Kniebeuge o.ä.)

Ewige Profess: Der Mönch verspricht für immer Gehorsam, Beständigkeit und klösterlichen Lebenswandel (Ehelosigkeit, Einfachheit, Bereitschaft zur Umkehr)

Gregorianischer Choral: Sehr alter, einstimmiger liturgischer Gesang (älteste Notation aus dem 9. Jh.)

Habit: Ordenstracht der Mönche

Hymnus: Feierlicher Preis- und Lobgesang, fester Bestandteil des klösterlichen Stundengebetes

Infirmar: Ihm ist die Sorge für die Kranken, Alten und Schwachen anvertraut.

Kantor: Hauptverantwortlicher für den liturgischen Gesang

Kapitelsaal: Versammlungsraum einer klösterlichen Gemeinschaft

Klausur: nicht für die Allgemeinheit zugänglicher Bereich des Klosters

Komplet: Gebetszeit zum Abschluss des Tages

Kreuzgang: ein meist aus vier Bogenhallen bestehender Gang, der sich an eine Kloster- oder Stiftskirche anschließt

Kukulle: Mantelähnliches Obergewand mit weiten Ärmeln, das zum Gottesdienst über den Habit gezogen wird.

Lesezeit: Festgelegte Zeit zum Studium der Bibel oder anderer geistlicher Literatur

Liturgie: Überbegriff für alle gottesdienstlichen Feiern, z.B. Stundengebet, Heilige Messe, ...

Magister / Novizenmeister: Verantwortlich für die Ausbildung der jungen Mönche

Mittagshore: Mittagsgebet

Morgenhore: Kombination aus Vigilien (Nachtgebet) und Laudes (Morgengebet)

Noviziat: Hauptphase der Ausbildungszeit zum Mönch

Noviziatsjahr, kanonisch: kirchenrechtlich vorgeschriebenes Jahr, in dem sich der Novize sehr auf die klösterliche Ausbildung konzentriert.

Oblaten: Christen, die nach der Regel des heiligen Benedikt von Nursia und in Verbindung zu einem bestimmten Benediktinerkloster leben, ohne Mitglied eines Konvents zu werden

Offizium: Stundengebet der Mönche

Pater noster: (lateinisch) Vater unser

Postulat: Erste Phase der Ausbildungszeit für den Mönch

Prior: Stellvertreter des Abtes

RB: Abkürzung für Regula Benedicti, die Benediktusregel

Refektorium: Speiseraum der Mönche

Regelunterricht: Studium der Benediktusregel

Rekreation: Erholungszeit

Rekreationsraum: Raum im Kloster für Erholung und Gespräche in der Mönchsgemeinschaft

Sakristan und Zeremoniar: Verantwortlicher für die Belange der Kirche und der Liturgie

Statio: Ort, an dem sich die Mönche vor der Liturgie still versammeln

Subprior: Stellvertreter des Priors

Vesper: Abendgebet

Vestiar: Verantwortlicher für Kleidung und Wäsche im Kloster

Zeitliche Profess: Der Mönch verspricht für einen begrenzten Zeitraum (üblicherweise drei Jahre) Gehorsam, Beständigkeit und klösterlichen Lebenswandel (Ehelosigkeit, Einfachheit, Bereitschaft zur Umkehr)

Zelle: Persönliches Zimmer der Mönche

Wer aber im klösterlichen Leben und im
Glauben fortschreitet, dem wird das Herz weit,
und er läuft in unsagbarem Glück der Liebe
den Weg der Gebote Gottes. (RB prol 49)

Lightning Source UK Ltd.
Milton Keynes UK
UKHW011935161219
355505UK00001B/134/P

9 783734 799761